文庫

連鎖

新装版

真保裕一

講談社

目次

連鎖

1

一九九〇年　三月五日

電話が鳴っていた。酔い潰れてベッドに倒れ込んでから、まだ五分と経っていない。

午前二時に私の声を聞きたいと思うような友人など一人もいないはずだし、こんな時間に呼び出さなくてはならないほど、私を必要としている職場でもない。安否を気遣ってくれる家族親戚の類はそれこそ一人もいない。ベルが鳴ること自体が珍しいことだった。

私は、六日前から一つの電話を待っているにはいたが、正直すぐに受話器に手が伸びるようなものではなかった。手が受話器を探ったのは、酔いの回った頭に、ベルの音が耳障りだったからにほかならない。

思っていたより酔いが回っていたらしい。受話器を取りそこねて、チーク張りの床にたたきつけていた。時ならぬ雷のような激しい音を立て、受話器が転がった。

それでも電話の相手は切らないでくれたようだ。握り直して耳に押し当てると、受話器の向こうで身構えるような気配が伝わってくる。

「もしもし」

「──私です」

一瞬、受話器が壊れなかったのを後悔した。

「どこの私かな。名前を言わなくてもすぐに分かってもらえると自惚(うぬぼ)れてるのは？」

「また酔ってるのね」

「どっちがだ。こっちはちっとも酔っちゃいない。二度と連絡しないと約束した相手に、電話をしない程度には」

「こんな時に、ふざけないで！」

こんな時に金切り声をあげる女ではなかった。少なくとも六年前は。

「お願いだから、真面目に話を聞いて」

今度は泣き声になっていた。叱責の次は涙の哀願だ。五日前、電話をするな、と一方的に言ったのは彼女のほうなのだ。私は辛うじて受話器をたたきつけるのを我慢しつつ、努めて冷静に言葉を探した。

「俺を罵(ののし)って気が晴れるなら、二時間でも五時間でも付き合おう。だけど、それ以上のことは……」

「そうじゃない。たった今、警察から電話があった」

「警察？　あいつが家を出たからって、捜索願を出してたわけじゃないだろうな」

「違う。そんなことしてない」

「じゃあ、なぜ警察が」

涙をこらえているのが分かる、長い沈黙があった。

「竹脇（たけわき）が……病院に運ばれたらしいの」

「らしいって——何があったんだ？　あいつ、自分で連絡もできないような状態なのか」

「よく分からない。どういうわけかあの人、海に落ちたっていうの。車ごと海に……」

耳を疑った。反射的にベッドから起き上がっていた。

「……お酒を飲んでいたんですって」

めったに酒を口にすることのない竹脇にしては、普通では考えられないことだ。彼はアルコールに頼ることなく、何事も自力で切り拓いていけるタイプの男である。私と違って。

「それで……桟橋から海に……」

泣き声で、枝里子（えりこ）の言葉はほとんど聞き取れなくなっていた。受話器に落ちる涙の音が聞こえてくるようだった。

「警察が言うには、自殺じゃないかって。心当たりはないかって」

まさか——。

息を呑む。胃の奥で突き上げてくるものがある。

「本当に警察が自殺だって言ったのか。——もしもし。おい、枝里子」

竹脇が自殺——。

「なぜだ……。なぜなんだ」

やり切れない疑問が口をついて出た。

おそらく、その答えは私と枝里子が一番よく知っている。

二週間前、私と枝里子は六年振りにベッドを共にした。七日前、それを知った竹脇は、妻を残して購入したばかりのマンションからバッグ一つで出て行った。私と枝里子が何度会社に連絡を入れても、竹脇は電話口に出なかった。事実、不在だったのかもしれないが、伝言を頼んだにもかかわらず、あいつからの連絡は今日までなかった。

これが、その返事だとでもいうのだろうか。

受話器からは、絶え間なく枝里子の啜り泣く声が聞こえている。

私は何か言わなければと思い、受話器を口元に引き寄せた。声が出なかった。受話器を持つ手が小刻みに震えている。それは、酒のせいなどではない。

酔いはとっくに覚めていた。

竹脇が運び込まれたのは、私の勤める検疫所からも竹脇の勤務先からもそう離れていない、築地（つきじ）の東京港湾病院だった。

深夜のタクシーを飛ばして私が駆けつけた時、竹脇はビニールの囲いの中で、機械の助けを借りて辛うじての呼吸を続けていた。

集中治療室のガラス越しに見る竹脇は、高校、大学とシングル・スカルで活躍した体格が嘘のように小さく感じられた。白いシーツの中、何やらわけの分からない管やコードが、シャーレの中で培養された寄生虫のように竹脇にまとわりついていた。頭に重ねられた包帯のわずかな隙間からは濡れた髪がのぞいていて、海から引き上げられてまだ時間が経っていないことを物語っていた。

その姿を、私と枝里子は医師と刑事に付き添われて確認した。

枝里子は脱色したジーンズに白いセーター、上に薄桃色のカーディガンを羽織っただけで駆けつけていた。ダークブラウンに染めた髪は、心の内を暗示するかのように乱れ、ほつれたままに任せている。そのいで立ちは、私の前では決して見せることのなかった『妻』のものだった。私がうかがい知ることのできない、竹脇との六年の暮らしがそこにある。

　ふと私は、あれ以来三人が一堂に会するのは今日が初めてではないか、ということに気がついた。こういう形で、六年振りに顔を合わせることになるとは思いもしていなかった。

　私たちをここまで案内してくれた初老の医師が、枝里子の隣に進み出た。

「でき得る限りの処置は施しました。フロントガラスに頭から突っ込んだようで、検査の結果、左側頭部に血腫（けっしゅ）が認められますが、泥酔状態で事故にあったため、その周囲の血管が脆（もろ）くなっている危険があります。手術を見合わせたのはそのためです。ですが、病状が安定して、仮にその血腫を取り除くことに成功したとしましても、長いこと脳に酸素が回っていなかったことも推測できますので、百パーセント回復するかどうか……」

　医師は言葉をにごして頭を振った。

　枝里子は無言のまま、ガラス越しの視線を変えようとしなかった。だが、その先が、生死をさまよう夫を捕えているかどうかは疑問だった。化粧っけのない顔は、まったく血の気が失せており、ガラスの向こうの患者たちと遜色がない。

　枝里子の代わりに、私は医師に質問した。

「つまり、どういうことなのでしょうか」

　医師は困惑げに刑事たちを見回してから、私に視線を返した。

「えーと、あなたは？」

迂闊なことを家族以外の者には言えない、という警戒が見て取れた。

「友人です」

かつては。

「中学、高校からの親友でした」

嘘ではない。過去形だが。

確認を取って安心したのか、医師は大袈裟にうなずき、威厳を保つかのように一つ空咳をした。

「何らかの後遺症が残るかもしれないということです」

「例えば？」

「そこまでは、まだ」

「助かることは間違いないのですね」

「どんな状況でも、我々は万全を尽くします」

なんの確約にもなっていない。

後ろに控えている三人の刑事は、早く事情聴取がしたくてたまらないのか、手帳を開いたままで待っていた。ふいに、若い刑事が「あっ」と小さく声を上げて、身を乗り出した。

振り返ると、隣にいた枝里子が、ぐらりと崩れるようにバランスを失った。

慌てて一歩足を踏み出す。小さな枝里子の体を抱きとめるのは容易いことだ。スタイルのわりには、驚くほど華奢な体つきをしている。

「大丈夫か、枝里子。しっかりしろ」

迂闊にも呼びかけて、私は慌てて息を呑んだ。女性が倒れたというのに、医師と刑事たちは木偶の坊のようにつっ立っているだけだった。友人の妻を呼び捨てにしてうろたえる男を、珍しそうに見つめながら。

気まずい沈黙の中、ガラスの向こうから聞こえてくる人工呼吸器のふいごのような音と、

「あなたが悪いのよ、あなたが……」

うわごとのように繰り返す、枝里子の声だけが聞こえていた。

2

看護婦と医師によって枝里子は集中治療室から担ぎ出され、私は二人の刑事によって一階下の会議室まで拉致された。

「簡単にお話をうかがわせてください」

そう刑事は言ったが、言葉通りにすむとは思えなかった。でなければ、わざわざ場所を移しての事情聴取が行われることはない。

会議室は、私を萎縮させるには充分すぎるほど寒々としていた。窓も、飾るものも何もない室内は、取り調べ室に打ってつけだった。

「月島署捜査一係の板倉です」

私と同年配の刑事は、パイプ椅子に腰を落ち着けるなり、ラッキーストライクに火を点けた。深夜にもかかわらず明らかに仕立てと分かるスリーピースを着こなし、撫でつけた髪に乱れた様子は微塵もない。最近あちこちでよく見かけるようになったタイプの男だ。この手の男が刑事にまで増殖しているとは知らなかった。

氏名、年齢、住所、職業を、私は聞かれるままに答えていった。板倉刑事が興味を示したのは、私の勤め先を聞いた時だった。

「ほう、検疫所にお勤めですか。確か、輸入食品の検査をしているところでしたよね」

激務に忙殺されているであろう刑事にまで知られるほど、検疫所は有名になっているようだった。これも、昨年末に竹脇がものにしたショッキングなスクープのせいである。

昨年の十二月二十二日、『週刊中央ジャーナル』誌上に一つの告発文が掲載された。輸入食品検査センター副所長の篠田誠一と、竹脇の共同作業による『放射能汚染食品の三角輸入』の記事である。

それは、一九八六年四月に発生したチェルノブイリ原発事故の影響で放射能に汚染された食品が、不正に輸入されて、日本の食卓に上がり込んでいた、という衝撃的なもので、クリスマスを目前に控えて浮かれ気分でいた世間は、思いもかけない事実に震えあがることとなった。反響は凄まじく、新聞、テレビ、週刊誌は、こぞってこの問題を取り上げ、輸入食品の検査体制に関する論議が各地で沸き起こった。その矢面に立たされたのが、私の勤務する検疫所である。広報担当である私は、その対応に正直疲れ果てていた。

板倉は灰皿に煙草の灰をたたき落とした。

「あなたがこちらに見える前に、奥さんからもお聞きしたのですけど——竹脇さんは先月の二十六日の夜から家を出ていたという話ですが、そのことはもちろんご存じでしょうね」

痛いほどに。

「理由は聞いておられますでしょうか？」

「竹脇は——」

質問には答えず、私は訊いた。その前に、確かめずにはいられないことがある。

「自殺だというのは間違いないのでしょうか」

なるべく平静を装って尋ねたつもりだ。だが、板倉刑事は相手の心を見透かした読心術者のように、唇の端をかすかに歪めて私を見た。

「目撃者が三名ほどおりました。彼らの話を総合しますと、まず間違いないものと」

「詳しく教えていただけませんでしょうか」

板倉はあごの先で小刻みにうなずいた。構いませんよ、と言ってシステム手帳に視線を落とす。

「場所は、晴海埠頭の東づめ付近。目撃者は、桟橋に車を乗り入れていた若い男女と、そこから二十メートルほど離れたところにあった倉庫の守衛です」

万一の事故を防ぐため、東京港のすべての桟橋は関係者以外の立ち入りが禁止されている。桟橋へつながる道路は、その手前で黄色に塗られた鉄柵によって仕切られて、形の上では封鎖されている。だが、鉄柵が可動式であるため、勝手にそれを動かしては桟橋内にまで車を乗り入れる熱心な見学者があとを絶たないでいる。

「車は最初、非常にゆっくりとした速度で海に向かって走っていたそうです。桟橋の縁から二十メートルほどの距離で突如スピードを上げると、高さ十二センチほどの車止めを乗り越えて海へと飛び出しました。あっという間の出来事だったといいます。ただ、シートベルトが壊れていたのと、海面に衝突した時フロントガラスが割れたのが幸いしたんでしょうね。まもなく浮かび上がって来た竹脇さんを、あとから駆けつけた人が海に飛び込み、救助しました。消防に連絡が入ったのが、その直後の一時二十一分。病院に到着した警官が、内ポケットにあった免許証から身元を確認し、奥さんに連絡を取った、というわけです」

「酔っていたために、アクセルとブレーキを間違えた、とは考えられないのでしょうか」

「血液中のアルコール濃度から見て、かなりの酩酊状態であったことが分かっています。運転を誤ったことは充分に考えられるでしょう。ですからね、羽川さん。仮に自殺でなかったとしても、めったに酒を口にしなかった竹脇さんが、その日に限ってそれほどまでに酒を飲んだ理由がどこにあったのか、も我々は知りたいのですよ。お分かりですか?」

出来の悪い生徒を小馬鹿にしながらも、世間の常識を言い聞かせようとする教師のように、彼は言った。私は、聞き分けのよい生徒のようにうなずいた。

「では、手初めに――竹脇さんが家を出た理由ですが、ご存じでしたら、ぜひうかがわせていただきたいのですが」

知らないとは言わせない、と言うように、くわえ煙草のまま、ずいと顔を近づける。

私はごく簡単に、事の成り行きを説明した。六年前のことをはぶき、表面上のことだけを。

二人の刑事は眉ひとつ動かさずに私の言葉を聞いていた。先ほどの集中治療室での一件から予想されたとおりのことを、私が裏付けただけなのだろう。自殺の原因＝痴情のもつれ。頭の中でメモをするのが見えるようだった。

「そうですか。奥さんから別れ話を持ち出され、竹脇さんは家を出たわけですね」

「いえ、彼女は別れ話を持ち出してはいないと思います」

「違う？」

「その場にいたわけではないので確かなことは言えません。ですが……、彼女は、その……私と親しくなっても、竹脇と別れるつもりはなかったと思います」

「すると、あなたと枝里子さんの間では、まだ一緒になるというような具体的な話は出ていなかったのですか」

それどころか、竹脇が家を出た五日後に、会うのはもうやめよう、と言われていた。

「となると、竹脇さんのほうで、奥さんとあなたの関係を問いただしたりしたんでしょうかね」

おそらく竹脇は、私たちの関係に気づいてなかったはずだ。私と枝里子がうまくことを運んでいたからではない。例のスクープをものにして以来、竹脇と篠田は自宅に帰る暇もないほど多忙だった。取材過程を綴った単行本は今もベストセラーのリストに名を連ねている。だから私は、枝里子に近づくことができたのだ。

「いや、そうなると、自分からなぜ家を出たのかが分からないか」

独り言のように言って、板倉は隣の若い刑事を振り返った。夫に浮気を指摘されれば、家を出るのはどう考えても妻のはずである。

「そうでもないいんじゃありませんか」

若い刑事が、ぼそりと言った。

「なぜだね」

板倉刑事の問いかけに、彼は躊躇するように私を見た。その視線で彼の言いたいことが手に取るように分かる。

――妻の浮気相手が中学時代からの親友だ、と知れば、誰でもショックで家にいられなくもなりますよ――

心の声が聞こえるようだった。

その声は、板倉刑事にも聞こえたようだった。部下と私を交互に眺めると、やり切れないように視線をはずして、煙草の煙を吐き出した。

煙の向こうから、蔑むような四つの目が私を捕えていた。沈黙が棘のように突き刺さる。むしろ、「お前が海に突き落としたんだ」と、直接言葉にして言われたほうがましだった。

私は友人の妻と関係を持った。彼女がかつて私の恋人だったことは何の理由にもならないだろう。私は竹脇を傷つけるのを承知で、というより、最初からそれが目的で、枝里子と関係を持ったのだ。

竹脇の背中を押したのは、間違いなく私だ。

「それで——」

長い長いインターバルのあと、板倉刑事がやっと口を開いてくれた。

「竹脇さんが家を出たのを、あなたが知ったのはいつだったのでしょうか？」

「次の日です。彼女と会った時に聞きました」

早速、次の日に会ったのか。目が驚いたように激しくまたたいた。

「枝里子さんは何と言ってましたか？　家を出て行った時の竹脇さんの様子について」

「彼女が言うには、竹脇は驚くほど静かだったそうです。何を話しかけてもまったく無言で、黙って荷物をまとめ始めたと言います。それ以来、今日まで竹脇とは連絡が取れませんでした。会社のほうには出ていたようですが、私が電話をかけた時は決まって不在でした」

「すると、直接お会いになったのは」

「去年の暮れから会っていません」

「なるほどね」

会えるわけがないだろうというように、板倉は何度もうなずき返した。

「竹脇さんがよくお酒を飲むような、行きつけの店はご存じないでしょうか？」

「あったとしても、あいつは付き合いで出掛けるだけで、ほとんど飲まなかったと思います。強そうに見えますが、酒はまったくダメでしたから」

私も何度か勧めてみたが、竹脇はビール一杯で顔を真っ赤にしては、すぐに寝てしまったものだ。大きな体に、子供のような無防備なところを持ち合わせているやつだった。

「では竹脇さんは、自分から酒を飲むようなことはまずなかったのですね」

「ええ。よほどのことがない限りは」

妻を寝取られるようなことがない限りは――。

3

午前四時をすぎて、やっと尋問から解放された。私は、刑事たちとともに会議室から集中治療室のある三階に戻った。

エレベーターの扉が開くと、廊下に枝里子の泣き声が響いていた。一瞬、最悪の事態を思い浮かべて、私はその場から足を動かすことができなくなった。どうにかエレベーターから出られたのは、板倉刑事が背中を押してくれたからだった。

泣き伏す枝里子の前に、長身で胸板の厚い紳士が威圧するように立っていた。彼女は目許を押さえながら、何度も何度も頭を下げている。その様子を、看護婦と刑事たちが遠巻きにして見ていた。おせっかいな刑事が、親切にも自殺の動機をほのめかしたとしか思えない。

エレベーターから降りた私たちに気づいたらしく、初老の紳士がこちらを振り返った。その拍子に、陰に隠れていた婦人の姿が現れた。

二人は、私が今一番会いたくない人たちだった。

高校時代の終わりに母が病気で入院中の三ヵ月間、私は、彼らの家で世話になったことがある。それ以前にも、昼夜を問わず押しかけては、何度となく迷惑をかけていた。彼らは自分の一人息子の友人であるという理由だけで、学校でも近所でも評判のあまり芳(かんば)しくなかった私を信頼し、それこそ我が子同然に接してくれた。のみならず、時には望外の援助をも惜しまなかった。

母一人に育てられた私は、家族の団欒(だんらん)というものを知らなかった。そのこと自体、母には何の責任もないことだったが、私は母を恨み、世を拗ねたりもしたものだった。そんな私の浅はかな目を開かせてくれたのが、竹脇の両親だった。彼らの温かいまなざしがなかったら、私はどこで道を間違えていたか分からなかったろう。

六年前、私と竹脇が交友関係を断ってからも、今に至るまで、理由を知らない彼らは、季節の便りを欠かさずくれている。身にあまる心配りで。

竹脇宗雄は私を認めると、大股で足を踏み出した。

「あなた」

竹脇恒子が慌てて止めようとしたが、無駄だった。今でこそ、ある船舶会社に天下っているが、五年前までは海上保安庁の巡視船で荒波を乗りこなしていた人物である。片手で妻を押しのけると、肩を震わせながら私の前に立ちはだかった。

「羽川くん」

怒りで自分の歯を噛み砕きそうな語調だった。真っ赤に充血した目を正面から受け止めることができず、私はうつむいた。

「顔を上げなさい」

無論、そんな勇気は持ち合わせていない。

「私は君が初めてうちに来た時のことを今でも覚えているよ。史隆と君は、喧嘩でもしたのか、まるでボロ雑巾のようになって玄関に倒れ込んで来た。——こんなことになるなら、あの時君を家に上げなければよかった。そのことを今さらながら後悔している」

　中学二年の夏だった。ワル仲間と決別するのに、なぜかクラスきっての優等生である竹脇が、私に手を貸してくれたのだ。二人してボロボロになるまで殴られた。

「私らが君に何をしたと言う」

　どれだけ感謝しても足りないのは分かっていた。だが、彼らは、竹脇が私から枝里子を奪っていったいきさつを知らない。

「顔を上げなさい」

　言われて顔を上げた次の瞬間、私は床に倒れていた。殴られた左頰はそれほど痛さは感じなかった。だが、右頰から伝わるリノリウムの床の冷たさが、氷の棒を打ち込まれたように体の奥底へと染み渡っていった。

　刑事たちは、誰一人として彼を止めようとはしなかった。それはそれでいい。彼には私を殴る資格があるし、私はそれだけの人間なのだから。

「いいか、二度と私らの前に顔を見せるな」

　地の底から響いてくるような、怒りのこもった声だった。その声で、私は自分が失ったものの大きさが、ようやく分かったような気がした。

　気力を振り絞り、立ち上がった。誰もが無言で私に背を向けていた。枝里子までもが。

私は逃げるようにその場から立ち去った。それ以外にできることは何もなかった。

東の空がうっすらと明るくなりかけていた。

海からの風は、まだ肌を刺すように冷たい。頭を冷すには頃合だった。

私は病院を出ると、勝鬨橋方面に足を向けていた。隅田川の向こうには、月島の倉庫街が、巨大な壁の高さを競い合っている。黎明橋を越えれば、その先が、竹脇が飛び込んだという晴海運河だった。

今になって、殴られた左頬が疼いてきた。その痛みが私に語りかけてくる。

――そこに行って何になる?

タイヤの跡を見れば、自殺か事故か分かるかもしれないじゃないか。

本気でそう思っているなら、私はただの大間抜けだ。それが分かったところで、何の解決にもなりはしない。このまま竹脇が死亡すれば、私が殺したも同然だった。だが――。

竹脇のとった行為は、友人と妻に裏切られたことへの復讐としては、あまりにも卑怯な手段に思えた。残された我々に、二度と癒えることのない深い傷を刻みつけることになる。

少なくとも、私はそうしなかった……。

六年前、私はたった一人の友人に、恋人を奪われた。

何の取り柄もない私を、枝里子が見限ったのは仕方ない。それまで私と付き合っていたことが、そもそも不思議だったのだ。誰もがそう言っていた。そして、枝里子にふさわしいのは竹脇のような男なのだ、と。

真実、竹脇はいいやつである。片親だった私を何かと励まし、協力してくれた。大学受験を控えて母が倒れた時、母の看病を手伝ってくれたのも竹脇である。しかも、竹脇には少しも驕（おご）るところがない。親切の押し売りをするでもなく、かえって私を気遣ってくれた。感謝こそすれ、疎（うと）ましく思うのはもってのほかだった。だが、竹脇のお荷物――そう周囲の者が私のことを見ているのが痛いほどに分かった。それがたまらなかった。

その竹脇を、枝里子は夫に選んだのだ。

六月の教会で二人が祝福を受けている時、私は、女手一つで私を育ててくれた母を一人で葬った。恋人と数少ない友人とたった一人の家族を同時に失い、以来、私は死んだも同然だった。母を安心させるためだけになった役人を、ただ惰性で続けているだけだ。

それが……半年前、六年振りに竹脇が私の前に現れたのだ。輸入食品の放射能汚染について取材したい、という記者として。

竹脇は、輸入食品の検査の実態から大スクープをものにした。その功績により、彼はジャーナリストとして不動の地位を築き上げたといえるだろう。今では、『中央ジャーナル』で彼の署名記事のない号はない。

仕事、名声、地位、家族、女、金――彼の手の中にあって、私にはないものが多すぎた。どれか一つを私が奪い取っても罪にならないのではないか。いつしか私は、そんな不遜な考えにとらわれていった。

私が選んだのは、枝里子である。

六年振りに再会した枝里子は昔と少しも変わるところはなかった。長く滑らかな髪、胸元の透き通るような膚の白さ、髪をかきあげながら横目で微笑みかける仕草。年を経て、以前にもまして魅力的になったようにさえ私には感じられた。感じられただけだったが。

最初は復讐心からだった。が、すぐに私は枝里子に傾斜していった。そして、望みどおりの結果となった。あまりにあっけなく、いとも簡単に。私はあまりのあっけなさに拍子抜けし、枝里子が普通の寂しい女になってしまっていたのに驚いた。同時に何よりも、自分がくだらない男であることを痛感させられた。

そして、七日前、竹脇が家を出た。

どうしてそうなったのか、枝里子は口を割ろうとしなかった。だが、私は今、はっきりと断言できる。あれは——枝里子が自ら竹脇に打ち明けたのだ。枝里子にとって、浮気の相手は誰でもよかった。近づいて来たのが、たまたま昔の男だった。それだけのことだ。

二時間ほど前の、集中治療室での枝里子の言葉が蘇る。

——あなたが悪いのよ、あなたが……

私にはそれが、枝里子の夫への精一杯の意思表示のように思えてならなかった。

4

《「週刊中央ジャーナル」一九八九年十二月二十二日号掲載の記事より》

『チェルノブイリの食料汚染はまだ終わっていない！』

財団法人・輸入食品検査センター副所長・篠田誠一の警告

一九八六年四月二十六日、ソ連ウクライナ共和国で発生したチェルノブイリ原子力発電所の大事故により、夥しい量の死の灰が世界中にばら撒かれた。その一部は大方の予想に反して日本にも飛来し、我々に大きな衝撃を与えることとなった。しかも、である。それは、誰もが思いもしなかった形で、密かに日本に上陸し続けていったのである。汚染輸入食品として——。

第一報は、一九八七年一月だった。トルコ産ヘーゼルナッツが、検疫所の検査により三百七十ベクレルという暫定基準値をオーバーしているのが発見された。二月に入ると、やはりトルコ産の月桂樹の葉とセージ葉、それにフィンランド産の牛の胃袋が検査ではねられ、その一週間後には、スウェーデン産の冷凍トナカイ肉が——と、輸入食品の放射能汚染が次々と報告された。誰もが直接かかわる食物の問題だけに、そのニュースは我々に計り知れぬ不安を与え、大きな社会問題とまでなった。

あれから三年——。

一時期マスコミで盛んに報道された輸入食品の放射能汚染問題も、今ではニュースにすらならなくなって久しい。表面上、事件は沈静化したように見える。だが——、実際はなんら問題の解決はなされておらず、それどころか、より恐ろしい現実が、我々の知らないところで今もなお深く、確実に進行しているのである。

チェルノブイリ原発事故後の一九八六年十一月一日以降、厚生省では、汚染の広がったヨーロッパ地域から輸入される食品を対象にして、セシウム134、同137の放射能測定検査を実施している。食品一キログラム当たり、三百七十ベクレルという暫定基準値を設置、輸入の際の制限値として、これを越えるものは輸入を認めず、積み戻し処分を命じている。

だが、この検査体制には、各方面から様々な問題点が指摘されている。

検疫所の測定器はお粗末なもので、メーターの針が振れるのを検疫官が目見当で判断するものだし、係官の人数も全国の検疫所で百人にも満たない少なさだ。輸入食品の増大にともない、一人の職員が抱える仕事量は増加の一途をたどり、オーバーワークが続いている。

そもそも、三百七十ベクレルという暫定基準値そのものが高すぎるのではないか、という問題もある。

この基準値が設定された一九八六年では、一般人の被曝許容線量が、年間五ミリシーベルトと設定されていた。その約三分の一を食品からの許容値とみて算出されたのが、三百七十ベクレルという値である。だが、その後、ＩＣＲＰ（国際放射線防護委員会）の勧告により、年間許容被曝線量がそれまでの五分の一の、一ミリシーベルトに引き下げられたのである。ところが、依然輸入食品の基準値は三百七十ベクレルのままである。ＥＣやアメリカの基準値が変更されていないからといって、日本までお付き合いする必要はどこにもないと言えるだろう。

同じ東側諸国との貿易で一九八七年に大問題となった、東芝機械の対ソ不正輸出事件、いわゆるココム違反が発覚した時、政府はアメリカ側の要請を受け、税関の係員を一挙に増員するという対策を講じておきながら、自国民の健康を守ることには何ら対処をしようとしないのである。これには憤りを通り越して、ただただ呆れるばかりだ。

問題はそれだけではない。検査対象区域をヨーロッパに限ってしまっていることにも、大きな問題が隠されている。

実は、厚生省から発表された「積み戻し処分を受けた輸入食品」のリストの中には、放射能検査の対象となっていない国からの輸入食品も、なぜかふくまれているのである。

無論これは、厚生省が検査対象を広げたわけでも何でもない。第十一回発表（一九八七年十月二十七日）のブラジル産ビーフ・エキストラクトの場合、フランスとアイルランド産の牛肉をブラジルで加工したもので、同じ業者の製品がアメリカにも輸出され、アメリカの検査で発覚し、日本へその情報が伝わったために、辛うじてチェックができただけなのだ。第十八回（一九八八年七月四日）発表の香港産ビーフ・エキストラクトの場合も同様だ。つまり、外部からの情報があって初めて汚染が発覚し、水際でくい止めることができたにすぎない。逆に言えば、情報がなかった場合は、そのまま輸入されて、我々の食卓にまで上がっていた、ということになる。まったく恐ろしいことではないか。

これも以前から指摘されていることだが、食品を輸入する際、原材料の産地国までは明記する必要がない。どこから輸出された食品か、その国名だけが問題にされるのだ。アイルランド産やフランス産の牛肉でも、一旦ブラジルへ運ばれて、そこで加工がなされれば、その食品は「ブラジル産」と表示されてしまう。

断るまでもなく、放射能検査の対象となるのはヨーロッパ諸国である。ブラジルや香港などの非ヨーロッパ産の輸入食品は検査されない。つまり、第三国を経由すれば、ヨーロッパの、引き取り手のなくなった安価な汚染食品も、検査されることなく日本国内へ輸入することが可能なのである。

ヨーロッパ産の輸入食品である限り、我々は「危険な食品かもしれない」との予測を立てることができる。消費者自らの手で、それを避けることも可能だ。しかし！　非ヨーロッパ産という仮面を被ったヨーロッパ産の食品が、何の検査もされることなく、日本の食卓に上がり込んでいるのだ。我々が安全だと信じ込んでいた食品のほうが危険な場合も、またありうるのだ。

一種の盲点がここにある。

これは、単なる邪推や脅かしではない。このような輸入食品は、現実にチェックすらされずに出回っている。野放しと言っていい状態なのだ。

そこで私は、『週刊中央ジャーナル』の竹脇史隆記者の協力を得て、第三国を経由しているヨーロッパ産輸入食品の放射能測定検査を片っ端から行なってみようという、気の遠くなるような作業に取りかかることにした。

作業は困難を極めた。

先に述べたように、輸入食品の表示からでは真の原産国は分からない。そこで、まず非ヨーロッパ産で何らかの加工が施されていると思われる輸入食品をリストアップしていった。その中から、原材料が明らかにヨーロッパ産とは考えられにくいもの（例えば、冷凍ピラフ等の米類や熱帯地域の果実をベースにした加工品）や、食品会社や輸入元商社に原産国を尋ねて非ヨーロッパ産の原料との確認が取れたものを消していく。商社の中には、あからさまな警戒心を示すところもあって、なかなか明確な回答は得られなかった。

また、もう一つ見逃してならないのは、第三国を経由したと思われる原材料である。これらは、日本で加工されてから市場に出回るため、食品そのものの放射能濃度を測定しても、他の食品や添加物と混ぜ合わされることにより、原料そのものよりも汚染値が低くなっていることが考えられる。そのため、原材料そのものを入手しなければならなかった。（これらの作業は、共同研究者である竹脇記者の尽力に負うところが多かったことを付記しておきたい）

その結果、不安は的中した。放射能測定検査の対象となっていない非ヨーロッパ産の輸入食品二件から、基準値を越える放射能が検出されたのである。

インド産ハーブ茶――五百十六ベクレル
シンガポール産牛肉――三百九十一ベクレル

以上の二点である。

高級茶のメーカーとして有名な「花菱」が輸入したハーブ茶は、インド産と表示されているが、実際にはヨーロッパ産のハーブがブレンドされていたことが予想される。積み戻しリストの中にも、ハーブは多く見受けられる。それだけ危険な食品だと言える。

また、牛丼で有名な「松田屋」の原料牛肉からも、基準値を越える放射能が検出された。

これには、見逃すことのできない新たな問題が含まれている。

周知の通り、牛肉は、国内生産者保護のため輸入数量が規制されている。だが、ひとまとめに牛肉といっても、種類や加工を施したものの中には、自由に輸入ができるものもある。乾燥肉や塩蔵肉、スモーク・ビーフ、牛肉が三十パーセント以下の加工食品、それにクズ肉や内臓肉がそれに当たる。

「松田屋」では、一旦スライスして凍結乾燥させたものを輸入し、原料牛肉として使用している。乾燥肉は、多少風味は落ちるが、後で水を加えて戻せば、元の牛肉に戻る。乾燥肉という自由化されている品目を、独自に輸入することで、安価な食品を提供しているわけだ。

問題はその加工国である。

「松田屋」は牛肉の乾燥処理施設をシンガポールに置いている。シンガポールの輸入食品の放射能基準値は0――どんなレベルの放射能も許さないという断固たる方針を取っている。一見、放射能に汚染された食品の持ち込みは不可能ではないかと思いがちだ。だが、ここにも規制を逃れる方法がある。

基準値が0であるため、汚染食品のシンガポール国内への持ち込みはできない。だが、国内で消費されないものなら、輸入が許可されるのである。

なぜこんな不可解なことが起こってくるかというと、シンガポールには加工貿易促進のための保税地域と呼ばれる関税保護区がある。再輸出される加工品の原材料には税金がかからない。それと同様、この地区で加工処理し、再輸出するものであれば、放射能に汚染された食品の持ち込みも許可されるのである。自国への持ち込みは許さないが、他国への輸出は認めるという、何とも身勝手な法律である。

シンガポールで加工された食品は、日本に輸入される際には「シンガポール産」と表示される。よって、放射能のチェックを受けることがない。つまり、この方法を取れば、世界各地で輸入を拒否される汚染牛肉を安く買いたたき、それを、世界で最も高く売りさばける日本へノーチェックで持ち込むことが可能なのだ。こんなおいしい商売を、利にさとい日本企業が放っておくとは考えられない。「松田屋」は、自由化されていない牛肉を乾燥肉として、しかも第三国――それもシンガポールの関税保護地区を経由するという、二重三重の隠れ蓑(みの)を利用することによって、放射能検査を逃れていたのである。

これらの輸入方法は、現行法律上では何ら問題はないのかもしれない。だが、消費者の健康を顧みない営利優先のこのような商法は、決して許されるべきものではない。しかも、「花菱」や「松田屋」は、氷山の一角にすぎない可能性が高いのだ。

牛肉やオレンジの自由化を目前に控え、このような網の目だらけの検査体制を、もう一度考え直さなくてはならない時期に来ているだろう。被害に会うのは我々国民なのである。

放射能に限らず、農薬、食品添加物、抗生物質の一部と——数々の有害化合物質が我々の周りを取り巻いている。科学が進歩するにつれて、その数はこれからも飛躍的に増え続けていくに違いない。それらは、あらゆる環境を蝕み、動植物の体内で生態濃縮を繰り返し、やがては食物連鎖の頂点に立つ人間に集積される。そして、我々の体内で濃縮された汚染物質は、我々の子から孫へと、果てしなくつながっていくのだ。

食品汚染の問題は、今を生きている我々だけの問題ではないのである。

今一度声を大にして警告する。

チェルノブイリはまだ終わっていない。

《構成協力　本誌・竹脇史隆》

5

東京港湾合同庁舎は港南大橋のたもとにある。周りを首都高速一号線とモノレール、ＪＲの引き込み線に挟まれていて、目立たないこと極まりない。その二階に、私の勤める東京検疫所がある。輸入食品の監視体制に不安を抱く人たちが、その古色蒼然たる建物を見れば、こんなところに任せておいて大丈夫なのだろうか、と一層不安がること請合（うけあ）いだ。

ひび割れたコンクリートの門を入ると、私は正面玄関前に並ぶポストに手をかけた。

午前七時。郵便物が配達されるには少しばかり早すぎる時間だった。総務に勤める者の習慣で、無意識のうちに体が動いていた。こんな時にまで、体が自然と動いてしまう。毎日が同じことの繰り返し。そんな自分が疎（うと）ましく感じられてならなかった。どうしようもなく、役人生活が身に染み込んでいる。

予想に反して、扉の隙間から、郵便受けの中に封書が入っているのが見て取れた。中から取り出し、手にしてみると、封書には切手が張られていなかった。明らかに定規を当てて書いたと思われる角張った筆跡で、中央に大きく「東京検疫所御中」とある。その左には、同じような直線で書かれた赤文字で「急告」とあった。

これまでにも、検疫所の仕事ぶりを糾弾する趣旨の手紙が来たことはある。だが、このように筆跡をごまかすほどの、明らかな悪意を感じさせるものは初めてだった。

私は二階に駆け上がり、鍵を開けて検疫所内に入ると、自分のデスクからカッターを取り出し、慎重に開封した。薄手の紙に、几帳面に直線だけで書かれた文字が並んでいた。


『毒入り危険！

月島にある「ミートハウス」の冷凍倉庫内の肉に毒物を混入した。間違ってレストランのテーブルに上ることのないよう、直ちに検査したほうがいいだろう。忠告を無視するのは自由だが、あとで後悔することのないよう、慎重に行動されたし』

冗談にしては絶妙のタイミングだった。

「ミートハウス」は、関東近辺でチェーン店を広げるファミリーレストランである。「出会い」のMEETと「肉」のMEATをかけたらしい、いかにも奮ったネーミングを見ただけで、私にはドアをくぐる気にもなれないのだが、若者と家族連れには受けているらしい。つい最近、そのチェーン店の一つが、キッチンに農薬をばら撒かれて営業を停止した、というニュースがあったばかりだった。

それに乗じた、たちの悪いいたずらに違いない。そう思いはしたが、私一人で処理できることではなかった。私はキャビネットを探って、所員名簿を取り出すと、高木義久の自宅に電話を入れた。

「おう、どうした、こんな時間に。二日酔いで休みたいと言うつもりならやめとけよ。俺も同じだからな」

厚生省という役所柄か、几帳面で折り目正しい職員が多い中、高木義久は異彩をはなっていると言っていいだろう。高木は、私と同じ元食品衛生監視員——いわゆる食品Gメン出身である。高卒後、役人になったのはいいものの、退屈な仕事に満足できず、大学の夜間部に通って食品衛生監視員の資格を取ったという。仕方なくその職を選んだ私とは大きな違いである。農学部出身であった私は、専門試験によって何とか厚生省に潜り込むことができたにすぎない。

昨年まで私が配属されていた本省生活衛生局食品保健課でも、高木の逸話が数多く残されていた。違反摘発件数は群を抜き、立ち入り検査や書類確認は峻烈を極めた。彼に目をつけられて、泣きながら違反を吐露した業者もいたという。

「二日酔いは当たっていますが、欠勤届ではありません。その証拠に、今、庁舎からかけています」

「まさかおまえ——そこで飲み明かしたんじゃないだろうな」

「課長ほどの度胸は私にはありませんよ。たまたま近くに用があっただけです」

「だったら何だ。俺もそろそろ出なけりゃならない。今朝は珍しく客が来ることになっていてな、早めにそっちに行こうと思っていた」

「それは助かりました。今すぐこちらに来ていただかなくてはならない用事ができました」

私はことの次第を手短に報告した。二、三秒の躊躇があったのち、高木の口調がはっきりと変わった。

「確かにその手紙には、ミートハウスと書いてあるんだな」

高木も例のニュースは知っていたらしい。久し振りの事件の匂いに、高木の声には張りが出ているようだった。

「よし、わかった。なるべく早くそっちに行く。念のために警察へ通報を頼む」

「いいんですか。所長の了解を取らなくても」

「余計な心配するな。上へはこっちで話をつける。少しでも警察への通報を渋ったら、万一手紙が事実だった場合には、検疫所の対応が問題にされるかもしれない、そう言って脅すだけだ」

断固とした口調で高木は言った。年齢を理由に現場から離れていたが、今も彼の気力は少しも衰えてはいない。最近では、本省のお偉方に直接掛け合って、輸入食品専門の検査機関を新設させる、という偉業を成し遂げていた。
残留農薬、食品添加物、ホルモン剤や抗生物質、カビ毒——など、食品が市場に出回るまでにチェックされなければならない項目は多岐にわたっている。その検査は、国立衛生試験所などの国公立の検査機関だけでは、当然さばき切れる量ではない。多くが厚生省の指定を受けた民間の検査機関に任せられている。だが、ある機関はカビ専門、あるところは添加物、という具合に、それぞれ専門が決まっている場合が多かった。輸入食品の中には、一度に多くの検査を行わなければならないものもあって、何かと不都合が多くなるケースもある。

　以前から輸入食品の検査体制について憂慮していた高木は、持前のバイタリティーで上司を一人一人くどき落としていった。その熱意にほだされたのか、あまりのしつこさに音を上げたのか、四年前、ついに政府出資による新たな検査機関の設立計画がスタートした。折から発生したチェルノブイリ原発事故による輸入食品の放射能汚染問題も手伝って、計画は一気に弾みがかかり、急速に進展した。そして一昨年の十月、江東区東雲の埋め立て地に、財団法人「輸入食品検査センター」が設立されたのだ。

　正式に計画がスタートしてからは、ことは高木の手から離れていた。だが、本省の職員の誰もが、本当はそれが高木の仕事であるのを知っていた。要職にもない一介の役人が、国を動かし、これだけのことを成し遂げたのは希有の例と言えるだろう。

だが、誰にでも弱点はあるものだ。彼の唯一の弱点は、年頃になる一人娘である。我々職員の間では、その話題を口にすることが、彼のしつこい叱責から逃れられる一つの方法にまでなっていた。

「分かりました。では、お嬢さんによろしく」

「うるさい！　さっさと警察に通報しろ」

電話を切り、さっさと一一〇番に連絡した。応対に出た男は、私の氏名と、どのような手紙で、どこで見つけたのかを、もどかしいほど事務的に確認していった。私が店に農薬がばら撒かれたというニュースがあったことを告げると、少しだが語調に緊張感が漂った。

「直ちに担当の者を確認に向かわせます。手紙にはむやみに手を触れないようお願いします。いいですね」

あとは待つだけだった。その間を利用して、綴じてあった新聞ホルダーを引っ張り出した。

記事はすぐに見つかった。

『レストランへ農薬散布
四日午前八時、ファミリーレストラン「ミートハウス」田無店の通用口付近の壁に、スプレー塗料で「毒入り危険」と殴り書きしてあるのを、出勤して来た店長・中野幸雄さん（三〇）が発見、不審に思って店内に入ったところ、キッチンに白い粉がばらまかれていた。警察の調べにより、農薬の一種であることが判明、店は今日一日大事を取って休業を決めた。店内の施錠に異常がなかったことから、農薬は換気扇のすき間から投げ入れられたものとみられており、田無署では、悪質ないたずらとみて捜査を進めている。
農薬は、「２・４―ＰＡ」や「ＤＰＡ」を主成分とする除草剤で、「２・４―ＰＡ」はベトナム戦争で使用された枯葉剤の主成分として知られている』
簡単な記事だった。注目すべきことは、ここでも犯人はわざわざ店の壁にスプレーで「毒入り危険」と断っていることだ。
小麦粉、ベーキングパウダー、脱脂粉乳、片栗粉等、レストランともなれば白い粉は豊富にある。もし、犯人が犯行声明を残さなかった場合、農薬と知らないまま、簡単な掃除をしただけで営業を行ったことも考えられた。そうなれば、被害は間違いなく拡大していただろう。

今回もまた同様である。犯人はわざわざ検疫所に犯行声明を送りつけて来ている。犯人の意図は測りようがないが、いたずらに一般への被害を企てているのではなさそうだ。

事件の報道は、他の新聞も同様だった。目新しい情報も、続報も見当たらなかった。

代わりに、気になる記事が目に止まった。

『松田屋の輸入担当重役が自殺

二日早朝、牛丼（どん）チェーン店「松田屋」重役の桑島哲さん（四九）が、自宅の物置で首をつって死んでいるのが、長女真由子さん（一五）によって発見された。

桑島さんは、最近放射能汚染の牛肉を不正に輸入しているのが発覚した牛丼チェーン店「松田屋」の輸入担当者で、遺書にはその責任を取ると書かれていた』

竹脇のスクープの影響だった。

妬みからではなく、私は常々その報道の仕方に疑問を持っていた。週刊誌という性格上、センセーショナルに問題を煽（あお）り立てるのも、仕方ないのかもしれない。だが、それは、あまりにも性急すぎたように私には感じられた。

『週刊中央ジャーナル』は、篠田と竹脇による告発記事掲載と同時に「三角輸入を行なった企業の商品ボイコット」と「輸入食品の検査強化」の二つを柱にした一大キャンペーンをぶち上げた。槍玉に上げられた「花菱」と「松田屋」は、こぞって裁判も辞さないという猛烈な抗議を編集部に寄せた。だが、その翌週、竹脇による後追い調査の記事が出るに及び、沈黙せざるを得なくなった。サンプルの入手方法とその証拠写真、それに輸入元の現地での関係者の証言までと、三角輸入の証拠を端から並べ立てたのである。しかも、追い討ちをかけるように、ある大学の研究班が自主検査の結果を報告した。確認のために市場に出回っている商品を検査したところ、花菱の紅茶から記事の通り、基準値を越える放射能が検出されたのである。松田屋の牛肉に関しては、五十ベクレル前後の低い値しか検出されなかったが、これは、乾燥状態で輸入されたものが水で戻されたために放射能濃度が薄められたのではないか、との推論が添えられていた。

花菱は直ちに製品を回収し、大々的に謝罪広告を打った。元々が日本茶の専門店で、紅茶の売上げがさほどではなかったことから、紅茶部門の切り捨てという素早い対応も取れた。

だが、松田屋の場合は深刻だった。「安くて旨い大衆食」のキャッチフレーズの裏に、放射能に汚染された安価な牛肉があったのでは、致命的だった。花菱同様、松田屋も「汚染の事実は知らなかった。今はもう安全だ」との広報活動に腐心したが、一度離れた客はそう簡単には戻ってこなかった。最近では、会社更生法の適用も時間の問題だろうと噂されている。

『週刊中央ジャーナル』のキャンペーンの趣旨が、正義感から出たものであるのは間違いないだろう。だが、そのために、一人の人間が死を選ぶことになってしまった。そのきっかけを作った竹脇も、今はベッドの上で生死の境をさまよっている。なんとも皮肉な巡り合わせだった。

と同時に、もしかするとそのことが、竹脇が自殺をしようとした動機の一つになっていたのではないだろうか、と思い当たった。責任感の強い竹脇のことだ。決して考えられないことではない。

私は、自分の背中の重圧を少しでも軽くしたいために、無理にでもそう思いたかった。

6

五分もしないうちに、窓の外から車のブレーキ音が派手に聞こえてきた。駆け寄って玄関先をのぞき込む。敷地内へ乗り入れたパトカーから、二名の刑事が降り立つところだった。

エレベーター前で出迎えると、五十代と見える丸顔の刑事が名刺を差し出した。

「高輪署の安藤です」

仮眠中に起こされでもしたのか、まだ眠そうに目を細めている。もう一人の若い刑事は、私を睨むだけで、名乗りもしなかった。その目が緊張感にあふれている。まだ名刺もできていない新米かもしれない。

所内に案内し、手紙を提示する。

発見時間、場所、ポストを知っている者、心当たりの有無。安藤刑事は、至ってのんびりとした口調で事実の確認を行っていった。

「ここに書いてあるミートハウスの倉庫ですが、月島のどのあたりにあるか、ご存じないでしょうかね」

「いえ、私どもで把握しているのは港周辺の保税倉庫に限ったことですので、そこまでは……」

港に荷揚げされた貨物は、保税地域と呼ばれる貨物への関税を留保される地域に一旦搬入される。その中に設置された倉庫が、保税倉庫である。そこで税関や検疫所の検査が行われ、その結果、正式に輸入が許可されたものだけが港から出されることになる。我々検疫所の作業に限って言えば、輸入された食品の検査やサンプルの抽出に出向いて行く先は、その保税地域内に限られている。貨物の搬出先までは知りようもない。

安藤刑事は寝ぼけ眼をしょぼつかせながら、鼻の頭を掻いた。

「そうですか、ご存じありませんか。まあ、署の者がミートハウスに確認を入れてますから、おっつけ結果が入るでしょう」

予想に反して、本部からの連絡はなかなか入らなかった。

午前七時三十二分。会社の就業時間には少々早すぎる時間だった。確認を取ろうにも、まだ誰も出社していないのが普通だろう。

初対面の人との世間話は、あまり弾むものではない。相手が刑事ではなおさらだ。今日二度目の刑事との無言の対面は、忘れかけていた左頬の疼きを呼び戻した。奥歯が噛み合わないような、もどかしいほどの焦燥感が私を襲う。

私と刑事たちが話の継ぎ穂を探すのをあきらめかけた時だった。所のドアが、突然、壊れるかと思うほどの盛大な軋(きし)みを立てて、開いた。

振り返ると、息を切らした高木がドアのノブをつかんで立っていた。おそらくバス停から走って来たのだろう。荒い呼吸を整える間もなく、突然現れた人相の悪い男を警戒して身構える刑事たちの前に、大股で歩み寄った。

「ご苦労様です。総務課長の高木です」

高木が言い終わるのと、安藤刑事のポケットベルが鳴るのがほぼ同時だった。

「失礼。電話を拝借します」

安藤は課長に目もくれず、デスクの電話に飛びついた。何やら小声で話し込む。

高木は、太く短い首に食い込んだ芥子(からし)色のネクタイを緩めながら、私を見た。あごの下は剃り残した髭で青々しい。

「ご苦労だった。で、どれだ。手紙は？」

私は自分のデスクの上に置かれた手紙を指さしながら、高木に片目をつぶってみせた。

「久しぶりの事件だからって、あまり入れ込みすぎないで下さい。シェービングクリームがまだ残ってますよ」

「馬鹿野郎。上司をからかうな」

高木はわざとらしく顔をしかめて、小声で一喝した。それから、キスでもするのかと思うほど手紙に顔を近づけた。だが、決して手を触れようとはしない。現場を離れて少しは角が取れたといわれる眼は、もうそこにはなかった。すっかり昔の職業に戻っている。

「どうです。元鬼Gメンとしては、何か分かりますかね」

「お前の字より読みやすいことだけは確実だ」

口の悪さも昔に戻っている。

安藤刑事が受話器を置いた。

「住所が特定できました。今、月島署の者が倉庫の確認に向かっております」

「まもなく所長もまいると思います。ここでは何ですので、所長室のほうへ」

高木は刑事たちを隣の別室へと案内した。

そろそろ他の所員も出てくる時間だった。このまま事務所内に刑事にいられたのでは、仕事の処理にも問題が出てくるだろう。輸入食品の増大につれ、処理しなければならない書類は山のように溜まっている。

安物のソファに私たちがあらためて腰を落ち着けると、ふいに、所長室のドアがノックされた。田所所長がドアをノックするのを目撃したことは一度もないし、所員が登庁一番に所長室を訪ねることも珍しい。

腰を浮かせた高木を制し、私は立ち上がった。刑事の横を抜け、ドアを開ける。

薄暗い廊下に、篠田誠一が立っていた。私を見ると、篠田は一瞬驚いたように目をまたたかせた。すぐに笑顔を作りながら言う。

「ずいぶん早い出勤だね」

「先生こそ。今日はどうしたんです？」

二年前、関東大学助教授の椅子を追われた篠田は、すでに「先生」と呼ばれる立場にはない。だが、誰もが篠田を「先生」と呼んでいた。四十五歳。小柄で細身な体格は、人に威圧感を与えるものではなかった。だが、テレビで輸入食品の放射能汚染問題が盛んに論じられた時、やたらに押しばかりが強い評論家よりも、篠田の落ち着いた口調のほうが、かえって身に迫って感じられたものだった。

「高木さんと会うことになっていたんだが、少し早く着きすぎてしまってね」

客が来る、と高木が言っていたことを思い出した。どうやら篠田のことだったらしい。

部屋の奥で高木が立ち上がった。刑事たちも振り返ってこちらを見ている。

「なんだ。高木さんももう見えていたんですか」

篠田が私の肩越しに室内をのぞき込んだ。

「お約束した時間にはまだ早いと思いますが……」

高木が言葉をにごしながら、篠田を廊下にうながした。後ろ手で隠すようにドアを閉める。

「私も早すぎるとは思ったのですが、玄関先で物騒な車を見つけたものでね。何かあったのでしょうか」

篠田の問いに、高木は露骨に顔を曇らせた。

以前から気になっていたのだが、どうも高木には、篠田のことを快く思っていないふしがある。輸入食品の検査機関の副所長と、その生みの親でもある検疫所の課長では、仕事上顔を合わす機会も多かった。私も何度か二人が一緒の席に居合わせたことがある。その折、高木の行動の端々に、篠田を敬遠するかのような所作が見え隠れするのだった。ノンキャリアで言わばたたきあげの課長としては、醜聞で大学を追われるような形となった篠田と反りが合わないのも分かるような気がする。高木が見せる篠田への硬い表情は、「俺がセンターの設立に奔走したのは、おまえのような男に天下り先を用意してやるためではない」そう言外に匂わしているようにも感じられた。

篠田が大学を追われることになったのは、教授選をめぐるごたごたが原因だと聞いている。当時篠田は、教授に一番近い男と見られていたらしい。だが、教授選の寸前になって、彼の研究室の助手が、研究費の一部を教授選の運動資金に流用している、との疑惑が、ある週刊誌に報道された。国立大学では、その手のスキャンダルは致命傷となる。渦中の助手が突然の自殺を遂げて、結局真相は分からずじまいに終わったが、篠田はほぼ手中にしかけていた教授の椅子に座りそこなった。

一部の週刊誌では、篠田と教授を争ったライバル側の陰謀説まで取り沙汰されたが、事の真相は分からなかった。とにかく、篠田は醜聞の責任を取らされたのだ。

「おいおい、篠田先生まで呼んだのか」

突然、廊下の奥から胴間声が響いてきた。振り返ると、田所所長がエレベーターから太った腹を揺するようにして出て来るところだった。

「おはようございます」

私たちの挨拶に、田所は口をへの字に曲げて答え返した。

「はっきりするまでは外部に漏らすなと言ったではないか」

「いえ、篠田先生が見えられたのは今回の件とは関係ありません。昨日からお会いする約束をしておりました」

高木の返事など所長には聞こえなかったようだ。顔にたかろうとする蝿でも払うように右手をひらひらと振った。

「いたずらだよ。いたずらに決まっている。大騒ぎする必要はない。我々が騒げば騒ぐほど犯人を面白がらせるだけなんだ。そんなことぐらい分からないのか」

言うだけ言うと、田所はさっさと自分の部屋へ入って行った。随分とご機嫌斜めである。

「犯人とは物騒ですね」

篠田が私たちを見て、眼鏡のフレームを押し上げた。高木が言いにくそうに横を向く。

「……詳しい事情は言えませんが、ちょっとした問題が起こりました」

「でも、所長さんの話では、私にも関係がありそうな口ぶりでしたが」

「それはそうですが……」

高木が短い首筋に手をやった。困ったように私を見る。

犯人は、わざわざ手紙の中で「検査をしろ」と忠告してくれている。その言葉どおり、倉庫内に農薬が撒かれていたとするならば、中の食肉が汚染されていることも充分に考えられた。篠田の所属する「輸入食品検査センター」は、残留農薬のチェックには持って来いの機関である。

高木は、剃り残した髭をさすりながら、天井を見上げた。私と同じことを考えているのかもしれない。

「いつまで廊下にいるつもりなんだ。さっさと入らないか」

ドアが開いて田所が顔を出した。

「よろしいのでしょうか。篠田先生に事件のことをお話ししても」

「とにかく入ってもらえ。警察が相談したいことがあるそうだ」

言われるままに私たちは所長室に戻った。高木は、篠田の紹介もそこそこに、刑事たちに質問した。

「結果はどうだったのでしょう」

安藤刑事は手帳を閉じると立ち上がった。

「残念ながら手紙はいたずらではなかったようです。たった今、倉庫内に白い粉が撒かれているのが確認されました」

「白い粉。すると――」

「十中八、九、農薬でしょうな」

「農薬。どういうことです？」

成り行きを見守っていた篠田が、口を挟む。

説明役は、若い刑事だった。篠田のめったに変わらない表情が変化した。組んでいた腕をほどき、私たちをゆっくりと見回した。

「倉庫に警備員はいなかったのですか」

「二人いたそうですよ」

田所が、憮然として答えた。

「守衛室でぐっすりと眠っていたがね」

どんなひどい警備員でも二人そろって眠り込んでしまうということがあるだろうか。犯人によって眠らされた。そう考えたほうが自然かもしれない。

安藤刑事が後を引き受けて言った。

「月島署の者が警備員を起こして、倉庫の錠を開けてみたところ、中の荷は白い粉でびっしりと覆われていたそうです。そこで、ご相談なのですが。――現在、現場には鑑識の者が向かっております。白い粉が農薬か、先日の事件でばら撒かれたものと同じであるか、その程度の確認は私どもにもできるでしょう。ですが、問題は、その被害の状況なのです」

「といいますと」

「倉庫の中の荷は、すべて食肉でした。ところが我々には、中の肉がどの程度汚染されたか判断のしようがありません。仮に汚染されていたとしても、それがどの程度で、食用として流通させてよいものかどうか。この手紙にもあるように、検査しないわけにはいかないと思うのです。被害状況を正確につかむためにも、そのあたりのことを把握しておく必要があります」

「それを、検疫所でやれと?」

田所が表情を曇らせ言った。誰でも厄介事を背負いたくはない。

「お願いできますでしょうか」

一度輸入が許可されたものであれば、その検査は、本来なら検疫所の仕事ではないと言えた。だが、今回のように食肉の残留農薬検査は、保健所や衛生試験所では扱ったことがない。その検査が行われるのは、輸入される時だけなのだ。

犯人と警察からリクエストを受けたのでは、田所でも断るわけにはいかないようだった。

「仕方ありませんね」

田所は渋い顔でうなずいた。腹をゆすって、篠田を振り返る。

「うちのほうの権限でサンプルを採取してみます。お手数かもしれませんが、先生のところで検査していただけますでしょうか」

一同の視線を集めて、篠田はしばしうつむいた。

細菌や残留農薬についての検査までは、検疫所では行っていない。輸入審査時にその必要があると判断された場合に、サンプル採取が行われて、国立衛生試験所や公認検定機関に送られて、検査することになっている。田所でなくても、篠田のところに依頼するのが普通だった。だが、最近の輸入食品の増加にともない、どの機関も山のように仕事を抱えている。そこに、事件がらみの急な仕事まで抱えさせられるのではたまらないことだろう。

「不謹慎かもしれませんが……」

思い切ったように篠田が言って、顔を上げた。その頰に、小さな笑みが浮かんでいた。

「警察の捜査に協力できるなんて、めったにない経験ですからね。――喜んで引き受けさせてもらいますよ」

7

　篠田は直ちにセンターに電話を入れ、残留検査室の職員に農薬の判定に必要な試薬をそろえさせ、現場で落ち合うことを打ち合わせた。

　行きがかり上、私も現場に同行することになってしまった。おせっかいにも高木が、私のことを優秀な元食品衛生監視員だ、と刑事たちに紹介したからである。私は刑事たちの好意的な眼差しと、サンプルの採取という重大な役目を仰せつかることとなった。

　ミートハウスの冷凍倉庫は予想していたほど大きくはなかった。倉庫会社や大手食品企業の有する巨大倉庫と比べれば、ミニチュア程度の大きさだった。それでも二階建のアパートほどはあるだろうか。窓もなく、太陽光を反射するために白く塗られたコンクリートの壁が、周囲の煤(すす)けた倉庫街の中で一際輝いていた。

　倉庫の前にはすでに三台のパトカーが停車していた。早々とロープも張られている。

　その横に、白衣姿の佐多英之(さたひでゆき)が、薬品ケースを手に顔をこわばらせて立っていた。センターの中でも、生真面目で通っている若い職員だった。

「おはようございます」

　私たちがパトカーから降りると、佐多は背筋を伸ばしたままの格好で腰を折った。振り上げた顔には大粒の汗が浮かんでいる。タクシーが捕まらずに、自転車を飛ばして来たらしい。三メートルほど離れたフェンス脇に、それらしい自転車が立て掛けてあった。

「ずいぶん早かったね。ご苦労様」

　篠田の声で、佐多の表情が和らいだ。得意そうに少しだけ胸を張って言う。

「大きな声じゃ言えませんが、信号なんか見ないで飛ばして来ましたからね」

　入り口を抜けると、二十メートル四方ほどの荷捌き場になっていた。正面に、銀色に輝くアルミ製の巨大な扉があり、鑑識係らしい者たちが張りつき、白い粉をはたいていた。右の壁には、制御室と機械室と思われる「立入禁止」の札の掛かった扉が並んでいる。その前で、眠り込んでいたという初老の警備員が二名、私服刑事の前でうなだれていた。

　安藤刑事が月島署の刑事たちと挨拶を交わしていると、扉の左側から白い煙が湧き上がった。そこにも勝手口のような小さな金属のドアがあって、白い靄の中から胸板の分厚い刑事がのそりと姿を現した。

「うう、たまらんな」

男は、体についた水を払う獣のように大きく身震いすると、安藤に大股で歩み寄った。

「月島署の貝原です。いや、参りました。マイナス二十五度なんて寒さは初めて体験しましたよ。十分もいたら、こっちが冷凍食品になっちまいます」

「で、どうでしょうか、中の様子は」

「見てのお楽しみです。なかなか壮観ですよ」

事実、倉庫内は壮観だった。

移動ラックの上に荷物は一つも残っていなかった。段ボール箱はすべて中央の通路にぶちまけられ、スライスされた肉が辺り一面に飛び散っている。その上に、満遍なく白い粉がまぶされていた。その帯が倉庫の奥まで七メートル近くにわたって続いている。さらに先を見ると、仕分け前の枝肉が山のように積まれていた。山の大きさから判断して、三十本前後だろうか。段ボールに箱詰された肉の五分の一ぐらいの量である。フリーザーバーンを防ぐためにかけられていたビニールはことごとく切り裂かれ、その上から白い粉で化粧が施されていた。

「こりゃあ、すごいや」

佐多がのどを詰まらせながら声を上げた。

貝原が、目の前の山を指さした。

「見て下さい。カッターか何かで段ボールに切り込みを入れてます。そうやって箱の中を全部ぶちまけてから、直接肉の上に農薬を撒いてます。几帳面なやつですよ」

確かに段ボールの一部が、鋭利な刃物で切断されたようにすっぱりと切られていた。

仕事がら、ついつい段ボールに記載された表示に目がいった。「MADE IN BRAZIL」とある。ブラジルでパッケージされたものを輸入しているようだ。

「巡回表には、午前二時までのサインがありました。その後に、本社から差し入れのあった弁当を食べたそうです。その後のことは……」

貝原は大袈裟に肩をすくめてみせた。

「そこに一服もられましたかね」

「すでに胃の中を調べるように指示しました。――それとですね。先月の二十七日の夜にも、被害にあったそうなんですよ。といっても農薬とは関係なく、中の荷を盗まれたのですが」

「倉庫荒らしですか」

「ええ。段ボールがやはりカッターのようなもので切られて、肉の一部が切り取られていたそうです。盗みに入ったにしちゃあ変な取り方なもんで、いたずらだと思ったと言ってました。それで警察には届けなかったらしいですね」

「そんなに簡単に入り込めるんですかね」

「荷下ろしのどさくさに紛れれば、入り込むことはできるそうです。けど、人の目があるから、肉を盗むのは難しいでしょう。作業員がいなくなるまで、物陰にでも隠れてやりすごしますかね。犯人が凍えないうちに、誰もいなくなってくれればの話ですが」

貝原は足踏みをしながら後方のドアを振り返った。

「ほら、左っ側に小さいドアがあるでしょう。あれは外から鍵を閉められても、中からなら開けられるようになっているんです。こんなところに閉じ込められでもしたら大変ですから」

「ああ、なるほど。しかし、そうなるとですね……」

刑事たちは私たちの存在など忘れ、意見交換に余念がない。

篠田がたまりかねたように進み出た。佐多から渡されたケースを安藤に掲げて見せる。

「よろしいでしょうか」

「あ、どうぞ、お願いします」

安藤が一歩後退して道を空けた。

篠田は白い粉に近づくと、ケースの中から小さな試験管を取り出した。右手に息を吹きかけ、薬匙で肉の上から白い粉を掬い取る。

私たちが篠田の手捌きを見つめていると、後ろの扉が開いて、背広姿の一団が倉庫内に入って来た。四十歳ぐらいの小柄な男を中心にして、その周りを神経質そうな男たちが取り囲んでいる。どの顔にも、戸惑いとも苛立ちともつかない複雑な表情が刻まれていた。ミートハウスの社長と、その取り巻きに違いない。男たちは惨状を目の当たりにして、口々に呪いの言葉を吐き捨てた。

貝原刑事が被害者たちを出迎えに行き、私たちは倉庫の外に出た。

篠田は、白い粉を採取した試験管に蒸留水を入れて攪拌し、水溶液をパレットの上に並べていった。その上から、佐多がスポイトで薬品を一滴ずつ落としていく。

荷捌き場で始まった実験に、刑事たちが物珍しそうに集まって来た。貝原と被害者の一団も、倉庫から出てくると、輪の中に加わった。

篠田は周囲を気にするでもなく慎重にパレットを左右に振った。白濁していた液体の一部に明らかな反応があった。

篠田はそれを確認するように大きくうなずいた。

「間違いありません。主成分はフェノキシ系アミン塩の一種です」

「と言いますと」

安藤が身を乗り出して訊く。

「断定はできませんが、二、三日前にレストランにばら撒かれたという2・4―PAナトリウム塩と同種の除草剤だと思われます」

刑事たちの間から、ざわめきの声が上がった。

「やはりそうですか。だとすると、先日の事件と同一犯人である可能性が高いですね」

刑事の一人が、貝原に進言した。

「ああ。特殊な農薬を使ってるなら、案外簡単に足がつくかもしれないな」

「そう簡単に出所が判明するとは思えませんが」

篠田がきっぱりとした口調で疑問を呈する。

「なぜです。枯葉剤に使用された農薬なら、どこででも手に入るって代物じゃあないでしょう」

そう考えるのが普通である。私も厚生省に勤めるまではそう思っていた。

答えを返さない篠田を見限るように、貝原が高木へと視線を変えた。

「まさか、枯葉剤が簡単に手に入るわけじゃ……」

刑事たちに見つめられ、高木は言いにくそうに表情を歪めた。

「そのまさかです。実は簡単に手に入るんですよ。そこらのスーパーや、ちょっとした園芸店にでも行けば、家庭用の除草剤として売ってます。子供にでも簡単に買えますよ」

「馬鹿な。毒劇法の指定もないのですか」

貝原の怒りは当然だった。

毒性が認められる化学物質は、毒物及び劇物取締法によって、その製造や販売、取り扱い方法が規制されている。毒性の強いものから、「特定毒物」「毒物」「劇物」の三段階に区分され、購入の際には、住所氏名と捺印が必要となっている。だが、その指定に入っていない薬品に関しては取り締まりの規制はなかった。

アメリカ軍がベトナムで使用した枯葉剤は、通称「オレンジ剤」と言われる、2・4・5―Tと2・4―PAの混合剤である。2・4・5―Tのほうは、マウスによって先天異常や流産との因果関係が立証され、現在では農薬としての使用が禁止されている。だが、今回ばら撒かれた2・4―PAのほうは、使用禁止どころか毒劇法の指定もない。

だからと言って、何の毒性もない、というわけでは決してない。マガモやラットへの経口投与実験では奇形を起こすとの研究報告もあるし、人の白血球に染色体異常を引き起こす、とも言われている。だが、我が厚生省では、「毒性指定なし」として、何の規制も行なっていない。よって今でも、水田、ゴルフ場、家庭用までと、様々な除草剤として使用されている。

ベトナムで使用された枯葉剤と同じ成分の除草剤が、何の制約もなく売られている。その事実をあまりにも知らない人が多すぎる。マスコミで盛んに枯葉剤の恐怖を煽(あお)っておきながら、野放しの実態を報告する者はいない。

2・4―PAの撒かれた我が家の芝生の上で、子供が転げ回って遊んでいる。絵に描いたような日本の幸せな家庭だった。

黙り込んでしまった刑事たちに、篠田がやっと重い口を開いた。

「ですから、残留基準は設定されていません。ただ、農薬取締法による安全使用基準が設定されていたはずです」

次々と飛び出す専門用語に、刑事たちは間が抜けたように口を開くだけだった。

「基準といっても、こちらも規制があるわけではありません。農水省が守るようにと指導しているだけの基準です。単なる気休めにしかすぎませんがね」

「しかし、基準があることには変わりはないのですね」

安藤刑事が眉の辺りを掻きながら訊いた。

「佐多君、調べてきてくれたかな」

佐多がポケットから手帳を取り出した。

「はい。ええと……2・4―PAは、と。あった。ありました。〇・二ppmです」

「そうか。ディルドリンの基準値と同じなのか」

篠田の表情に深刻さが増した。

「あの、それはどういうことなのでしょうか」

それまで無言で成り行きを見守っていたミートハウスの関係者の一人が、勢い込んで尋ねてきた。篠田は倉庫の扉を振り返った。

「もし、その安全使用基準を、この中の牛肉に当てはめるとすれば、おそらく、ほとんど全滅とみていいでしょう」

「そんな……」

「念のために、サンプルを取った方がいいだろうな。羽川君」

高木が私に向かって、くいとあごを突き出した。やっと出番が来たようだ。

扉に向かいかけた私を、背中から呼び止める声があった。

「それには及びません」

ミートハウスの関係者の中心にいた人物だった。男は、社長の藤枝(ふじえだ)だと名乗ると、強い調子で言い放った。

「調べても無駄です。いずれにせよ、この中の肉はすべて廃棄しなければなりませんから」

「しかし、すべてが駄目だと決まったわけではありません。検査はしておいたほうがいいのではないでしょうか」

高木の言葉に、藤枝は嘆くように首を振った。

「汚染の度合など、問題ではありませんよ。農薬が撒かれたという事実そのものが問題なんです。検査して、仮に農薬の残留値が低かったとしても何の解決にもなりはしません。なぜなら――あなたは、ベトナムの枯葉剤が撒かれた倉庫の中の肉を食べたいと思いますか」

言われてみればそのとおりだった。

「最近の消費者の衛生観念は恐ろしいほど進んでいますからね。たとえ汚染が低かったとしても、一度農薬にまみれた食品を扱えば、お客が集まるはずはありません。最悪の場合には、この倉庫自体を処分しなければならないかもしれません」

一般消費者に農薬の知識はほとんどないと言っていい。ニュースで耳にするのは、倉庫に撒かれた農薬がベトナム戦争に使用された枯葉剤の一種である、という事実だけだ。レストランにとっては、致命的ともいえるマイナス材料だった。

「それはよく分かります。ですが、食肉に直接散布された場合、どの程度農薬が残留するものなのか、興味ある研究素材と言えるでしょう」

篠田が食い下がるように言って、藤枝の前に進み出た。

「現実に、農薬が検出され、慌てて基準値を設定したことも過去にあります。ただとは言いませんか。サンプルを分けていただけないでしょうか」

「お断りします」

藤枝はきっぱりと首を振った。睨むように篠田を見る。

「食品会社にとっては、商品の安全が一番なのです。汚染されたものを、一片たりとも外部に出すわけにはまいりません」

食品衛生監視員といえども、営業上使用するものでなければ、サンプルを収去することはできなかった。ミートハウスの社長から、廃棄する、と言われてしまえば、私たちに手の出しようは残念ながらなかった。

「いいでしょう」

高木が念を押すように言って、藤枝に向かった。

「しかし、廃棄には私どもも立ち会わせていただきます。廃棄するはずの肉が、市場に出ることが、時に、ありますからね」

「ぜひお願いします。厚生省の方に確認していただければ、お客様も安心してくれることでしょう」

我々を会社の誠意ある対応のアピールに使おうという腹づもりのようだ。なかなかのやり手の社長らしかった。

藤枝は、深々と腰を折って言った。

「本日は御足労様でした」

思わぬ形で仕事を取り上げられた私たちは、それでもしばらくはその場を離れることができなかった。

高木は押し黙ったまま微動だもせず、刑事たちの動きを睨みつけるようにして立っていた。手を出せないのがよほど悔しいのか、両拳は堅く握り締められ、口を真一文字に結んでいた。その様子は、玩具を取り上げられた子供が恨めしげに立っているようにも、私には見えた。

8

緊張感が薄れたせいか、私の全身を激しい疲労感が襲い始めていた。昨日の夜から一睡もしていない。疲れを紛らわせるため、私は高木に話しかけた。

「課長、犯人は何だってこんなことをしたんでしょうかね」

「さあな。動機がどうであれ、農薬を撒き散らすなんて、まともなやつの仕業じゃないさ」

「そうでしょうか。私には犯人なりの計算が感じられるような気がしますがね」

篠田が、前方を見据えたまま言った。

「先ほど社長さんが言っていたとおり、ミートハウスの被害は単に倉庫の肉だけにはとどまらないでしょう。テレビや新聞で報道されれば、当然客足にも影響が出ます。衛生面で打撃を与えることは、レストランに致命傷を負わせるには一番良い方法なのかもしれません。思い出しませんか？　何年か前に、チョコレートに青酸性化合物が混入されるという事件があったではないですか。あの時も、被害にあった会社の業績は急激に悪化したはずです」

　社長誘拐から始まって、商品への毒物の混入と現金の要求、そして他社への脅迫の拡大。グリコ・森永事件はまだ記憶に新しい。同様の類似事件まで引き起こして、世間を大いに騒がせたものだった。

「すると先生は、犯人がいずれ現金を要求してくると」

　私が言うと、篠田はゆっくりと目を閉じた。

「そこまでは分かりません。ただ単に、ミートハウスに恨みを持って、嫌がらせを続けているだけかもしれません」

「先生の言うことはわかります」

　高木が篠田と視線を合わせずに言った。

「しかしです。あれだけの農薬をばら撒けば、犯人だって相当の農薬を浴びたはずです。自分の身に降りかかる危険を顧(かえり)みもせずに嫌がらせをやるなんて、私には犯人の気が知れませんね。まともじゃないと言ったのは、そういう意味です」

語気を荒らげる高木と、冷ややかに見返す篠田の間で、佐多がおろおろと二人を見比べた。

「なるほど。言われてみればそのとおりかもしれません」

篠田は言って、はぐらかすように腕時計に視線を走らせた。

「もうこんな時間ですか」

つられて私も腕の時計に目をやった。十時三十分をすぎていた。

篠田があらたまるように、高木に向き直った。

「今日は思いがけないことで時間を取られてしまいましたが、またいずれ、正式にご挨拶にうかがいたいと思います」

「じゃあ、先生。やはり、あの話をお受けになるんですね」

佐多が歓声に近い声を上げた。

「おめでとうございます！」

一ヵ月ほど前からその噂は聞いていた。篠田のもとに、ある私立大学から誘いが来ているとの話だった。好意的に解釈すれば、竹脇と組んで行なった放射能汚染の実態調査の功績が認められた、と言えるだろう。だが、その実、マスコミで急速に広まった篠田の知名度を私大が放っておくはずがない、という穿った見方もできなくはない。真意はどうであれ、一度大学を追われた身の篠田にしてみれば、願ってもない話だろう。

　篠田は緩みかけた唇を引き締めた。

「短い間でしたが、センターでは貴重な体験をさせていただきました。輸入食品の仕事を途中で投げ出すようで心苦しいのですが、やはり私には続けたい研究が……」

「我々に気を使うことはありませんよ」

　高木が篠田の言葉をさえぎった。ニヤリと笑いながら、右手を差し出した。

「あなたは副所長の椅子に踏んぞり返っているより、試験管やフラスコを手にしていたほうが似合います」

　言葉はやや乱暴だったが、高木らしい言い方だった。そりが合わなくとも、他人の成功を羨むことのない度量が、私には眩しかった。

　私はそれができなかった。竹脇の成功が心底妬ましかった。だから……。

　いや、案外高木も私と同じなのかもしれなかった。その証拠と言えるかどうかは分からなかったが、高木の左拳は以前にもまして堅く握り締められたままだった。穏やかな笑顔とは裏腹に、甲には青く血管が浮き出し、何かに耐えるように微かに震えていた。

　検疫所に戻った私たちを、好奇心に満ちた同僚たちと午前中にこなすはずの仕事が待ち受けていた。何とか同僚たちをやりすごし、高木は所長への報告に、私は書類が山と積まれたデスクに向かった。

書類の上に、電話連絡票が載っていた。

――9：05、竹脇さん。10：02、竹脇さん――

一時間おきにかけなければならないほどの急用はそう多くはない。私は必死になって最悪以外のことを思い浮かべようとした。仕事が手につかない。書類の文字を追っても、頭にはまるっきり入って来なかった。

十一時を二分すぎて、デスクの直通電話が鳴った。思ったとおり、枝里子からだった。

「おかしいの。何だか部屋の様子が変なのよ。病院に行く前と感じが違ってる」

「何の話だ。竹脇のことじゃないのか」

「病院に行っている間に誰かがうちの中に入ったのよ。そうとしか思えない」

「おい、落ち着いて話してくれ。何か盗まれでもしたのか」

「分からない。気味が悪くてすぐ出て来たから……」

「確かめもしないで騒いでいるのか」

拍子抜けして言うと、すぐに取り乱した声が耳につき刺さる。

「そんなことできないわよ。一人じゃ怖くて部屋にいられなかった。誰かがうちの鍵を持ってるかもしれないのよ」

「気のせいじゃないんだな」

「冷蔵庫の中でケチャップが勝手に動き回る？　ごみ箱が中身を掻き回す？　お願い。今、品川駅の前まで来てる。来て。何だか怖い」

警察に任せればいい。どうして私を呼び出すのだ。そんな言葉がのどまで出かかった。

だが、理由はどうであれ、枝里子は今、私を必要としている。こんな状態の枝里子を、再び、それもたった一人で警官に対応させることは、私にはできなかった。男の見栄でもプライドでもない。それをはねつけるだけの勇気が私にないだけだ。

仕事が終わったあとで必ず会うことを約束し、それまではホテルにでも部屋を取ってゆっくり休んだほうがいいと助言して、電話を切った。

最悪の事態になっていなかったことは私を大いに安堵させた。だが、以前にも増して激しい疲労感が私を嘖んでいた。

五時ちょうどに仕事を放り出し、待ち合わせた駅近くの喫茶店に向かった。

枝里子はもう先に来て待っていた。一番奥の席で壁にもたれて、小さな寝息を立てていた。注文を取りに来たウェートレスの声で目を覚ますまで、私はしばらくその寝顔を見つめていた。

「いやだ。いつ来たの」

私を認めると、枝里子は大きな目を丸くした。目の回りの腫れぼったさは、まだ取れていない。

「たった今。いびきは周りに聞こえてなかったから安心していい」

二人の間に漂う気まずい雰囲気を緩めるつもりが逆効果になった。枝里子はすぐに私から目をそらした。

「厚生省なんてお堅い役所に勤めてるのに、性格はちっとも変わらないのね」

「それが予想できたから竹脇を選んだんじゃなかったのかな」

うつむいて、意味もなくコーヒーを掻き混ぜる。

「ごめんなさい。今はあなたの冗談に付き合っている余裕はないの」

冗談で紛らわせなければ、じっとしていられない時もある。

「竹脇の両親には話をしてみたのか」

枝里子はほつれた髪を振り乱した。

「話なんか聞いてくれるどころじゃない。私には竹脇を看病する資格もないって
……」

「だからって、妻が病院のベッドに寝ている夫をほっとくわけにはいかないだろ」

「そうよね、分かってる。それに二人ともう年だし、無理させられないものね」

煮え切らない態度で空のカップに視線を落とす。伏し目がちに私を見た。まるで哀れみを請うような仕草だった。

「とにかく着替えにだけは行きたいの。付き合ってもらえるかしら」

二人の部屋など見たくはなかった。いやでも昔のことを思い出してしまう。六年前の私の部屋は、枝里子が選んだ品々で占められていた。母を送った翌日、灰にしたもののの一つ一つまで思い出してしまいそうだ。

昔の男を少しでも思いやる気持ちがあれば、部屋に付き合ってくれ、などと言うだろうか。六年前の枝里子なら決してそんなことは言わなかった。

頼りにされたわけではない。それは分かっている。だが、私は自虐的な気分にとらわれていたらしく、表面上何事もないことを装って、快諾した。

ヴィラ東蒲田（ひがしかまた）は、レンガ色の落ち着いた雰囲気を漂わせるマンションだった。中古と聞いていたが、私のような公務員の給料では一生手が出せる代物ではない。

防犯カメラに見送られてエレベーターで八階に上がる。同乗した婦人が五階で降りるまで、枝里子は私から離れて立ち、視線を交わそうとはしなかった。他人の目を気にするだけの落ち着きは取り戻したようだ。

八一二号室が、竹脇夫妻の部屋だった。

枝里子はウエストバッグからキーホルダーを取り出した。

「鍵は誰が持っている」

思いついて尋ねると、枝里子はびくりと肩を震わせた。

「合鍵だよ。君と竹脇以外に、この部屋の鍵を持っているやつがいるか」

ああ、と声をもらし、ゆっくり首を振る。

「管理人にも預けてないわ。竹脇と私以外に鍵を持っている人はいないはずよ。でも、確かに部屋の様子がおかしかったの」

扉を開ける。

そこには、絵に書いたような若い夫婦の部屋があった。外国漫画のキャラクターがプリントされたスリッパにパステルカラーで統一された家電製品。その向こうのソファには薄いピンクとブルーのおそろいのクッションが置かれていた。この分では、トイレのノブにまで花柄のカバーがついているかもしれない。

私の知る枝里子は、こういった意味もなく飾られたものを、極力排除しようとする女だった。ファッション雑誌に影響される同級生が多かった中、時流に流されてたまるかというような、気概と頑なさを持ち合わせていた。軽い気持ちで彼女に近づければ、遠慮ない批判と意見が浴びせられた。そこに、私たち男子学生が引きつけられたのだ。出来損ないの孔雀の中の、鋭い嘴を持った白い鳥。それが私の知る枝里子だった。

六年間の主婦生活は、彼女から何か大切なものを奪っていったのかもしれない。

「どうしたの？」

「いや、あんまりかわいい部屋なんで少々驚いている」

「言うと思った」

怒ったように言い残すと、枝里子はリビングの向こうに姿を消した。

「どうせ少女趣味だって言いたいんでしょう。あなたの言いたいことぐらい分かるわよ」

とがった声だけが聞こえてくる。だが、甘ったるい部屋の間を通ったその声は、とがっていても、昔の鋭さはかけらもなかった。

「怒っているところをみると、自分でも自覚しているようだな」

「ええ、そうよ。私は元々そういう女なの。少女趣味の、ごく普通のくだらない女。そんなことぐらい、自分でよく分かってる」

「いたずらに自分を責めるのはやめたほうがいい。自己弁護にしか聞こえない」

「自分をかわいがっちゃいけないの」

なぜか泣き声になっていた。何かをたたくような音が聞こえてくる。

「おいおい、物にあたるのは君の悪い癖だぞ。昔、俺のあばらを折りそうになったのを忘れたのか」

「やめてよ！　こんな時に昔の話を持ち出さないで」

「だったら、竹脇が自殺しようとした理由についてでも話そうか」

それっきり、枝里子は黙り込んだ。それでいい。泣き言は枝里子に似合わない。

しばらくは、何やら引き出しを開けて中を確認するような音だけが聞こえてきた。

「どうだい？　何か盗まれているものでもあったか」

「ない。でも、ドレッサーの引き出しの中もかき回されてる。やっぱり誰かが部屋に入ったとしか思えない」

「他人の生活をのぞき見するのが目的でかな」

リビングの向こうから枝里子が姿を現した。涙をこらえてこちらを睨んでいる。

「信じてないのね」

「そんなことはない。だが、被害もなし、証拠もなしでは、警察が信じてくれるかどうか心配なだけだ」

「やっぱり、警察に通報した方がいい？」

「ここは君の家だ。決めるのは君だ」

考えていた。やがて、くいと顔を上げる。

「いいわ。荷物をまとめるから、もうしばらく待ってて」

「どうする気だ」

「今日から病院に泊まり込む。お義父さんたちに何を言われたって、竹脇のそばについてるつもりよ」

初めて昔の頑なさがうかがえた。私はどこかほっとして、あらためて部屋を見回してみた。

枝里子の話を信じるなら、今朝方この部屋に侵入した者がいるという。だが、合鍵もなく、盗まれたものもない。どうやって、何の目的があったのか、分からないことが多すぎた。

二つのことが気にかかる。

海から引き上げられた時、竹脇の所持品の中に鍵はあったのか。そして……。

「おい、竹脇のは……あいつが大切にしていたようなものは、確かめたのか」

「だいたいはね。あとは押し入れの中にある仕事関係の資料だけかしら」

私の中に、疑惑とも、期待ともしれないものが芽生えてきた。

この部屋に侵入した者の狙いが、そこにあった、としたらどうだろう。その何かを手に入れるために、竹脇を……。

考えられないことではない。少々現実離れした点をのぞけば。無理はあったが、私はその可能性にすがりつきたかった。自分が竹脇を追い詰めたことを、認めたくないために。

「どうかした?」

枝里子が不思議そうに私を見ていた。

「あいつ、例のスクープの件以来、何を取材していたのか、と思ってね」

枝里子は私に背を向けると、再び荷造りに取りかかった。

「どうかしら。私は聞いてないけど」

そっけない言い方が気になった。気にはなったが、私の思考は竹脇の仕事内容にとらわれていた。

私はキッチンにあった電話を借りると、輸入食品検査センターに電話を入れた。時刻は六時をすぎていたが、予想に反して篠田はいてくれた。

電話口に出た篠田の声は上ずっていた。

「君を探していたんだ。夕刊を見たかね」

竹脇のことが記事になっているらしい。

「いえ、見てはいませんが、だいたいのことは知っています」

「驚いたよ。なぜ自殺なんか……。これからだっていう時に……信じられない」

私は竹脇の仕事について聞き出すために、嘘をつくことにした。

「何でも、仕事で行き詰まっているとか聞きましたが。あれからあいつ、どんな仕事をしていたんでしょうか。先生はご存じないでしょうか」

「いや、私は知らないが……」

声の調子が変わっていた。妙に慌てたような言い方だった。

「どうして、そんなことを私に……」

その時だった。後方から、あっ、という小さな叫びが聞こえてきた。

リビングを振り返ると、奥の六畳間で、枝里子が手を握り締めてうずくまっていた。その顔が、驚きから苦痛へと色を変える。

受話器を放り出して、駆け寄った。

右手の人差し指の先端がすっぱりと裂けて、白い肉がのぞいていた。見る間に血があふれ出す。

私はポケットからハンカチを取り出した。枝里子の指に巻きつけてから、一週間近く洗っていないことに気づいて、激しく後悔した。

「手紙を開けようとしたら……」

枝里子の前に、封を開きかけた一通の封書が落ちていた。ワープロで「竹脇史隆様」とある。手に取ると、封の切り口がキラリと反射した。破れかけた紙の間に剃刀が挟み込まれているのが見える。

裏を返す。差出人の名は「輸入食品検査センター　篠田誠一」となっていた。

9

翌朝は、夜が明ける前に目が覚めた。それでも六時間近くは横になっていたことになる。だが、少しも眠ったという感じはなかった。頭の芯に、重く沈殿しているものがある。

出勤までの時間が、長かった。コーヒーを飲む気にも、煙草を吸う気にもなれなかった。新聞を開く気力も、テレビのニュースを見る惰性さえもない。罪の意識をごまかしたり今さら確認してみたところで、心が晴れることはない。

時間ぎりぎりに検疫所に登庁した。案の定、所内は二つの事件の話題でもちきりだった。

「羽川さん。竹脇さんのこと知ってました？」

仕事中いつも眠そうな目をしている同僚の一人が、好奇心に目を輝かせて近寄って来る。二つの事件にかかわっている私は、彼らの絶好の生け贄だった。

「始業時間をすぎているのに、まだ課長と所長が見えてないようだが、誰か知らないかな」

私は彼らを無視して、上司の名をちらつかせた。効果はてきめんだった。返事をする代わりに、一同が渋々と席に着く。答えたのは、一人だけ仕事に取りかかっていた女子職員だった。

「課長は一度お見えになったんですけど、すぐに出かけられました。何でも、霞が関に用事ができたとかで」

二人が登庁したのは、十一時をすぎてからだった。そろってよほどまずい朝食でも食わされたのか、苦り切った顔付きで所長室に直行した。五分後に高木が顔を出し、三階の海上保安部にまで響きそうな大声で私を呼んだ。

二人の機嫌を損ねるようなことに、思い当たるふしがなかった。仕事はそれなりにこなしているし、広報予算を使い込んだこともない。もっとも使い込みができるほど、私に任されている予算は多くないが。

「なんでしょうか」

人を呼びつけておきながら、二人とも憮然とした表情であらぬ方を眺めていた。

「昨日の事件で、何かまずいことでも起こったのでしょうか」

「次から次へと、厄介事というのは続くものらしい」

田所はそう言って、短い足を組み替えた。

高木がテーブルの上にコピー用紙を投げ出した。いや、コピーではない。左上に発信時間と、場所とみられる「シブヤ・コピーサービス」という名称とダイヤルナンバー、右上にページナンバーが打たれている。そのすぐ下に、「厚生省並びに東京検疫所様へ」とあり、何やらワープロの文字が並んでいた。

「まさか、また犯行声明が送られてきたんじゃないでしょうね」

「それならいいさ。どこの倉庫が狙われようと、こっちが被害にあうわけじゃないからな」

田所は物騒な、だが本音をさらりと言う。

「いいから、読んでみろ」


『昨年末に報道された、放射能汚染食品の三角輸入の実態は、我々消費者に驚愕と憤慨を与えました。厚生省と検疫所における、このような杜撰（ずさん）な検査体制のもとでは、我々消費者は何を安心して食べてよいのか立ち迷うだけです。放射能以外の汚染という不安もまた、拭い去ることはできません。

そこで我々全東京消費者連絡協議会では、市場に出回っている輸入食品の残留農薬について、自主的に検査を行いました。検査対象は、手始めとして、放射能汚染が問題になった牛肉と紅茶。同封したリストが、その結果です。

ここでも厚生省と検疫所の検査体制の杜撰さが裏付けられました。我々が集めた牛肉のサンプル二十三件のうち、二件から、基準値の〇・二ppmを越えるディルドリンが残留していることが判明しました。

なぜこのような汚染食品が大手を振って出回っているのか、我々は理解に耐えません。厚生省と検疫所の姿勢が問われている時でもあり、ぜひ明確な回答を示されたい。


全東京消費者連絡協議会書記長　田島早苗』

もう一枚の紙面には、サンプルの採取先と残留値が表になっていた。この表を信じるなら、ディルドリンが残留していた牛肉は、都内のスーパーの「輸入牛肉フェア」で売られていたものらしい。その下には、使用した機材から薬品までと、検査データが子細にわたって記載してある。素人のいたずらではありえない内容だった。

ディルドリンは有機塩素系殺虫剤の一種で、日本では一九七三年に農薬としての使用が禁じられ、一九八一年にはあらゆる用途での製造、使用が禁止されている。だが、土壌での残留性が高く、使用が禁止されてからも、農作物によっては基準値を越える残留が確認されることがある。最近では、一九八七年、アメリカがオーストラリア産の牛肉に農薬が残留していると指摘し、厚生省が慌てて検査した結果、そのいくつかから、WHO（世界保健機構）が定めた残留許容値を越えるディルドリンが発見された。これをきっかけにして厚生省は、今まで規制のなかった牛肉に残留農薬基準を設定していた。

「今朝、うちと本省にこいつが送られてきた」

発信時間は、五日午後十時十分。昨夜だ。

「役所に苦情を寄せるとは、育ちがいい団体ですね」

消費者団体と言っても、大小様々な団体がある。中には、言いがかりめいた商品への苦情を企業に持ち込み、発表されたくなければ援助金や協賛金の名目で現金をよこせという、恐喝まがいのことをする団体もある。それも、商品イメージを大切にする企業だからできるわけで、厚生省のような役所に持ち込んだところで、金になるはずもなかった。

「二つのスーパーか、畜産振興事業団にでも送りつけたほうが、もっと有効に使用できたでしょうに」

「だからこそ始末が悪いとも言えるんだ」

田所が首をぐるぐると回しながら言った。

「ここにも書いてあるように、例の三角輸入の件があって以来、我々に対する風当たりが非常に強くなっている。その上にこんな手紙がマスコミにでも流れてみろ。どうなると思う」

「分割民営化の話でも持ち上がりますか」

田所がいつになく真剣な顔つきになった。

「ふざけている場合か。これ以上の失点は、役所としても許されない状況に来てるんだ。我々が考えていたより、本省では大きな問題になっているようでな。このままでは、予算に響くどころか、二、三人の首が飛びかねない」

田所に倣って、高木も神妙そうに言った。

「そんなわけで、これ以上、各方面をいたずらに刺激したくない、というのが本音なんだ」

「ファックス一枚でおたおたするとはずいぶん弱腰なんですね、霞が関は。お偉いさんの中に、次の選挙に打って出る人でもいるんですか」

「下らん邪推はするな」

高木が色をなしたところを見ると、案外、当たっているのかもしれなかった。

「他意はない。事実なら、早急に原因を究明して処理しなければならないだけだ」

嫌な予感がした。私が呼ばれた理由が読めてきた気がする。

「来年四月の牛肉自由化に向けて、アメリカ、オーストラリア、それにニュージーランドとも、農薬については神経をとがらせている。今ここで問題を起こせば、日本市場でのシェア拡大は難しくなるだろう。だからこそ、各国とも厳しいチェックをしてから、送り出している。現状では、この報告書にあるようなディルドリンの汚染は考えられないと言っていい」

そもそも一九八七年にアメリカがオーストラリア産牛肉に難癖をつけたのは、アメリカ市場を巡るシェア争いが背景にあった。次の両者の戦場は、自由化後の日本だ。お互い残留農薬には目を光らせているに違いない。

「そうなると、それ以外の、輸入審査で不合格となったものの一部が、市場に流れ出たとしか考えられなくなる。――ところがだ。この一年間で、ディルドリンの残留により不合格となったものは、うちで扱った二件しかない。二件ともカナダからサンプル輸入されたもので、合計二十一トンが自主検査によりディルドリンの残留が発見されている」

高木は言って、プリントアウトした用紙を差し出した。

記憶にあった。ある商社が自由化に向けての開拓で、試験的に輸入したものである。確か、食用以外に転用、との指示を出し、誓約書を提出させたはずである。

検疫所での輸入審査で不合格となった輸入食品は、不合格の度合いによって、「廃棄処分」「積み戻し」「加工選別」「食用以外への転用」などの指示が通知される。指示を受けた輸入業者には、処理計画書か誓約書を提出することが義務づけられている。

「つまりだ」

高木が渋い表情のまま続けた。

「指示どおりに処分されなかったものが市場に横流しされたとすれば、うちの管轄以外には考えられないのだ。そこで、こちらにお鉢が回ってきた、というわけだ」

「で、私が呼ばれた理由はなんでしょうか？」

高木の表情に初めて笑みが浮かんだ。

「おいおい、とぼけるなよ。ここまで言って分からないはずはないだろ」

「とぼけてなんかいませんよ。皆目見当がつきませんね」

高木はテーブルの上に置いたファックス用紙を、とんとんと指でたたいた。

「横流しルートを究明するのが君の仕事だ」

「私がですか。なぜです？」

「この仕事には、食品衛生監視員の資格がなければならない。君は、ここに来る前、本省の食品保健課の監視員だった」

食品衛生法により、食品衛生監視員には、必要とあれば営業上使用する施設の臨検、帳簿書類の検査、サンプルの無償収去等が認められている。横流しルート究明には、なくてはならない資格だった。

「一年も前の話です。すでに、身分証明書の期限も切れてますし、監視員なら、ここには現役がいるではありませんか」

「ここの監視員は輸入関係の検査が専門だ。今回のような調査活動は経験がない。だが――君は違う」

「本来なら本省の機動班が行う仕事のはずですが」

私はささやかながら抵抗を試みた。

高木が隣の田所をちらりと見た。答えたのは田所だった。

「一年前のことだ。高木君がここに配属されて間もなく、同様の事件が発生したことがあった。その時、本来なら機動班が動くその仕事を、仕事好きの課長が横取りしたことがあった。そのことをまだ根に持っているらしく、調査はそちらでよろしく、ときた」

高木がばつの悪そうな顔をこちらに向けた。

「本当は私が自分で動きたい。だが、昨日のミートハウスの事件もある。動けるのは君だけだ」

仕事好きな上司を持った我が身の不運を呪いたくなった。高木は理解ある中間管理職の表情を取りつくろった。

「広報の仕事は他の者にカバーさせる。やってくれるな」

「どうせ断る余地が残されていないなら、やれ、と言われた方があきらめがつくのですが」

珍しく高木と田所の気が合った。美しいハーモニーで二人が言った。

「やれ！」

私はプリントアウトされた用紙を手に立ち上がると、隣室へのドアに向かった。部屋を出ようとすると、高木が後ろから呼び止めた。

「忘れ物だ。こいつを持ってけ」

高木が、二つ折りにしたカードを投げてよこした。カードは私の胸に当たって、手の中で広がった。私名義の食品衛生監視員の身分証明書だった。手回しのいいことに、どこから見つけ出したのか、すでに私の顔写真も張られている。間の抜けた顔をしていた。何のことはない、最初から決まっていたことなのだ。

厭味の一つでも言ってやろうと私が口を開きかけると、高木が機先を制して言った。

「大サービスだ。所の車を一台使っていいからな。頼んだぞ」

10

私に与えられたのは、五度めの車検切れを間近に控えた三号車だった。誰かがサンプルをこぼしでもしたのか、車内にはすえた臭いが充満していた。キーを捻ると、奇跡的に一発でエンジンが目を覚ます。

それにしても、気が重かった。

食品衛生監視員時代のことは、思い出したくないことばかりだった。仕事が辛かったのでも人間関係に悩まされたからでもない。そんなことは、どの職場にでもある些細なことだ。私には仕事をしている意味が分からなかったのだ。

食品は人の健康と密接に関係している。それだけに、まず安全性が優先されなければならない。食品衛生法を初めとする規制は、そのためにある。私はそう思っていた。だが——。

違反は、想像以上に多かった。それだけではない。規制が緩やかだったり、時になかったりして、取り締まれないことが多すぎた。無論、安全だけを優先させれば、あらゆる食料品の値段が高騰する。絶対量も不足する。その折り合いをつけるのが、行政の仕事なのだ。「行政は線を引くことだ」と言った人がいる。この線を踏み越えなければ許容範囲内、だが、それをたとえ爪の先ほどでもはみ出せば違反となる。逆に言えば、ＯＫとなったものが即安全につながるわけではない。

それが、どうしてもなじめなかった。線の中だけ取り締まれば事足れりとするのが耐えられなかった。私は高木を見習って、取り締まれる範囲内はどんな些細な違反も見逃さなかった。だが、空しさしか残らなかった。

味気なさから逃れるために、私は現状から目をそらすことにした。他所への転出を志願した。

願いが聞き入れられたのは、私が同僚たちから孤立したのが原因だった。ある違反の取り調べ中に、同じ課の監視員の一人が、立入検査の情報を業者に流していたのが判明した。彼の受け取った金額は、食品Gメンの値打ちを表すかのように驚くほど少ないものだった。だが、私は上司に報告し、定年間際の彼は退職金を手にすることなく懲戒免職処分となった。

私はそうやって、仲間の冷たい視線と、昇進と、願っていた転属を手に入れた。

だが、勤務先が検疫所に替わっても、実情は変わらなかった。それは、今回のケースにも現れている。輸入審査で不合格となったものは、検疫所で処理方法の指示を出す。業者はそれに沿った計画書と誓約書を提出する。だが、不可解なことに、計画書どおりに実行されたのかを見届ける確認行為が義務づけられていない。誓約書を受理しただけで、検疫所の仕事は終わりなのだ。どう処理されたかを確認しないのでは、審査したところでどれほどの意味があるのだろうか。たいていは、今回のように表ざたになってから、慌てて後追い調査をするのがおちだった。だが、その時には、有害食品は消費者の体の中で消化されてしまっている。

今さら調査して何になる。

それが私に与えられた仕事だった。見たくはなかったが、見えてしまったからには、目を閉じることまではできなかった。

リストに上がっていた二件の会社は、「白新物産」と「日王」だった。処分の内容はどちらも「食品以外に転用」だ。

私は、検疫所からそう遠くない、浜松町駅近くの白新物産本社に車を走らせた。

白新物産の受付で、高木が作ってくれた身分証明書が早くも力を発揮した。明らかに私用と分かる電話で時間をつぶしていた受付嬢が、たちまちてきぱきと仕事をこなすキャリアウーマンに変身した。その必要はないと言う私を強引に説き伏せ、豪華な応接室に通してくれた。出されたコーヒーもかなりのものだ。

「すぐに担当者が参ります」

受付嬢の意に反して、担当者はなかなか現れなかった。突然現れた食品Gメンに、対応策を協議でもしているのだろう。

たっぷり二十分は待たされた。現れた牛肉担当課長は、寺久保という頭髪の薄い痩せた男だった。私が切り出すと寺久保は、「あれには参りましたよ」と自分たちも被害者であるとの布石を打った。

「オーストラリアがだめで、どうにかカナダでめどが立ったと思った矢先に、あれですからね。また牧場の選定からやり直しです。今もその作業で現地の者はてんてこ舞いですわ。このままでは来年の四月に間に合うかどうか」

来年四月の牛肉の輸入自由化に向けて、大手商社はこぞってオーストラリアに進出していた。手当たり次第に牧場を買収し、大手パッカー（食肉処理工場）と提携している。後れを取った白新では、それをカナダに求めようとしたのだろう。

「そちらが提出した計画書によりますと、処分を受けた肉は、系列会社を通じてすべて飼料にするとありますね」

私は、ディルドリンが残留する牛肉がスーパーで売られていた可能性が高いことを告げた。寺久保の顔色が心なし変わったようだった。

「この一年の間で、ディルドリンの残留による処分は全国で二件だけでした。その一つが、おたくというわけです」

「ま、まさか、うちが計画書どおりに処理しなかったとでも」

「その流れを証明するために、帳簿を確認させていただきたいのです」

寺久保の視線が、言葉を探すように宙をさまよった。私は先手を打って立ち上がった。

「では、拝見させていただきましょうか」

「まあまあ、そんなにお急ぎになることもありませんでしょう。書類は誰かに持って来させますから」

中腰になって私の腕をつかむ。

「それには及びません。それとも、今すぐに私に見られては困るわけでもあるのですか」

「とんでもありません。そうじゃありませんよ。ただ……」

「ただ？」

うながすと、寺久保は卑屈そうな笑顔を作った。

「実を言いますとね、ペットフードにする安い肉をぜひとも欲しいという業者がありましてね。何ですか、最近ではペットフードも高級化が進んでまして、牛肉百パーセントのものが受けているらしいんですよ。そんなわけで、例の肉はそこに……。あ、もちろん、食用にしないという誓約書はつけさせました」

思ったとおりだった。大手企業はいつだって下請け業者に責任をなすりつける。下請け業者としては、そういった約束がなかったとしても、口にすることはできない。言えば次から仕事がなくなるだけだ。

私は、提出させた帳簿の束を、一つ一つ端から子細に見ていった。

当然、扱っている牛肉は処分を受けたものだけではない。何十倍、何百倍もの量を動かしている。汚染した牛肉を、その中に紛れ込ませていないとも限らなかった。そのため、仕入れと卸の台帳に記載されている、重量、取引金額、輸送料、すべての数字を照らし合わせてみなければならない。

たっぷり二時間が必要だった。その間、寺久保は隣に張りついて、離れようとしなかった。

ディルドリン残留牛肉十二トンは、すべて「有限会社河田産業」に売却されていた。数字に不審な点は見当たらない。取り交わされたという指定は文書としては残っていなかったが、処分内容である「食用以外に転用」をしなかったという直接の証拠にはならない。あとは、河田産業のほうを調査するしかなかった。

「おたくでは、いつもこうやって処分を受けた食品を下請け業者に処理させているのですか」

「いえいえ。そういうわけじゃありませんよ」

私の表情から、おとがめなし、との感触を得たのか、寺久保の態度には余裕が出ていた。

「ですけどね、向こうから話を持ちかけられ、それなりの値を提示された場合はこっちも考えますよ。それがビジネスってもんですからね。違います？」

顔に、ちらりと傲慢さが漂った。

「そうそう、つい最近も、何かモノはないかって言ってきた会社があったっけ。私どもを調査するより、そういった業者をお調べになったほうがよろしいんじゃないでしょうかねえ」

株式会社日王は、市ヶ谷に最近建設された「ニチオー本社ビル」の五階にあった。受付嬢に来訪理由を告げると、一分と待たせず担当者と名乗る若い男が現れ、私を直ちに経理課のフロアに招き入れた。マニュアルどおりの、そつはないが何ともあっさりした対応は、いかにも大手スーパーを感じさせる。

コンピュータで管理された帳簿は、調べるのも容易だった。処分の対象となった牛肉八トンは、計画書どおり、グループ傘下の飼料会社へと売却されていた。

確認のために売却先の飼料会社の住所をメモしようとすると、男は素早くキーボード上に指を躍らせ、プリンターに打ち出した。

「仕入部の者に問い合わせていただければ、すぐ分かると思います」

「ありがとう。おたくでは仲買業者は使ったことはないのですね」

「仲買業者？　ああ、ダメージ屋ですか」

「ダメージ屋」

鸚鵡（おうむ）返しに聞き返すと、男の声が裏返った。

「ご存じないのですか」

初耳だった。私がうなずくと、「困ったなあ」と言って、鼻の頭を掻く。

「そう呼ばれる専門の業者がいるのですね」

少しの間、睨み合う格好になった。やがて、男が、仕方ないとでも言うように手を広げた。

「業界の恥になることですから、あまり言いたくはないのですが」

男はそう前置きしてから説明してくれた。

「ご存じかと思いますが、食品を輸入する際には、最初からある程度のリスクを計算に入れなくてはなりません。食品の性質上、扱うものは傷み易いものばかりですからね。食品だから特に気をつけてくれと言っても、積み降ろしや輸送の扱いは、他の貨物と変わりありません。海水を被ったり、コンテナが故障したりといった事故も、時として起こります。それに、農薬や細菌などに汚染されることもありますし――おしなべて、輸入総量の一割近くが何らかのダメージを受けて、商品として通用しなくなるものなんです。そういった貨物を専門に扱う業者が、ダメージ屋です」

なるほど、処分を受けた食品を安く買いつけ、独自のルートで高く売る。考えられない商売ではない。

「大体が飼料や肥料などとして売りさばかれるようなのですが、物によっては、外国か。

　ダメージが外見にまで及んでいない場合、日本より規制の緩い国へ運べば、食品として通用するものもあるだろう。そうなれば、飼料として卸すより、利益は格段と増すはずだ。だが、その一部が、日本国内で横流しされるようなことはないのだろうか。

「ダメージを受けた商品を、自分のところで処理するのは手もかかるし、儲かる仕事ではありません。それなら最初から、専門家に任せたほうが簡単で無駄もありません。大きな声では言えませんが、大手は結構利用してるという話です」

　検疫所に配属されてまだ一年。経験の浅さが我ながら不安になった。これは、案外奥が深い事件かもしれなかった。

　男が、そうそう、と遠い目を作りながら言った。

「つい最近も、何かいい商品はないかって、尋ねて来た会社がありました」

　白新でも、寺久保が同じようなことを言っていたのを思い出す。

「そういう売り込みは、よくあるのでしょうか」

「うちでは初めてだと思いましたが」

「差し支えなければ、その会社名を教えていただけませんでしょうか」

「かまいませんよ。うちでは、そういった業者には出しませんからね。お待ちください」

　男はフロアの奥に歩いて行くと、デスクの引き出しをかき回した。しばらくして、一枚の名刺を手にして戻って来た。

　味もそっけもない名刺だった。「食品卸売業　株式会社野上商会代表取締役　野上啓輔」とある。

「それから……気になることがあるのですが」

　男が言いにくそうに付け足した。

「何でしょうか」

「実は、二、三ヵ月ほど前なのですが、ダメージ屋と思われる業者から、荷を引き取ってもいい、という電話がかかってきたことがありました。アメリカから輸入した玉ねぎの一部に腐敗が発見されたのですが、おかしなことに、その電話は、私どもが検疫所から処分を言い渡される前にかかってきたんです」

「まさか……」

　それ以上の言葉が出なかった。

　男は意味ありげにうなずいてみせた。

「まさかとは思います。ですが、気になったものですから……」

　検疫所が処分を言い渡す前に、どうしてダメージ屋がそれを知ることができたのか……。

考えられる答えは一つしかない。──検疫所の情報を流している者がいるのだ。

聞かなければよかった、と私は思った。もう二度と、同僚を告発するようなことだけはしたくなかった。

11

礼を言って日王ビルをあとにした。

違法駐車させた三号車の近くにあった電話ボックスから、私は白新物産に電話を入れた。寺久保を呼び出してもらう。

「まだ何かあるのでしょうか」

寺久保は、不機嫌さを隠そうともしなかった。

「先ほど言っていた、最近売り込みに来たというダメージ屋についてお聞きしたい」

「ダメージ屋だなんて、そんな……うちはそんな怪しげなところとは」

寺久保は泡を食ったように否定の言葉を並べ立てた。私はそれを無視して言った。

「そのダメージ屋の名前は、野上商会というのではありませんか」

「どうしてそれを……」

それだけで充分だった。寺久保はまだ何かを言いかけたが、私は「先ほどは忠告をありがとう」と言って、受話器を戻した。

ダメージ屋といえども企業である。営業活動を行うのは当然で、野上商会が取引顧客を増やそうと努力したところで問題はない。ほぼ同時期に、輸入審査で不合格を受けた会社に顔を出したのが、少々気にかかるだけだ。

電話ボックスを出ると、歩道は、仕事を終えたＯＬとビジネスマンであふれていた。

証券会社の看板の下にある電光盤に目をやった。五時三十分をすぎていた。私は再び電話ボックスに戻り、検疫所に電話を入れた。

高木はいなかった。所長とともに、ミートハウスの牛肉の焼却に立ち会っているという。おそらくその模様が、今晩のテレビニュースで流されるだろう。そして、明日の新聞には、安全をアピールする広告が載る。案外そんなことだけで、客足には影響がなくなるのかもしれない。目の前の途切れない人の流れを見ていると、ふと、そうも思わされた。

検疫所に戻る前に、私は三号車を月島署の駐車場に乗り入れた。ミートハウスの事件の続報を聞くためではない。昨夜、竹脇のマンションでふくらみ始めたかすかな希望を確かなものにするためにである。

張り番に立つ警官の横を抜けて、中に入る。

正面の窓口で、板倉刑事を呼び出してもらう。あまり会いたくなるような人物ではなかったが、差し当たって、ほかに私と会ってくれそうな刑事に心当たりがなかっただけだ。

板倉が案内してくれたのは、「小会議室」というプレートがかかった十畳ほどの殺風景な部屋だった。

板倉は、ドアから一番近い椅子に腰掛けると、薄っぺらな灰皿を引き寄せた。私は板倉から離れた角の席を選んで座った。くたびれた椅子とヤニに染まった壁から、そこですごした刑事たちの時間の長さが感じられた。

「では、お話を聞かせてもらいましょうか。何か耳寄りな情報でもありましたか」

板倉は煙を払いながら私を見た。

「竹脇の所持品の中に、彼の自宅の鍵があったかどうか知りたいのですが」

「鍵」

「そうです。マンションの鍵です」

「いや、車のキー以外にはなかったと思いますがね」

「昨日のことです。竹脇の自宅に何者かが侵入しました」

板倉の顔色が瞬時に変わる。昨夜の段階では、枝里子の気持ちをはっきりとは聞いていなかった。だが、鍵について聞き出すためには、状況を説明しないわけにはいかない。

話の途中で、明らかに板倉の肩が落ちるのが分かった。私は慌てて補足した。

「今のところ、確たる証拠はありません。ですが、部屋中の小物の位置が少しずつ違っていたと言ってます。警察で調べてもらえば、何か分かるかもしれません」

「なるほどね。それで鍵ですか」

今日の天気を話題にでもするような、あっさりとした言い方だった。

私はあきらめずに言った。

「私の記憶では、竹脇の車はオートマチック車だと思ったのですが」

板倉は煙草の灰をたたき落としながら、私を見ずに静かに言った。

「羽川さん、あなたの気持ちはよく分かります。つまりこう言いたいんでしょう？——あれは自殺ではなかった。何者かが竹脇さんの部屋から何かを盗み出すために、鍵を奪って、車ごと海に突き落とした」

ＡＴ車なら、外部から何らかの方法でアクセルさえ吹かすことができれば、車を急発進させることも可能なはずだ。目撃者の証言では、最初はゆっくりと走っていて、途中から突如スピードを上げた、ということだった。そこに、何らかの作為があるとすればどうだろう。

板倉は、灰皿の底で煙草を捻り潰した。

「警察をあまり見くびらないでいただきたいですね。我々が昨日から一睡もしないで、何をしていたと思います？　これまでの捜査結果を再点検して、自殺ではないあらゆる可能性についても考えてみたのですよ」

知らなかった。はなから警察は、自殺と決め込んだものと思っていた。言われて見ると、板倉の服装は二日前の深夜に会った時と変わっていない。目も、心なしか充血している。

板倉は、髪を撫でつけ、身を乗り出した。

「いいですか。車はフロントガラスが割れていただけで、窓は完全に閉まっていたし、ドアロックも完璧でした。車内には、あなたが想像するようなアクセルを吹かす仕掛けなど、痕跡すら発見することはできませんでした。残っていたのは、ウイスキーのビンが二本だけです。フロントガラスが割れて、そこから出たなんて馬鹿なことは考えないで下さいよ。そうするためには、フロントガラスを確実に割る方法も仕掛けておかなければなりませんからね。それでも万一を考えて、海底のヘドロの中をすくって捜索もしてみましたよ。ですが、それらしい装置はどこにも落ちていませんでした。車が引き上げられるまで現場は絶えず監視されていましたので、あとで回収するという方法はまず不可能です。それに、海底で作業するにはボンベを使用しなければば、あのヘドロの中から捜し物を見つけ出すことはできません。しかし、そうした場合は、いやでもボンベからの気泡が海面に現れるはずです。もちろん、夜の間なら、それも見えないかもしれません。ですが、今度は明かりが問題になってくるのです。目撃者の証言から、事故直後の海中に明かりがなかったことははっきりしています。夜の真っ暗な海中で、明かりもなしに、どれだけ作業ができると思いますか？」

「それなら最初から……」

言いかけた私を、手を広げてさえぎった。

「ええ、最初から車の中に隠れていて、フロントガラスを割って外に出る、という方法も考えてみました。しかしですね、それでは理屈が合わなくなってくるんです。いいですか。犯人が車の中に隠れてアクセルを踏むのは簡単です。ですが、そこまでやるなら、竹脇さんを確実に殺せたはずではありませんか。なぜ犯人は、竹脇さんが車外に出てしまうのをみすみす見逃したのでしょう？　シートベルトが壊れていたとしても、体の一部に巻きつけるか縛るかすれば、竹脇さんは確実に殺せたはずです。そうなると、あとは車内に残っていたものだけで、アクセルを吹かす仕掛けが作れるかどうか、それしか残された方法はありません。工具類やクッションでは、まず不可能でしょう。そこで次に、ある程度時間が経過すれば、自然消滅してしまう素材を考えました。氷やドライアイスです。それをアクセルの前に立てかけておいて、簡単なショックだけで倒れるようにしておくのです。しかし、同じ車種で実験した結果、その方法ではアクセルを充分吹かすことはできないと分かりました。我々に考えられたのは以上です。ほかに何か方法がありますかね？　そうそう、催眠術でもかけて、竹脇さん自身にアクセルを踏ませるという方法もありますね。早速、酩酊状態でどれだけ催眠効果があるか、専門家に確認をとってみましょうか」

最後は皮肉で締めくくった。

板倉の説明を聞きながら、私は笑い出したくなるのを抑えていた。自分は何をしようとしていたのだろう。警察はあらゆる可能性を考えていた。素人の私に何ができるという。私はただ、自分が竹脇の背中を押したことを認めたくなかったにすぎなかったのだ。

「羽川さん」

板倉が射るような目で私を見た。

「自殺ではないと思いたい気持ちは分かります。ですが、事実を冷静に受け止めなきゃならない時もあるんです。現場の状況、目撃者、動機と、すべてそろっているんです」

話はこれまでだ、というように、板倉は立ち上がった。

私は動けずに、窓から見える東京港の夜景をぼんやりと眺めていた。今も積み降ろしの作業中なのか、幾つものライトが都会の夜景をバックに鮮やかに浮かび上がっていた。その反射が、海面でゆらゆらと踊るように揺れていた。この季節、あの海水はどれだけ冷たかったろうか。

「羽川さん」

後方から板倉の声がかかった。振り返ると、ドアに手をかけた板倉が、捨てられた子犬でも見るような目で私を見ていた。

「あ、どうも長いことお邪魔しました」

慌てて立ち上がると、板倉はくるりと背中を向けて言った。

「仕方ありません。明日にでも、もう一度東京湾のどぶさらいをしてみます。それで鍵が発見できれば、あなたも気がすむはずですよね」

12

月島署をあとにした私は、不機嫌になり始めた三号車をなだめすかしながら、晴海通りに出た。勝鬨橋を渡りながら、この先に、竹脇の勤める『週刊中央ジャーナル』の編集部があることを思い出す。

自分でもあきらめが悪いと思う。たった今、板倉によって、自殺以外の可能性を完膚無きまでにたたき潰されながらも、腹の奥底にはまだ、認めたくない気持ちが泥のようにこびりついていた。鍵の行方がはっきりするまで、最後の〇・一パーセントの可能性がなくなるまで——それをはぎ落とすことはできそうになかった。

中央新聞本社ビル五階に、『週刊中央ジャーナル』編集部はある。追い返されて元々と思ったが、守衛は私の名前を書き留めると、編集部に通してくれた。

五階フロアに人影はまばらだった。エレベーターから近いデスクでは、ミッキーマウスを背中にプリントしたジャンパーを着た若者が、一心不乱にワープロをたたいていた。

「今日は皆さん、もうお帰りになったのでしょうか」

「いや、そろそろ出て来るころだと思うけど。誰かと約束?」

若者はワープロから目を離そうとしなかった。仕方なく、ミッキーマウスに話しかける。

「竹脇さんについてちょっとお聞きしたいことがあるのですが、どなたか彼と親しくしていた方を教えていただけませんでしょうか」

「なんだ、刑事さんですか」

「いえ。彼の友人です」

やっと手が止まって、こちらを振り返った。珍しいものでも見るように、私を眺める。

「へえ。友人ね」

やおら立ち上がると、フロアの奥に向かって大声を張り上げた。

「橘さん。デスクの友人って人が話を聞きたいって来てるんですけど」

資料の山の間から、髭面の男がむっくりと顔を上げた。

「あの人、竹脇さんと同期ですから。といっても、デスクと違ってただのヒラですけどね。昨日も刑事の相手はあの人が務めたんです」

そう言って彼は、上司の容体を尋ねることなく再び仕事に向かった。私はミッキーマウスに礼を言って、橘と呼ばれた男に歩み寄った。

名刺を手渡すと、橘は大きな体を揺するようにしてうなずいた。

「ああ。あなたが例の……」

例の何かは、慌てて口を閉じたことから想像がついた。竹脇はこの男に夫婦仲の愚痴をこぼしたことがあるようだった。どうやら、話を訊くには打ってつけの人物のようである。

橘はその場を取りつくろうように忙しなく後ろの椅子を引き寄せると、私の前に差し出した。いかつい体と髭面にもかかわらず、どこか親しみを覚える容姿は、小さな目のせいかもしれない。

「どうなんです。竹脇の容体は？」

「まだ意識は戻ってないようです」

「そうですか。早くよくなるといいのですが」

ごく一般的な感想をつけ足しただけで、彼は言葉を待つように私を見た。人の生死に誰もが心を動かされなければならない、という決まりは別にない。私は深く考えないようにして質問を始めた。

「最近の竹脇の様子について、何か気づいたことがありましたでしょうか」

「実はですね。自殺の直前のことは私には分からないんですよ。三日ほど前から、あいつは会社に顔を出していませんでしたから」

「休んでいたのですか」

「彼は特別取材班のデスクという立場にあります。会社に連絡を入れさえすれば、どこで何をしていようと原則的には自由なんです」

「すると、自殺の直前まで取材のために動き回っていた」

「虚偽申告をするようなやつじゃないですからね。おそらくそうだと思います」

「橘さんは、竹脇が最近、何について取材していたか、ご存じでしょうか」

さあね、と言うように肩をすくめて見せた。我関せず。投げやりな態度にも見えた。

「残念ながら、彼の取材内容については何一つ聞かされていませんでした。おそらく、編集長も同じじゃなかったかと思います」

その言い方から、竹脇の行動には、編集部の中でも批判があるように感じられた。

「分かっているのは、三日のお昼ごろ、松田屋の──例の三角輸入が発覚して倒産しかけている牛丼チェーン店がありますでしょ。そこの重役が自殺したんですが──その葬式に顔を出したことくらいですか」

「葬式に」

「ええ。うちの編集長も焼香しに出向いたんですが、その時、何か揉め事があって、竹脇がそこの家族に追い返されるところに出くわしたそうです。あとを追って何があったのか聞いたそうなんですが、何も答えず、どこかに行っちまった、と言ってました」

「その後、竹脇から連絡はなかったのですか」

私が尋ねると、ふと橋の表情が小さく変化した。立ち上がって、後ろに声をかける。

「おい、田辺。おとつい、竹脇のとこに女性からテルあったろ。何てったかな、その名前」

「机の上」

田辺と呼ばれた若者は、相変わらずワープロから視線を外さず、一言だけ言い返した。それで通じたらしい。橘は立ち上がると、雑然としたフロアの中で、そこだけが別世界のように整頓された机に歩み寄った。昔から竹脇は、自分の周りを気の済むまで片付けてからでないと勉強が手につかないたちだった。

メモを手に橘が振り返った。

「倉橋真希江。午前と午後に二度ほど電話がかかってきています。連絡先の電話番号は書いてありませんね」

だとすると、竹脇のほうで連絡先を知っていた、ということだろうか。

自殺の当日に二度の電話。偶然かもしれないし、あるいはそうでないかもしれない。

「そんなわけで、竹脇があんなことをする直前の様子については、私らも見当がつかないんですよ。ただ、一週間前くらいから、どことなく元気がなかったように感じられましたね」

「取材がうまく運んでなかったから、というような仕事に関することが原因でしょうか」

「どうでしょう。そこまでは……」

言葉をにごして首を振った。私は、もう一つ、以前から気になっていたことを質問した。

「一週間ほど前から、竹脇は家に帰っていなかったのですが、そのことは？」

「部屋を借りたって言ってたけど、詳しいことまでは……」

「連絡先も聞いてないのですか」

「ええ。編集長も昨日刑事に聞かれてましたけど、知らなかったようです」

「もしどなたか知っている人がいれば、あとで連絡していただきたいのですが」

すでに手渡した名刺を指し示すと、橘はそれを手の中でくるりと回転させた。

「どうかな。知ってるやつなんかいるかなあ」

ぞんざいな口調に、私の言葉にもつい棘が出た。

「住所の変更を知りながら何も聞かないとは、こちらの編集部ではずいぶんと部員の自主性に任せられているようですね」

意外にも、橘は笑みを浮かべた。いたずら小僧を思わせる底意のない微笑みだった。

「だって、正式に越したわけじゃないでしょう？　それにさ……家にまで電話をかけるほどあいつと親しかったやつなんて、ほとんどいなかったからね」

先ほどから漠然と感じていた疑問が氷解した。私は率直に訊いてみた。

「竹脇は、みなさんとうまくいってなかったのでしょうか」

橘は天井を見て、髭をなで回した。竹脇の友人と名乗った私を傷つけない言葉を探しているようにも見えた。

「いや、どう言ったらいいのかな……。ほら、あいつ、ヘンに堅いところがあるじゃない。飲みに誘っても、話は仕事のことばかりだし、間違ったことは何一つ言わないし、それに、領収書で落とそうだなんて絶対に許さないしね。……そんなこんなで、いつの間にか、こういうことになっていた、ってことですよ」

「あなたの言葉を聞くと、何か真面目が悪いように聞こえますね」

「そうじゃないよ。けど、世の中を渡っていくには、それなりの融通ってもんがあるでしょう？　そりゃ、確かにあいつは真面目で誠実で、いいやつかもしれないよ。でも――」

再び天井を見上げてから、橘は言った。

「こう言ったら分かってもらえるかもしれないな。例えば、こんなことがあるんだよ――。俺とあいつが同じくらいの仕事を引き受けたとする。すると決まってあいつのほうが早く片付ける。ま、それは人の力量ってもんだから仕方ない。そこで俺はあいつに手伝いを頼むんだ。頼めば絶対に嫌とは言わないし、あとで恩に着せるようなこともあいつはしない。けど――頼んだ俺よりそつなくこなしちまう。人の手伝いだろうが何だろうが、いつもあいつは全力投球だ。それがあいつの取り柄かもしれない。

けど、いつの間にか、仕事は全部あいつのものにされちまうんだ。分かるだろ？　その辺のニュアンスは、友達のあんたにだって」

橘は訳知り顔で目配せした。

なぜか私は、自分までもが揶揄(やゆ)されたように感じられた。心の内をのぞかれると、誰だっていい気持ちはしない。私は反論していた。

「しかし、竹脇は、そんなつもりは少しもなかったはずです。それを勝手に悪いように受け取るなんて、あなたたちのほうにも問題があるんじゃないですかね」

橘は、実にしみじみとうなずいた。私への深い同意が表れていた。そして、一層根深い疑問を投げかけた。

「だったら、あんた、何でそんないい友達の女房に手を出したんだい？」

無論、私は言い返せなかった。


編集部を出て、東京港湾病院に電話を入れた。付き添っているはずの枝里子を呼び出す。

「どちら様でしょう」

「たちばなひろみといいます」

竹脇の両親がいることも考えられたので、本名を名乗るのははばかられた。「たちばなひろみ」に意味はない。今会ったばかりの橘の名字を拝借して、男とも女とも取れる偽名を使っただけだ。

三分ほどで、「竹脇です」という歯切れのいい声が聞こえてきた。

「羽川です」

「だと思った」

途端に声のトーンが落ちる。

「竹脇の具合はどうかな。それと、君の人差し指の具合も」

返事が届くまで少し間があった。

「私のほうは三針縫っただけでもう安心だって。ねえ、病院にまで電話するなんて何の用」

「マンションを出て行った時の竹脇の懐具合について聞きたいんだ」

「どういうこと？」

「たった今、会社の同僚から話を聞いた。どうもあいつ、どこかに部屋を借りていたらしい。アパートやマンションを新たに借りたとすれば、敷金礼金など結構な費用がかかったはずだ」

「そうね。でも、そんなに自由になるお金はなかったと思う」

「やはり財布の紐は君がしっかり握っていたか」

小さな溜め息があった。

「違う。同じ口座のカードを二人で持ってた。だから、竹脇が引き出せば、私がカードを使った時に分かるのよ。それに、定期を解約したって通知も来てなかったし」

「例のベストセラーの印税は？」

「あれは別の口座。そっちにはカードを作ってないもの」

「だとすると、それほどまとまった額は使えなかったことになるな」

「ええ。でも、そんなことだけで、あの人がどこにいたか、分かる？」

「厚生省は人使いが荒くてね。時に探偵まがいのこともさせられるんだ」

ビジネスホテルやカプセルホテルも考えられた。だが、ホテルを利用しているのなら「部屋を借りた」とは言わないだろう。残るは、最近耳にする週貸や月貸のマンションが有力だった。そこなら、普通にアパートやマンションを借りるよりも一度にかかる金は少ない。

私は電話機の下にあったぼろぼろの電話帳をめくって、「ハローダイヤル」の番号を確かめて押した。さまざまな業種の情報を客のニーズに応えてオペレーターが教えてくれる。民営化も悪くない。

「ありがとうございます。こちら、ＮＴＴハローダイヤルです」

「短期間で部屋を借りたいんです。週単位、月単位で借りられる都内のマンションを片っ端から教えてください」

「お待ちください」

片っ端から教えてくれた。全部で三十三件あった。

竹脇が偽名を使って部屋を借りる必要性はないだろう。私は手当たり次第に電話をかけた。厚生省の正式な調査だと告げた。下手な鉄砲も数撃ちゃ当たる。うんざりしかけた二十五件目で、命中した。

13

東京港湾病院前の電話ボックスから、私は再び枝里子に連絡を入れた。今度は「まえじまかおる」という偽名を使用して。

枝里子は電話に出るなり、ただ一言、「今度は何」と言い放った。その突き放したような言い方が懐かしく、私は妙に嬉しくなった。

「これからドライブに付き合わないか」

返事はなかった。私は彼女が怒って電話を切らないように、慌てて調査結果を報告した。

「もう分かったの」

「言ったろ。食品Gメンってのは、探偵まがいのこともするんだ」

枝里子の声は急に歯切れが悪くなった。

「今は無理よ。お義父さんたちがいないから、私がついていてやらないと……」

「そこの管理人がくそ真面目なじいさんで、家族でなければ鍵は渡せないと言っている」

「でも——」

「昨日のことを警察に話してみた。思ったとおり取り合ってはもらえなかった。けど、君たちの城に侵入した賊が、竹脇の別宅にも侵入していた、としたらどうだろう。賊の狙いが最初から竹脇にあった、そう考える裏付けになりはしないかな」

「ちょっと待ってよ。それって……」

「君の旦那は、妻と友人に裏切られて自殺を企てた哀れな男ではないのかもしれない、ということさ」

考えているらしい。

「今、病院の前にいる」

私は言って、一方的に電話を切った。枝里子に踏ん切りをつけさせるために。

電話ボックスを出て、三号車の前で待った。

十分が経過し、あきらめかけた時だった。通用口から走り出て来る女性の姿があった。

枝里子だった。長い逡巡を取り返そうとするように、小走りで私のほうに駆けて来る。後ろで束ねた長い茶色の髪が揺れ、建物からの明かりを受けて、金色に光る。三針縫ったという右の指には白い包帯が巻かれていた。

私は助手席のドアを開けて出迎えた。

「ようこそ」

たっぷり一分は見つめ合っていただろうか。昨夜以来の、私の視線を避けようとしていた枝里子はどこにもなかった。

「いつまで突っ立っているつもりだ。病院の窓から入院患者たちが見ているぞ」

「嘘言わないで」

「じゃあ、行かないのか」

枝里子はむきになったように唇を結んだ。後ろで束ねていた髪を振りほどいた。

「いくわ」

代々木上原まで最短距離で行こうと思ったのが間違いだった。六本木で渋滞に捕まった。

信号が三度赤から青に変わっても、車の列はびくともしない。私たちは、前のBMWの中で若い男女がじゃれ合う姿をたっぷりと見せつけられることになった。話題を探したが、心が和むようなものは見つからなかった。どうにか確認事項を一つ思い出す。

「倉橋という女性に心当たりはないかな」

「誰」

「倉橋真希江。あの日、会社のほうに二度電話があったそうだ。竹脇と連絡が取りたいと」

枝里子の肩が微かに揺れた。

「そういえば、うちにもそんな名前の人からかかって来たような気がするわ」

「いつ」

「あの日のお昼ごろ。連絡先を聞かれたけど、最近こちらには帰っていない、って言ったら驚いてた」

無理して平静さを装っているのが分かる言い方だった。私は探りを入れてみた。

「その女性から電話があったのは、その一回だけだったのか」

「私がいる時にはね」

「いない時にはあったかもしれない、って言いたいように聞こえるな」

枝里子は答えなかった。窓にひじをかけ、指先に巻かれた包帯に視線を落としている。

素朴な疑問が湧き上がる。

「あいつ、誰かいたのか」

「何のこと」

とぼけてみせたが、少しばかり反応が速すぎた。

「竹脇に、君以外の女がいなかったのか、と聞いたんだ」

「いないわよ。あの人にそんなことできるはずないじゃない。あなただってよく知ってるでしょ、あの人の性格は」

私を見る目に、怒りの色が浮かんでいた。それは、ぶしつけな質問をした私にではなく、迂闊にも嫉妬を見せてしまった自分自身に向けられたもののように見えた。

私はゆっくりとハンドルを握り直した。

「だったら、なぜ俺と寝た」

「よして、こんな時に」

「竹脇のことを信じていたなら、どうして俺とこうなった」

返事はない。横目でさぐると、唇を噛んで窓の外を見つめている。

「そんなことで竹脇が帰って来ると思ったのか」

「やめてったら！」

その声に、歩道を歩いていた中年のサラリーマンがこちらを見た。何を勘違いしたのか下卑た笑みを浮かべながら通りすぎて行く。

枝里子は声を落として言った。

「あなたの悪い癖よ。何でも変に深読みしようとするのは」

「思ったことをすぐ口にしないと気がすまないたちなんだ。要するにまだ子供なのかもしれない」

「嘘。本当はそれだけ自分に自信を持ってるのよ。いつも自信たっぷりで、私を見下ろしているんだわ」

「いつからそんな僻みっぽくなったんだ」

「前からよ。あなたが知らなかっただけ。昔からあなたは、私のことなんか少しも分かっていなかった」

拗ねているのではない。その口調には凜とした響きがあった。指に髪をからめて私を見る。ふっ切るように枝里子は言った。

「知ってた？　これ、地毛なのよ」

六年前はもちろん、私と会う時の枝里子の髪は、いつも濡れたような黒だった。私の顔に驚きが出ていたのだろう。枝里子は語気を強くした。

「ほら、驚いたでしょ。染めてたのよ。ずっとそうだったの」

「気づかなかった俺が悪いと言いたいのか」

「私が言えなかっただけ。あのころの私は、ただでさえあなたに合わせようとして、背伸びばかりしていたから」

「人と付き合う時は誰でも背伸びぐらいするさ」

「違うのよ。昔の私は全部見せかけだけだった。ほら、あなたも呆れていたじゃない、私たちの部屋の中を見て。でもね、あれが、本当の私。あのころ私が馬鹿にしてたような、どこにでもいる下らない女だったのよ。自分でもいやになるぐらいのね」

一気に言うと、枝里子はシートにもたれかかった。隠すように、私から顔を背ける。

枝里子が再び口を開くまで信号が二度変わり、車は十メートルの距離を稼いだ。

「私、小さいころから赤毛で、クラスの子からよくからかわれた。子供のころは、人より目立つということが欠点にされてしまうところがあるでしょ。特に女の子の場合はそういった嫉妬が激しいのよね。いつも私は髪の色のせいで仲間外れにされた。そんなマイナスを取り戻そうとして、精一杯のいい子を演じてもみた。けど、だめだった。教師の受けはよくなっても、そうなればなるほど、クラスの子からはますます離れて行った。このままじゃ、一人も気の許せる友達ができない——そう思って、高校へ上がるのを機に髪を黒く染めるようにした。でもね、私の評判は変わらなかった。人より目立つようなところはない、反感を買うはずはない、そう思ったけど、それまでどおり、なぜかみんな、私に近づいてきてくれなかった。どうしてだか分かる？」

枝里子が、問いかけるように私を見た。目が、分かるはずないわよね、と言っていた。

「簡単だったのよ。要するに私がつまらない人間だった。人を引きつける魅力のない凡庸な人間だった。なのに、みんな赤い髪のせいにしてただけ。それだけよ。だってそうよね。みんながみんな、人を外見だけで判断なんかするはずないじゃない。人を引きつけるのは、外見じゃなくて、最終的にはやっぱりその人の内面でしょ。情けないけど、髪を黒く染めてみて初めて身に染みて分かった。——それから、私は自分を変えようと必死になった。臆病な猫が、精一杯の背伸びをして虎の振りを装ったりもした。それが、あのころの私よ」

優雅に泳いでいるように見えた白鳥も、水面下で必死になって足を動かしていたのだ。そうとは気づかなかった愚かな男は、彼女と会っても、いつも喧嘩のような議論を吹っかけてばかりいた。そうやって彼女に一方的に甘えていたわけだ。

「あなたは見せかけの私に好意を持ってくれただけなのよ」

「いや、自分を偽るのは卑怯なことだが、自分を変えようとするのは悪いことじゃない」

気休めを言う私を、枝里子はおびえたような目で見返した。

「そのために人を利用したとしても？」

その瞬間、私は渋滞に感謝した。でなければ、私は運転を誤って、枝里子もろとも路上の露となっていたに違いない。

かろうじて、声にして言う。

「それが俺なのか」

「ごめんなさい。でも、あなた、私の周りの誰とも違ってた。口先ばかり達者な男の子はいくらでもいたけど、あなたのような意固地なまでに頑固な人って、いなかった。世間どころか、自分まで冷たく見れる人なんか、そういない。ちょっと人に背を向けるようなところもあったけど、みんなより一歩前にいたから自然にそうなっただけ。私にはそう見えた」

買いかぶりにすぎない。私だって、精一杯肩ひじを張って、何とか生きていただけだった。

「私はこの人だって思った。この人と対等に付き合えれば、自分が思い描いたような女性になれるかもしれない。だから、必死になって背伸びをして、あなたについて行こうと思った。——それと同じことをしたのが竹脇よ」

ささやくような小さな声だったが、私の腹の奥にずしりと響くものがあった。

「いつだったか、初めてあなたから竹脇を紹介された時、私にはすぐ分かった。ああ、この人も私と同じ種類の人間だなって」

あれは、竹脇が大学を卒業する間際だった。そのころになって、私のアパートに出入りするようになった枝里子と、就職先が決まったことを告げに来た竹脇が、顔を合わせることになった。それが二人の出会いだった。

「今でもそうだけど、竹脇は真面目なだけが取り柄で、面白みのないやつだって思われてる。毒にも薬にもならない、絵に描いたような優等生。それをあの人、自分でも痛いほど分かってた。けれど、自分だけではどうすることもできなかった。だから私と同じように、自分と正反対の人間に近づくことで、何とか自分を変えようとした」

言われてみると、納得できることばかりだった。クラス一の優等生が、突然落ちこぼれに手を貸してくれたこと。キャンパス一の美女が、酒と喧嘩が趣味の男に体を預けたこと。そしてその二人が手を取り合って私から離れて行ったこと。だが、触媒にされた者の気持ちはどうなるのだ。

「けどね。途中で、そんなことでは変われない自分に気がついたのよ。どうしようもないほど、自分ってものがあちこちに染みついてる。それを絞り出すことも塗り替えることも所詮はできない。そんな自分に気づいた時、どういう気持ちになると思う?」

知りたくもなかった。だが、枝里子は残酷な告白をなおも続けた。

「感情って、異性より同性に対する場合の方が複雑に屈折するものじゃない? 昔から優等生のあの人は、努力しても当然で、誰も評価してくれる人はいない。真面目が取り柄のあの人は、人の信頼を集めるが、いつも頼られるだけで自分が支えてもらうことはできない。なのに、一番近くにいるあなたはどうだった? 決してまじめとは思えないあなたに、誰もが一目置いていた。決して信頼されていたとは思えないけど、一緒になって大騒ぎをする仲間に囲まれていた。その積み重ねが、いつの間にかあなたへの妬みを形作っていったとしても、私にはちっとも不思議に思えない」

なぜか私は「やめろ」と言えなかった。何かに憑かれたように動く、枝里子の唇から目が離せなかった。

「あの人から見れば、あなたには自分にないものばかりがそろっているように見えたと思う。だから……だから、あなたが大切にしていたものを奪おうとした」

今の私には、その時の竹脇の気持ちが手に取るように分かる。六年たった今、私が竹脇に感じているものと同じだった。そのうえ、取った行動も鏡に映したように同じだった。——枝里子を奪うことである。

「それが分かっていて、あいつを選んだのか」

「そうよ」

枝里子の目には涙がたまっていた。

「だって、私にはあの人の気持ちがよく分かるもの。でも……少し背伸びをしたくらいじゃ、あなたを理解することなんかできなかった。あなたといても、気の休まる時なんか少しもなかった」

恋をするということは、相手のどこか理解できない部分に惹かれるものではないだろうか。だが彼女のように、頭で理解しなければ始まらない愛し方もあるのかもしれない。

枝里子が私と関係を持った理由は分からない。昔の自分を取り戻そうとしたのかもしれないし、昔の竹脇を取り返そうとしたのかもしれない。どちらにせよはっきりしているのは、自分の周囲に澱んでいるものを振り払おうとして、必死にもがいた結果なのだろう。

それを責めることは私にはできなかった。今も昔も、私は彼女のことを知ろうとしなかったのだから。

枝里子は必死に涙をこらえていた。

車は当分動きそうになかった。

どうにか渋滞を抜け出せば、代々木上原までさほど時間はかからなかった。

六十歳前後の太った管理人は、枝里子の運転免許証を人質に、スペアキーを貸し出してくれた。彼によると、竹脇は家を出た二十六日の午後九時二十分、二週間の予定で部屋を借りていた。ここでは、ホテルと違って、外に出るたびにキーを預けるシステムにはなっていない。そのため、利用者の詳しい出入りまでは把握できないという。

竹脇の借りた部屋は、二階のエレベーター横の二〇一号室だった。オートロックになっているので、施錠がしてあっても、竹脇が鍵を閉めたことにはならなかった。

スペアキーを受け取り、鍵を開ける。

中は六畳ほどのワンルームだった。右に電気しか使えない小さなキッチン、左はユニットバスらしいドアがある。その奥に、折り畳み式ベッドと、作り付けの机があり、その上にポータブルテレビと電話が取りつけてある。

どこにも荒らされた様子はなかった。いかにも竹脇らしく、折り目正しく整理されていた。

真っ先に目についたのは、机の上に忘れられたように置かれた二つのキーだった。一つは私の右手の中のスペアキーと色違いのプラスチックホルダーがついていた。私はもう一つのキーを手に取ると、後ろからのぞき込もうとする枝里子に差し出した。

枝里子はバッグから自分のキーを取り出し、手の中で見比べた。私を見て、無言でうなずく。

鍵を置き忘れるほどの急用があって出かけたのか。自殺者に帰る部屋など必要ないから、鍵を置いて部屋を出たのか。それとも、いったん鍵を持って出かけたのだが、鍵だけが再び戻されたのか……。

頭の中は、最後の可能性で占領されていた。

何者かが竹脇から鍵を奪い、ここに置いたとすればどうだろう。

私はあらためて部屋の中を見回した。竹脇が持ち込んだ私物はそう多くない。机の上に、ラップトップ型のワープロと小型のテープレコーダー。引き出しの中には、三・五インチのフロッピーディスクが二枚と辞書、それに読みかけらしい週刊誌が二冊あった。収納タンスの中には、着替えのワイシャツと下着類があるだけだ。

気になるのは、竹脇が最近取材していたという仕事の内容である。

私はワープロのスイッチを入れてみた。

「どうするの」

枝里子が不安そうな声で聞いてきた。

「仕事の内容に興味がある」

引き出しから、フロッピーディスクを取り出した。文書のリストを表示させる。

一枚は、どれも見出しに「三角輸入調査2」とある。試しに文書を呼び出してみると、例のスクープの詳細な続報だった。好調に部数を伸ばしている総集編の第二弾が出版されるのだろう。

もう一枚には、何も登録されていなかった。だが、ケースに使用前のラベルが残っているわけでもなく、ケースそのものの汚れ自体からも、新しいフロッピーとは思えなかった。では、誰かが文書を消したのか……？

ワープロには、誤って文書を消してしまった時に備えて、今まで打ち込んでいた文書を記憶しておく、バックアップのシステムがある。それを調べれば、竹脇が打ち込んだ、一番最近の文書が呼び出せるはずだった。

私はシステムファイルをセットして、バックアップのキーを押した。

もうだめだ。もうだめだ。もうだめだ。もうだめだ。もうだめだ。もうだめだ。もうだめだ。もうだめだ。もうだめだ。もうだめだ。もうだめだ。もうだめだ。もうだめだ。もうだめだ。もうだめだ。もうだめだ。もうだめだ。もうだめだ。もうだめだ。……

枝里子が小さく叫びを上げて顔を覆（おお）った。

これが、竹脇の正直な叫びなのか。それとも、何者かが新たに打ち込んだものか。筆跡が残りようもないワープロでは、分かるはずもなかった。

14

翌日。私は白新物産から聞き出した損害貨物処理業者を訪問した。有限会社河田産業は、大井の競馬場と競艇場が望める、区民公園の隣にあった。表向きは、食品卸売業としての看板を掲げている。

事務所はプレハブ作りの小さなもので、その後方に錆びた倉庫の屋根が乱杭歯のように突き出ていた。猫の額のような駐車場では、男が一人、ホースを片手に愛車の掃除に没頭していた。

私は三号車から降り、男に歩み寄った。

「事務所はあっちだよ」

男は私に気がつくと、ぶっきらぼうに言って腰を伸ばした。突き出た腹のせいか、作業服のボタンは一つもとめられていない。

私は身分証明書を提示して名乗りを上げた。男の顔に一瞬警戒の色が走る。だが、すぐに元の無表情な顔に戻ると、そっけなく言った。

「へえー、厚生省のお役人ね」

「責任者はおられますか」


「あんたの目の前にね」

男は唇を歪め、金歯をのぞかせた。どうやらこの男が、社長の河田裕三のようである。


「確認です。昨年の十二月三日付で、白新物産からディルドリンの残留する牛肉十二トンの処理を任されたはずです。計画書どおりに処理したか、書類を確認させていただきたい」


男は無言のまま私に背を向けると、事務所内に入っていった。あとに続く。

事務所の中は閑散としていた。三十すぎの女性が一人、FMを流しながらマニキュアを塗っていた。営業、経理、総務などのプレートが下がったデスクが五つほど並んでいたが、どこにも主の姿は見られない。

河田は散らかり切ったデスクから、青いファイルを抜き出した。人差し指にたっぷりと唾液をつけて、一枚一枚ページをめくっていく。中ほどで手が止まり、黙って私に差し出した。

十二月二十一日付で、「丸日飼料」に十二トンの肉類が卸されていた。

「そちらの言いつけどおり、食品以外に転用しているでしょ。これで気がすみましたかな」

「しかし、この書類では卸された品種は、肉類となってます」

「飼料になるのに牛や豚の区別は問題じゃないだろ。違うかい？」

「仕入れ台帳も確認させて下さい」

「何を確認したいのか分からないが、疑い深いとストレスがたまるよ」

今度は黄色いファイルを手渡した。

予想どおり、取り扱っている肉類は、輸入国産、牛豚鶏を問わず多岐にわたっていた。白新物産からの仕入れは、ほんの一部にすぎなかった。

一方、卸売台帳のほうには、飼料会社以外にも卸先がずらりと並んでいる。精肉小売店はほとんど見当たらず、ファーストフードが主な得意先らしかった。その中には、ミートハウスという見慣れた名もふくまれていた。

「ずいぶん手広く商売をなさっていますね。食用の肉も扱っているとは思いませんでした」

「うちは食品卸売業なんです、当然じゃないですか。おたく、何か勘違いしてるね」

にたにたと笑いながら言う。とんだ食わせ者だ。

「そうでしたか。てっきりダメージを受けた商品をかき集めているのかと思ってました」

「はっきり言うね、あんた。確かに、そっちも扱ってるよ」

河田はあっさりと肯定した。

「でもね、変に勘ぐってもらっちゃ困る。ほら、食料品ってのは、輸送の間に傷んだりするものじゃないか。肉の場合なんか、店頭に並べることはできないけど、混ぜものと一緒にすれば分からない場合もある。食用にできないものをごまかして売ってるわけじゃありませんや。それが何か法に触れますかね？」

書類を端から確認していった。例によって商品の流れに不審な点は発見できなかった。この書類以外に、商品の流れを証明するものはない。つまり、丸日飼料に卸された肉類が白新から仕入れたものである、ということを証明するものはほかにはないのだ。

農薬が残留する牛肉も、表面上は何ら変わりもない普通の肉に見える。書類上の辻褄さえ合わせておけば、他から安く仕入れたクズ肉を飼料に回し、農薬残留牛肉を通常のルートで売りさばいたとしても分からないだろう。

だが、それを証明する手立てはなかった。憶測にすぎないと言われればそれまでだった。

ファイルから目を上げると、河田が満足そうな笑みを浮かべていた。私の手からファイルを取り上げた。

「ご苦労様。こっちに運送伝票も残ってたよ」

代わりのファイルを突き出した。

日付は同じく十二月二十一日。白新物産の倉庫から牛肉十二トンが搬出され、その日のうちに丸日飼料に納品となっている。運送担当者は、有限会社菊岡運送とある。

「うちみたいな良心的な業者を調べるより、もっとやることがあるんじゃないのかね」

河田は、太々とした腹をさすりながら言った。

「どういうことでしょうか」

「一月ほど前だったかな、うちにおかしな野郎が来たんだよ。商品の種類は問わないから、至急モノが欲しいって。見場がよけりゃあ、品質なんかどうだっていいようなことを匂わすんだ。商品の種類はどうでもいいなんて商談は聞いたことがない、って俺が言うと、やっこさん、何でも税金の関係で仕事を増やす必要があるんだと。だがね、怪しいと俺は見たね。調べるなら、ああいうおかしな野郎を洗い直したほうがいいんじゃないのかい？」

手ぶらで帰すのはかわいそうだと思ったのか、私に土産をくれるらしい。一枚の名刺を差し出した。

「こいつだよ」

見慣れた名刺だった。野上商会、野上啓輔のものだった。

河田産業同様、野上商会も「ダメージ屋」だとばかり思っていた。しかし、そうなると、同業者にまで現れているのが解せなかった。

処分元の会社へ顔を出すならまだ分かる。ダメージを受けた商品を探して歩くのがダメージ屋の仕事だからだ。それをよそへ転売することによって、利鞘を稼いでいるだが、ダメージ屋がダメージ屋を介したのでは、いくら処分を受けた商品でも、その分、値が確実に上がってしまう。当然、処分元から直接仕入れるより利益は少なくなる。なのに、野上啓輔は河田産業という同業者のところにまで顔を出している。

そうまでして、わざわざ処分を受けた商品を手に入れたがる理由とは何か。それでも、高く売りさばける、と踏んでいたということにならないか。つまりは――横流し、である。

私は公衆電話から野上商会に電話を入れた。

「はい、田野倉リバティセンターです」

二回のコールがあって、電話に出た女性は歯切れのいい声で言った。

「すみません。間違えました」

　今度は慎重に名刺を見ながらダイヤルした。

　二回のコールのあと、返って来た返事は先ほどと同じだった。

「すみませんが、そちらの電話はいつごろ引かれたのでしょうか」

「はあ？　どういうことでしょうか」

　電話の女性は、調子外れの声で言った。

「ある人から名刺をいただいたのですが、そちらの電話番号になっていましてね」

　女性は思い当たることがあるのか、「ああ」と声を上げた。

「それでしたら、以前契約されていたお客様だと思います」

「契約？」

「はい。こちらは、お客様に電話番号をお貸しして、メッセージのやり取りを承っております」

「留守番電話のようなものですか」

「いいえ、留守番電話では、電話を下さった相手にメッセージを伝えることはできませんでしょう。私どもでは、契約された方からのメッセージもお伝えさせていただいております」

　電話だけの秘書、ということなのだろう。

「以前契約していた人なら、自宅の住所などもそちらで分かるはずですよね」

「ええ、それは、契約書に記載していただくことになっておりますから……」

「至急連絡を取りたいのですが」

「残念ですが、規則でお教えできないことになっています」

「では、そちらの住所をお教えください」

「こちらに来ていただいてもお教えできませんが……」

「僕も君に電話番を頼みたくなったんだ」

教えてくれた住所をもとに、西早稲田にある「ミルズ電話サービス」の事務所を訪れた。築二十年は経っていると思える雑居ビルの三階だった。階段の入り口には、入居者の郵便受けとは別に、ずらりと鍵のかかった郵便受けが並んでいた。その一つ一つのプレートに個人名やら企業名やらが書かれている。電話番号だけでなく、郵便受けも貸しているようだ。三十五個のうち、九割がたが埋まっていた。

室内は思ったよりも狭かった。十二畳ほどのスペースしかない。事務用デスクがひとつと、部屋の周囲を囲むようにして長机が並べられ、上にずらりと黒電話が並んでいた。電話の下には、録音装置と赤いランプが取りつけられている。電話がかかってくるとベルの代わりにランプが点灯するのだろう。でなければ、これだけの電話からどれが鳴っているか聞き分けができないし、応対中の妨げにもなる。

私を出迎えたのは、四十すぎの化粧の濃い女性だった。その他に、アルバイトの学生らしい二名の女性が電話の前に張りついていた。

「先ほど電話したものですが」

「ええ。新規ご契約の方ですね」

化粧の粉を飛ばさんばかりに笑顔を作って、女性は書類を取り出した。

「いや、以前こちらと契約していた人と至急連絡を取りたいので、住所を教えていただけないかと思いまして」

女性の顔が強ばった。予想はしていたことだ。

「残念ですが……」

「犯罪と関係していてもでしょうか」

胸の前で手を組み合わせ、にこやかに言う。

「もちろん、警察の捜査には協力いたします。お宅様がもし何か被害にあわれたのでしたら、警察に被害届けを出してから来ていただけますでしょうか」

私は身分証明書を提示した。

「食品衛生監視員……の方ですか」

不思議そうに見る。

「以前ここに契約していた野上という人物が、食品衛生法違反の疑いがあるのです」

「野上……」

突然、女性が椅子から立ち上がった。そのまま壁際に後退する。私が幽霊にでも見えるのか、顔一面に恐怖が浮かんでいた。

突然の変わりように戸惑って、私は後ろを振り返った。アルバイトの女子学生が、びくんと体を震わせた。同じような目で私を見ている。

「林さん、は、早く警察に電話を！」

女性が金切り声を張り上げた。

「ちょっと待ってください。警察とはどういうことです」

「近寄らないで！」

女性が叫んであとずさった。後ろから、警察に通報する声が聞こえてくる。

何が起こったのだ。まったくわけが分からなかった。

15

「仕事熱心なのはいいが、人を脅してまで調査をしろと言ったおぼえはないぞ」

午後二時、私の身元保証人として呼び出された高木は、戸塚警察署の取調室に顔を出すなり、そう言って笑った。

「脅してなんかいませんよ」

「じゃあ、どうしてこんなところにいる」

「身分証明書を見せたんですが、課長が無断で発行したやつですから、警察が信じてくれなかったんです」

「無断じゃない。了解は得てある」

どうせ事後承諾に決まっている。

「ちょっとあんたたち」

私たちのやり取りを聞いて、刑事の一人が腰を浮かせた。窘めるように私と高木を一睨みする。

「まさか、違法な捜査をしているんじゃないでしょうね」

本気で心配しているようだった。

「ご心配なく。食品Gメンの行動を逸脱するような調査は行なっておりません。それより、教えてもらいましょうか。なぜ私が連行されなければならなかったのかを」

私が逆襲すると、刑事は慌てて表情を取りつくろった。ぼそぼそと言い訳をする。

「連行ではありません。任意同行を願えないかと断ったはずです」

「同意した覚えはありませんよ。それなりの理由を聞かせてもらわなければ納得はできませんね」

刑事たちは顔を見合わせた。そして、仕方ないか、というようにうなずいた。

説明してくれたのは、取調べ中、何も答えない私の胸倉に何度も手をかけた若い刑事のほうだった。

「先月の二十五日のことです。あなたと同じように、野上商会社長の野上啓輔なる人物の自宅の住所を教えてほしいという者が、ミルズ電話サービスを訪れています。二人連れの暴力団員風の男で、教えられないと断られると、応対に出た社長を袋叩きにして、住所の記載された契約書を奪って行きました。社長は肋骨三本を折られて、現在も入院中です」

どうやら私は、そいつらの仲間だと思われたらしい。高木がこちらを見て、笑いを噛み殺す。

気づいた刑事が、牽制するように咳をした。

「どうも野上啓輔は何らかのトラブルに巻き込まれているようなんですな。それで、連中があとを追っている、と見られます。二人を捕まえるには、野上啓輔を探すに限る――そう我々は考えました。ところがです。事務所に契約書の控えが残っていたのですが、そこに書かれていた住所も電話番号もデタラメでした。そのうえ、野上商会という会社も存在しません。野上なる人物は、どうも最初からトラブルに巻き込まれるのを覚悟していたようなんですよ。本名や住所を隠す手段として、電話サービスを利用したんです。そうなると、野上の線から二人組を捜し出す手立てはありません。

そこに現れたのが、羽川さんでした。食品Gメンであるあなたが、どうして野上啓輔の住所を知りたかったのか、我々としても興味があるんですよ。ご協力願えませんでしょうか」

「なんだお前、何を調査中だったか、まだ言ってなかったのか」

高木が呆れたように私を見た。

「警察が私を拘束する理由を説明してくれなかったものですから。それに、課長の許可を得てからと思いまして」

「ずっとこの調子で、まともに口を利いてもくれませんでした。いい部下をお持ちで羨ましいですな」

皮肉たっぷりに年配の刑事が言い、高木は苦笑を浮かべた。

「上司を立ててもらえて嬉しいよ。では、この場で説明してもらおうか。その野上なる人物がどこから出てきたか、俺もぜひ知りたい」

これまでの調査結果を簡単に報告した。検疫所の情報を流している者がいるらしいことをのぞいてだが。

「汚染食品の横流しですか」

刑事たちは、もっと単純なトラブルを予想していたのかもしれない。途端に表情が暗くなった。

「住所もデタラメ、会社もダミーでは、野上が横流しをしようと目論んでいたのはまず間違いないでしょう」

私の言葉に、高木もうなずく。

「トラブルは、金銭を巡る横流しグループ内での仲間割れか」

「その可能性は高いですね」

「参りましたなあ」

刑事が短く刈った頭をかきむしった。

「二人組を捜し出すには、あなたたちに頑張ってもらって、横流しルートを究明してもらう以外にないのかもしれませんね」

情報交換を約束し、戸塚警察署をあとにした。

「ちょっとやっていくか」

そう言って高木は、通りの向かいにあった喫茶店に私を誘った。警察署前にあるからといって、官庁ご用達でもあるまいが、店の中は質素なものだった。それでも店内は、学生らしい若者たちでいっぱいだった。何がおもしろいのか、男も女もみんな同じような格好で、同じように煙草をふかし、口を開けて笑っていた。

高木は若者たちの笑い声に負けない大声を出し、ウェートレスを呼びつけると、

「ビールある?」と聞いた。

「私はコーヒーを」

「どうした。遠慮するな。出所祝いだよ」

高木の冗談に、ウェートレスが二、三歩あとずさりする。

「どうもアルコールを口にしたい気分ではありませんので」

「そうか。じゃあ、仕方ない。俺もコーヒーをもらおうか」

「あ、どうぞ、課長は」

「よせやい。一人で飲んだって、ビールはうまかない」

ウェートレスは注文を受けると、逃げるように去って行った。

「課長が妙な言い方をするから、あの娘、完全に誤解してますよ」

「そんなことより、羽川」

口調から、冗談めいた匂いが消えていた。

「禁酒の理由は、やはり、竹脇君のことか」

「いえ、別にそういうことでは……」

酒を飲みたくない理由として、友人の自殺は誰が聞いてももっともな理由だった。

だが、それを慌てて否定してしまうほど、私は高木の言葉にうろたえていた。

高木は、家族にしか見せたことがないのではと思えるような、穏やかな笑顔を作って言った。

「一つだけ俺から忠告させてもらってもかまわないかな」

「何でしょう」

高木はそれとなく視線をそらしてから言った。

「女を誘うのを人に知られたくなかったら、職場の電話は利用するもんじゃない。相手が人妻の場合にはなおさらだ」

声が出なかった。高木までが知っているとなると、以前から所内で噂になっていたのかもしれない。

誰かに電話を聞かれていたのだ。所では五つの回線を切り替えて使用している。ボタンを押して受話器を取れば、その回線の話を聞くことができる。噂好きの同僚の顔が思い浮かぶ。

「森下ですか」

「誰とは言わない。ただ、下らんおしゃべりしか楽しみがない奴はどこにでもいる」

迂闊だった。竹脇は取材のために何度も検疫所を訪れている。所内の者なら誰でも、私と竹脇が学生時代からの友人であることを知っている。格好の醜聞だった。

「しばらくは、所に顔を出さなくてもいい。こっちの件に専念しろ」

「すみません」

「それから、俺が庁舎を出る前に、橘って男から電話があった。おまえ、竹脇君のことを調べているそうだな」

「ですがそれは……」

「咎めているわけじゃない。勤務時間外に何をやろうと、俺の関知することじゃないからな。だが、無茶はするなよ。それだけだ」

ぶっきらぼうに言うと、高木は運ばれて来たコーヒーを音を立ててすすった。うまそうに舌を鳴らして窓の外を見る。高木の心遣いがうれしかった。

コーヒーを飲み干すと、高木は本題に入るように身を乗り出した。

「野上ってやつが関係していそうなのは分かった。だが、肝心のモノの流れはどうだった」

「ダメージ屋も調べてみましたが、書類上は計画書どおりの処理をしたことになっています。他の肉類と混ぜられた形跡はどこにも残っていませんし、細かい数字の辻褄も合ってます。書類上は完璧です。どこにも不審な点はありません。あとは、運送会社の書類を調べるだけですが、おそらくは、そこでボロを出すようなこともないと思います」

「その言い方だと、運送会社までがグルになっている、って言いたいらしいな」

「横流しが事実だったとするなら、今のところはそれしか考えられませんからね。あるいは、横流しなど最初からなく、単なる輸入検査漏れだったのかもしれませんが。どちらにしても、残念ながら確証はありません」

「そんな報告ができるはずがないだろ。何とか上が納得するような形に持っていかなきゃならないんだ」

高木は渋い顔を手で拭った。中間管理職のつらいところだ。

「ただ、気になることが、一つあります。河田産業がクズ肉を卸している得意先のリストの中に、ミートハウスの名がありました」

「ほう」

高木の目が輝く。

「ファミリーレストランの名前がずらりと並んでいましたから、ただの偶然とも考えられます」

「反対に、偶然じゃないとも考えられる、か」

もし、横流し牛肉がミートハウスに流れていた、と仮定するとどうだろう。農薬ばら撒き事件は、単なる嫌がらせなどではなく、別の意味を持ってくるのではないだろうか。

そして、野上啓輔という謎の人物。さらに、その野上を追いかける男たち。

事件は複雑に絡み合っていそうだった。

私に調査の続行を命じると、高木は庁舎に帰って行った。

仕事に戻る前に、私は喫茶店から中央ジャーナル編集部に電話を入れ、橘を呼び出した。

「電話をもらったらしいね」

「ああ。あんた、竹脇が何を調べているか分かったら教えてくれと言っただろ」

「分かったのか」

「ヒントらしいものだけどな。詳しい内容までは分からないが、あいつ、まだ食品関係に食らいついていたことだけは確かだな。それは保証する」

「そちらに資料でも残ってましたか」

「そうじゃないんだ。資料も調べてみたんだが、どれも、例の三角輸入のものばかりでね。これには専従班が設けられて、竹脇が中心になっているから、あって当然。だが、それ以外の資料は見当たらなかった。気になったのは、一通の請求書だ。会社の近所の印刷屋のもので、請求理由は名刺代。ほら、取材するのに自分の素性を明かしたくない場合もあるじゃないか。それで、よそに偽の名刺を作ってもらうことが時々ある。確認のために電話を入れてみたんだが、発注したのは竹脇本人に間違いなかった。それも今年になってからのものなんだ。その名称が、食品卸売業者となっていた」

　嫌な予感がした。

「参考までに、その名前を教えてくれないか」

「いいかい、読み上げるぜ。株式会社野上商会代表取締役、野上啓輔。住所は……」

　あやうく、受話器を落とすところだった。何も言えずに黙って聞いていると、橘が声を大きくして、尋ねてきた。

「どうだい。少しは役に立ったかな？」

16

　私はテーブルに戻り、再びコーヒーを注文した。頭を整理する必要があった。

　野上啓輔なる人物が、竹脇が取材用に使用していた偽名だとすると、野上のとった行動に初めて納得のいくものが見えてくる。あれは、やはり汚染食品を手に入れるためだったのだ。だが、その理由は、手に入れた汚染食品を売りさばくためではなく、横流しの実態を暴くためだった。竹脇は次の取材対象を、横流し事件に絞っていたのである。

　自分が現在行っているように、事件の後追い調査をしたのでは、横流しの存在を証明するのは難しい。関係者はそれなりの工作を施しているはずだし、警戒して口をつぐむのは当然だ。それに何よりも、食品衛生監視員でなければ、帳簿を調べることもサンプルを収去することもまず不可能だった。何の捜査権も持たない竹脇が、正面きって調査に挑んだところで、どこまで暴き出せるか疑問がある。そこで竹脇は、横流しグループのほうから近寄ってくるように、餌をばら撒いていたのである。

まず、野上啓輔という架空の卸売業者の名刺を作り、ミルズ電話サービスと契約して連絡先を確保する。そして、輸入元の商社から、その下請けのダメージ屋までと、横流しが行われる可能性がある会社に、あらかじめ顔を売っておく。品質は問わないから、大至急商品を手に入れたい。そう言えば、乗ってくる業者がいるに違いない

——と考えたのだ。

その竹脇を、何者かが捜し回っていた。それも、暴力に訴えてまで、だ。

竹脇の目的が横流しグループの摘発にあるのは間違いない。となれば、彼を探していた男たちは、当然、横流しグループの関係者だ。河田産業の社長も警戒していたように、竹脇の行動に不審を持ち、彼を探した。

ミルズ電話サービスでのなりふり構わぬ様子からは、横流しグループの側にかなり切迫したものがうかがえる。それほど、竹脇の調査は進んでいて、彼らは追い詰められていたのだろう。逆に言えば、横流しグループが追い詰められるほどの証拠を、竹

脇はすでにつかんでいた、とも考えられる。

その証拠とは何か……？

一番の証拠は、横流しの現物そのものを押さえることである。手に入れた食品から、本来流通されるはずのない汚染食品が発見できれば、後は取引先の会社の中に輸入審査に引っかかり、処分を受けたものがあったかどうかを確認するだけでいい。三角輸入の時も、竹脇は同じような調査方法を取っている。

そう考えると、竹脇がすでに横流し品とみられる現物を手に入れていた可能性は高い。

手に入れた現物は、当然、検査に回されるはずだった。ところが、である――。

その検査先として真っ先に考えられるのは、篠田が副所長をしている輸入食品検査センターだろう。竹脇と篠田は、前回の三角輸入の調査でも組んでいる。今回もまた、竹脇が「食品」に関する調査を行っていて、篠田に協力を求めない、ということは普通では考えにくい。だが、一昨日、私は篠田に電話を入れて、竹脇の最近の取材内容について、確認を取っている。その時篠田は、何も聞かされていない、と言っていたのだ。

篠田以外の者に横流し品の検査を依頼する、ということがあるだろうか？　それに、竹脇宛の剃刀(かみそり)入りの手紙もある。もっともこっちのほうは、悪意の手紙に自分の名前を正直に書く者がいるはずもないので、篠田からのものだとは信じられなかったが。

では、誰が……？

分からないことが多すぎた。

私は立ち上がった。一つ一つ確かめてみるだけだった。

ミルズ電話サービス前で、違法駐車させたままの三号車と再会し、東雲に向かった。

輸入食品検査センター前に着いた時には、すでに五時三十分を少しまわっていた。篠田は外出して不在だった。だが、仕事がまだ残っているので夕方には戻る、と言っていたという。顔なじみの事務員に断って、私はセンター内に入った。

建物の中は、応接室以外、原則として部外者の立ち入りが禁止されている。だが、私たち検疫所の所員はたいてい顔パスが効く。私は、まだ白さが充分に残る狭い廊下を歩き、第一残留農薬検査室のドアをノックした。

「どうぞ」

佐多英之の潑剌とした声が返ってきた。

ドアを開けると、検査機器の前でデータをメモしていた佐多が振り返った。理科実験室を思わせる室内に他の職員の姿は見当たらない。

「よお、今日も残業かい」

「あ、羽川さん。珍しいですね。どうぞ」

人懐こい笑顔を浮かべて、手を上げる。

「いいのかい、仕事中に」

「ええ。本格的残業の前に、少し休憩したいなって思ってたところなんです。どうです、コーヒーでも？」

佐多は検査機器から離れると、手近にあったビーカーに水を入れ、アルコールランプに火を点けた。軽やかに口笛を吹きながらフラスコにロートを差し込み、ペーパーフィルター代わりの濾紙を慣れた手つきでセットする。

佐多は、いたずらっぽい顔を上げて言った。

「これ、なかなかうまいんですよ。学生のころから僕はこれ専門です」

てっきりビーカーで飲まされるのかと思ったが、佐多は棚の奥からコーヒーカップを取り出した。驚くほどうまかった。

「今日は何の用で見えられたんです。例の農薬ばら撒き事件のことですか？」

コーヒーカップを手にしながらも、佐多は検査機器の表示するデータに目を走らせている。

「いや、ちょっと篠田先生に用があってね」

「そうですか。今日は確か挨拶回りに行ってるんじゃなかったかな。——あ、すみません、手を触れないようにして下さい」

言われて、目の前に並ぶ試験管に伸ばしかけた手を引っ込めた。

「検査中のものもまだありますから」

「いや、すまなかった」

薬瓶、プレパラート、計量器。実験台の上には、所狭しと様々な器具が載せられている。赤い液体の入った試験管が並ぶ隣には、サンプル用に持ち込まれたと思われる穀物が、スチロール製のボックスに収まっていた。仕分けされたビニール袋には、試験管と同じようにサンプル先のラベルが張られている。

「挨拶回りというと、正式に決まったんだね」

「ええ。今月の十五日で退職されるそうです。昨日から所内はその話題で持ちきりですよ」

佐多が心なしかそっけなく言って、プリントアウトした用紙を手荒に引き千切った。

「どうした。あまりうれしくないみたいだね」

「そんなことはありませんよ。ただ、このところいろいろあったじゃないですか。ですから、先生のことをとやかく言うやつらが結構いるんです」

篠田の大学復帰が決まったのは、三角輸入の調査が認められたからである。その功績は認められて当然だろう。だが一方で、批判を浴びても仕方ない状況もあると言えよう。

直接の影響とまでは言い切れないが、汚染の実態を指摘した松田屋の関係者に自殺者を出している。そして、共同研究者の竹脇も、今はベッドの上で死線をさまよっている。篠田だけが成功を収める形となっていた。そもそも篠田は大学を追われ、このセンターに拾われたようなものだった。そうやってありついた仕事を、今度は自分の都合だけで簡単に放棄する。センターの中に、非難を語る者があったとしてもおかしくはなかった。

「先生はただ、自分の手で好きな研究を続けたかったんだと思うんです。例の三角輸入の検査の時なんて、そりゃあ生き生きしてましたから」

「へえ、あの検査は、先生が自らやったものだったのか」

意外に思って尋ねると、佐多は、そうなんですよ、と目を輝かせた。

「中央ジャーナルから正式な検査依頼があったわけですから、我々職員を使ってもよかったんです。けどね、自分の名前で発表するものですから、自分の手で検査しなけりゃ、先生は納得できなかったんだと思います。そういうところは、厳しい人ですからね、先生は」

自分自身にも厳しくあろうとする。いかにも篠田らしい姿勢だった。そんなところに、若い佐多が篠田に心酔する理由があるのだろう。

「検査器具を使えるのも、我々の仕事が終わってからですからね。仕事はいつも真夜中までかかってました。時々、竹脇さんや高木さんが陣中見舞いに来ていたようですが、いつも先生は一人で検査をしていたんですよ」

課長まで顔を出していたとは初耳だった。篠田に竹脇を紹介した手前、知らん顔をすることができなかったに違いない。高木らしい心遣いだ。

周囲の波風にとらわれずにチャンスをつかむことができるのが篠田なら、高木はセンターの設立に奔走しても、自分の手柄にしようとはしない。そして竹脇は、どんなものにでも全力を尽くし、そのために周囲の者を遠ざけてしまう。三者三様。それぞれの生き方がある。

「最近はどうだったのかな。竹脇が篠田先生を訪ねて来るようなことはあったんだろうか」

「来ましたよ」

佐多はスチロール製のボックスを冷蔵庫にしまいながら、あっさりと答えた。

「確か、先週も来てたと思います。今度また、三角輸入の続報を本にするらしいですね」

「その時の様子なんだが、二人の間に意見の食い違いがあったとか、言い争いをしていたとか……何か聞いていないかな」

「いいえ。何でそんなことを聞くんです？」

竹脇が手に入れた横流し品の検査を、篠田に依頼していなかったとすれば、その理由は、あまり多くは考えられない。二人の間に何らかのトラブルがあったか。それとも、竹脇のほうに篠田を信頼できない理由ができたか——だ。佐多の話からは、二人の間にトラブルがあったとは思えない。とすると……。

「頼みがあるんだが」

私が言うと、佐多は少し身構えるようにこちらを見返した。

「最近、竹脇から検査の依頼がなかったかを確かめたい」

佐多は、じっと私の顔を見つめ返した。

「無理かな」

「いいえ、できますけど……それなら先生に直接確かめられたほうが早いんじゃないでしょうか」

佐多が不審そうに眼鏡を押し上げた。その顔が、人の研究を黙って探り出すようなことはできないと言っていた。

「ただの確認さ。君に頼まなくても確かめることはできる。だが、一言断っておくべきだと思ったんだ。先生のファンである君にはね」

佐多は検査室の鍵を閉めると、女子職員に話をつけて、伝票の確認をしてくれた。

結果はすぐに判明した。佐多は、女子職員がディスプレイに呼び出した画面を見ると、すぐに顔を上げた。

「ありました」

「あった？」

思わずディスプレイをのぞき込む。略語で表示されているのだろう。数字と記号が並んでいるだけで、私にはその内容は読み取れない。

「一番新しいのは、先月の二十八日の受付です。牛肉とココア調整品の二種類を五検体ずつ、計二キロの検査依頼を受けています」

乳製品は、米や小麦と同じ国家貿易品目で、輸入枠や取り扱う貿易商社が限定されている。チョコレートやアイスクリームの原料となる脱脂粉乳も、国内の生産者保護のために輸入が規制されている。だが、牛肉と同じように、規制逃れの方法があった。ココアパウダーを混ぜて、脱脂粉乳の含有率を七十五パーセント以下にするのである。そうすれば輸入規制の枠にはかからない。それが、ココア調整品である。

「検査の内容は……あらゆる検査、つまり、残留農薬検査はもちろんのこと、腐敗、カビ毒、細菌、放射能までと、考えられるものすべての検査となっています」

思ったとおりだった。やはり、横流し品の検査に間違いない。

「依頼したのは、竹脇なんだね」

「中央ジャーナル編集部となっていますから、竹脇さん以外には考えられませんね」

「検査をしたのは誰だか分かるかな」

「ちょっと待ってください。検査終了のマークが出てますから、すぐに分かります」

佐多の声に続いて、女子職員が軽やかにキーボードをたたいた。

画面が変わり、佐多が大きくうなずいた。

「やっぱり篠田先生ですね」

最悪の事態は避けることができたようだった。二人の間のトラブル以外に、竹脇が横流し品の検査を篠田に依頼しない理由は、もう一つ考えられた。横流し事件に、篠田が何らかの関係をしているのではないか、そう竹脇が疑っていた場合がそれである。

だが、その疑惑は否定された。

同時に、新たな疑問が生まれてくる。

篠田はなぜ、竹脇の取材内容を私に隠そうとしたのだろうか……？

17

篠田が帰って来たのは七時をすぎてからだった。私はすぐに役員室に通された。

寒々とした部屋の中、篠田はデスクの向こうで腕組をして、私を待ち受けていた。すでに身辺整理を始めているのか、その周りには書類が積み上げられて山を作っていた。

「突然お邪魔しました」

「いや、私も君に連絡しようと思っていたところなんだ」

「私に」

「ああ。たった今、出先からの帰りに月島署に寄ってきたところでね。それで、やっと……我ながら情けないが、そんなことでやっと決心がついた。君には話しておかなければならない、という決心がね」

篠田の顔には、念願していた大学への復帰が決まったとは信じられないほど、思い詰めたものが浮かんでいた。

「今度は正直に答えてもらえそうですね。竹脇が何を探ろうとしていたのかを」

「君に嘘をついたのはすまなかったと思っている。だが、あの時の私には、そのことを隠すしかなかったんだ」

篠田は力なく言葉を切って、後ろの椅子に落ちるように腰を下ろした。私はデスクの前に置かれたソファの背にもたれかかって、言葉を待った。

「……私はね、羽川君。ミートハウスの冷凍倉庫に農薬をばら撒いた犯人は、竹脇君だと思い込んでいたんだよ」

「竹脇が……」

竹脇の取材活動の裏に、何かあるとは思っていた。だが、ミートハウスの事件にまでかかわっているとは……。

「覚えているかな、あの時、刑事たちが話していたことを。彼らは、こう言っていたんだ。——一週間ほど前にも、ミートハウスの倉庫に何者かが忍び込み、肉を切り取って行ったことがあったと」

「まさか、それも……」

「そうなんだ。竹脇君の仕業なんだよ。彼から直接打ち明けられたのだから間違いはない。彼はミートハウスの冷凍倉庫に無断で侵入して、牛肉一キロを盗み出したんだ。私のところへ持ち込み、検査を依頼するために、ね」

「すると、記録に残っていた牛肉の検査とは——」

篠田は大きく頷いた。

「ミートハウスの倉庫から盗み出したものだ」

私は言葉を返せず、しばらくは篠田の顔を見つめていた。同時に、河田産業の取引先リストの中に、ミートハウスの名があったことを思い出す。

「最初から話したほうがいいだろう」

篠田は言って、デスクの上で手を組み合わせた。

「君は検疫所に配属になってからまだ日が浅かったと思うが、それでも横流しの噂は耳にしていると思う」

「はい。以前課長が調査したことがあると言ってました。それに、輸入食品以外にも、同じような事例はありますから」

「そうか、君は高木さんと同じように、食品Gメン出身だったね。それなら話は早い。――君も知っているように、竹脇君と私は、三角輸入の問題を通して、輸入食品の検査体制を強化するよう訴え続けてきた。行政側はまだ重い腰を上げてはいないが、このままいけば、いずれは政府を動かすこともできる、と私は信じている。だが、検査が強化されればそれですむ、という問題でもないんだ。検査が強化されれば、それだけ輸入審査にパスしないものが増えることになる。そこに、新たな問題が生まれてくる。パスしなかった食品がどこへ行くか、という問題が――」

「汚染食品の横流しですね」

篠田はやり切れないとでもいうように視線を落とした。

「知ってのとおり、過去に何度か汚染食品の横流しが摘発されたことはある。だが、表ざたになるのは氷山の一角で、横流しは業界内に根深くはびこっている、との見方もある。現状のまま、審査にパスしないものが増えてしまえば、それだけ横流しを増やすことにもなりかねない。輸入検査の強化を進めるのと同時に、横流しを決して許さないガラス張りの流通過程をも作り上げる必要がある」

「そのことを訴えるためには、横流しグループの実態を暴き出す必要があった」

「竹脇君はそう考えたんだ。保健所や厚生省の食品Gメンが、市場の巡回調査を行ってはいるが、少ない人手と予算では、すべてをカバーし切れるものではない。誰かが行政を焚きつけなければ、我々は安心して食品を口にすることができなくなってしまう。何も知らず、危険な食品を口にしなければならない人々に、問題意識を植えつけるためには、より衝撃的な事実を見せる以外にない。そう思った彼は、横流しの実態を白日の下に引き出せないだろうか、と言い出したんだ。だが、三角輸入と違って、今度は明らかに法に触れる犯罪を告発することになる。相手も充分警戒しているだろう。そこで彼は、横流しグループの内部に潜り込むことで、その実態を暴き出そうとしたんだ」

「野上啓輔として、ですね」

「そこまで知っていたのかね」

私は、自分が今、横流しの調査をしていることを告げた。

篠田が眼鏡のフレームを押し上げる。

「君が横流しの調査を？　いつからだね」

「農薬ばら撒き事件の翌日からです。ある消費者団体から、ディルドリンに汚染された牛肉が出回ってるとの情報が寄せられました」

私の答えに、篠田は怪訝そうに眉を寄せた。しばらく宙に視線を泳がせ、それから、ぼそりと呟いた。

「偶然にしては、少しタイミングが良すぎやしないかね」

思わず息を呑む。言われてみれば、そのとおりだった。私の調査していた横流し事件と竹脇の取材がつながり、さらに、篠田の話によれば、竹脇はミートハウスの事件とも関連しているという。すべてが「横流し」という太く長い鎖でつながれているのであれば、それも当然なのかもしれなかった。だが、私がそれを知るきっかけとなった消費者団体からの苦情は、ミートハウスの事件の翌日に寄せられたものだった。ベッドの上の竹脇に代わって、横流し事件を調査させようとして、送られて来たのではないか、と感じさせるほど絶妙のタイミングで。

「確かにそうですね。偶然のいたずらにしては、時期が重なりすぎますね」

「私の考えすぎならいいんだが」

篠田は組んでいた手を神経質そうにこすり合わせながら言った。

「分かりました。消費者団体については、早速調べてみることにします。それで……竹脇は結局、横流し品を手に入れることはできなかったのですね」

「そうなんだ。顔つなぎのために、幾つかの商品も買いつけた。だが、どれも形が崩れたり変色したりして商品としての価値がなくなったものばかりだった。そのたびに卸先を探さなければならず、作業は思ったようにはかどらなかった。ただ、そういった営業活動を続けていくうちに、いろいろと情報だけは伝わって来たようなんだ。その中から竹脇君が、これは、と目をつけたものが二つあった。ミートハウスの牛肉と茅崎(ちざき)製菓の脱脂粉乳だ」

「茅崎製菓。あまり聞かない会社ですね」

「栃木に本社を置く製菓会社だ。自分のところでは原材料の輸入はしていない。脱脂粉乳もすべてよその商社から買いつけている。……竹脇君の話では、横流しの出どころもだいたいの予想がついていたと言うのだよ」

「それは？」

「五香(ごこう)交易という、東欧圏との貿易を専門に扱っている商社だ。東欧相手の貿易商社としては中堅どころにあたる。そこがポーランドから脱脂粉乳を輸入しているんだが、コンテナの故障で一部が腐敗して、廃棄処分を受けていた。それが横流しされた、との噂があったそうだ」

　篠田の口調が熱を帯びる。

「私たちは何とかそれを手に入れようとしたんだが、今度はうまくいかなかった。三角輸入を報道した時、調査方法まで詳しく書いたのが逆効果になったようだ。ものが原料だから、もちろん、製品となったものを検査したのでは意味がない。汚染されていないものと混ぜ合わされてしまえば、汚染値を下げることも可能だからね。そうなると、残された方法は、強硬手段に頼るだけだった」

　倉庫に潜入して、サンプルを盗み出すことである。

「だが、何の確証もなしに危険を冒すことはできない。その方法には、私も反対したし、竹脇君もさすがに躊躇しているようだった。――そんな時、野上啓輔を必死に捜し出そうとする連中が現れたんだ」

「ミルズ電話サービスの社長を襲った二人組の男ですね」

「そうだ。何者かは分からないが、ミートハウスと茅崎製菓に接触したとたんに、彼を捜し出そうとするものが現れた。電話サービスに連絡を入れて彼らのことを知った竹脇君は、身の危険を感じたのか、その日から家を出た。おそらく、奥さんに危害が及ぶのを恐れたんだろうね」

それが、何も言わずにマンションを出た理由だった。言えば、枝里子に不安を与えるだけになる。

「けれども、そのことで竹脇君は確かな手ごたえを感じたのかもしれない。あのころの竹脇君には、どこか妙に焦っているようなところがあった。理由は分からないが、結果を欲しがっているようにも、私には見えた」

竹脇は仕事の決着を先につけてから、自分と枝里子、そして私への決着をつけようとしたのかもしれない。家での悩み事を抱えていては、仕事に集中できない。家庭を切り離すことで、仕事に全力を注ごうとした。不器用で一直線な、それが、竹脇のやり方だ。

「彼はどちらもやってのけたよ。ミートハウスの冷凍倉庫は、入ってしまえば、中から開くドアがある。防寒着を着て中に潜入し、人がいなくなるまで肉の間に隠れていたそうだ。マイナス二十度の中で何分我慢していたのか言わなかったが、よくそんなことができたものだと、今でも感心するよ。君も見て分かっていると思うが、倉庫の中には、あらかじめスライスされた肉や枝肉など、何種類もの肉が保存されていた。どこに横流しされた肉があるかは分からない。それで、あちこちの肉を切り取って持ち出したんだ」

刑事の話では、ミートハウスはただのいたずらだと思って警察に届けなかった、と言っていた。だが、倉庫内に横流し品があったとすれば、状況は百八十度変わってくる。警察の鑑識を中に入れて、自分らの黒い腹の内を探られるのを恐れたのかもしれない。

農薬ばら撒き事件の際、サンプルを採取しようとした私たちに対して、ミートハウスの社長が頑なに拒否し続けたのも、そんな事情があったとすればうなずける。

「茅崎製菓のほうは、深夜に二メートル以上の壁を乗り越え、工場の中に潜入したそうだ。そうやって、敷地内に積まれていたコンテナの中から、サンプルを採取してきたんだ」

脱脂粉乳や穀物などの運搬に利用する「バルク・コンテナ」には、扉とは別に、直径五センチほどの小さなハッチが設置されている。輸出入の検査時に、扉を開けることなく、サンプルを採取することができるようになっているのだ。そのハッチを利用すれば、コンテナの扉に鍵がかかっていたとしても、中の脱脂粉乳を持ち出すことも可能だ。

私は重要な質問に移った。

「それで……結果は、どうだったのでしょうか」

篠田は重々しく首を振った。

「白だった。どちらからも、基準値をオーバーするような汚染は発見できなかった。

竹脇君はだいぶショックを受けていたようだったな。それだけ自分の取材に自信を持っていたんだろう。そんなはずはない、盗み出したサンプルがたまたま白だっただけではないか、倉庫の肉を調べ尽くせば必ず横流しの証拠が出てくるはずだ、そう言っていた」

倉庫の肉を調べ尽くす……？

「そうか……。ミートハウスの倉庫に農薬がばら撒かれたのは、倉庫内の牛肉を検査する名目を作るため、だったのか」

私の呟きに、篠田は膝を乗り出した。

「そう。私もそう思った。だから君に、竹脇君の取材内容を聞かれても何も言えなかった。彼の独断でやったことにせよ、共同研究者である竹脇君を警察に突き出すようなことは、私にはできなかった。君を信じなかったわけではないんだ。話したところで、君と竹脇君の間なら、警察に通報することはないだろうと思っていた。だが、そういう話はどこから広がるか分からない。竹脇君から直接話を聞くまでは、私は誰にも言うつもりはなかったんだ」

真意は分からない。大学復帰が決まった篠田に、共同研究者が犯罪に手を染めた、という事実がマイナスになるのだけは確実だった。

「だが、あれは、竹脇のやったことではありません。竹脇がミートハウスの倉庫に農薬をばら撒くことは不可能でした」

「そうなんだ。竹脇君が自殺をと聞いて、私はそれこそ息が止まるほど驚いた。ミートハウスに農薬をばら撒いておきながら、なぜ自殺しようとしなければならないのか。中の肉を調べなければ意味がないではないか。私には彼が車ごと海へ飛び込んだことが、どうしても納得できなかった。それで、月島署へ行って詳しい話を聞いたんだ」

竹脇が海に転落した時間は、午前一時前後。だが、ミートハウスの倉庫に農薬がばら撒かれたのは、午前二時以降である。

「警察には、竹脇が横流し事件を調査していることを話したのですか」

篠田は歯を食いしばるようにあごを引いた。

「仕事が思うようにはかどっていなかったのなら、自殺の理由がまた一つ増えたようなものだ。直接には言わなかったが、私にはそう聞こえたよ」

「倉庫に農薬がばら撒かれ、その倉庫を調査した男が不可解な自殺をしているんです。それをただの偶然だと言うのですか」

篠田は顔を振り上げた。途方に暮れたような目が、眼鏡の下でまたたいた。

「彼らがそう判断した理由は他にもあるんだ。今日の夕方、ミートハウスの本社に現金を要求する脅迫状が届いた」

ミートハウスの倉庫前で、私たちも考えたことだった。それが今、現実のものに……。

「ちょうど私が刑事と話していた時、ミートハウスからの連絡が入ったんだ。私はとたんに邪魔者扱いされて、外に放り出されたよ」

農薬をばら撒いたのは、決して竹脇ではあり得ない。当然、肉を検査する名目を作るため、という理由も崩れることになる。他に動機が考えられるとしたら、ミートハウスへの怨恨、ぐらいのものだろう。届けられた脅迫状に警察が飛びつくのは、ごく自然なことだ。列車がレールの上を走るように。問題はそのレールを敷き直す者がいたかどうかだ。

篠田が眼鏡を外して私を見た。

「羽川君。確かに我々が三角輸入を告発した結果、一人の人間が死を選ぶことになってしまった。その事実は、私も重大なこととして受け止めなければならないと思っている。だがね。だからこそ私は、竹脇君が横流しの調査を途中で投げ出して死のうとしたとは考えられないんだよ。三角輸入も横流しも、私たちは根が一つの同じ問題だと考えていた。横流しの調査を途中で放棄するとは、今まで私たちのやろうとしていたことを無意味なものにしてしまうのも同じなんだ。自殺者を出してしまったからこそ、竹脇君はそこから逃げ出すことはできないはずなんだ」

私もそう思いたかった。私と枝里子のことがあったにせよ、それに触れようともせずに死のうとするのでは、あまりにも卑怯すぎる。

ミートハウス、横流し、竹脇の事故。三つの事件がそれぞれ独立したものであるとは、簡単には信じられなかった。それに、横流しを取材していたはずの竹脇の周囲に、横流しに関する資料が残されていなかったこととの理由も説明がつかない。

「今のところ竹脇君の海への転落事故は、どこから見ても自殺としか思えない。だが、その裏には、必ず何かがある。残念ながら警察はあてにはできそうにない。残る方法は、一つしかない」

その先は言わなくても分かる。篠田に言われなくても、私はやるつもりだった。

18

検疫所のドアを開けると、始業までのひとときを雑談に当てていた同僚たちが、一斉に動きを止めて私を振り返った。どの顔にも、小さな驚きが浮かんでいた。高木から、私は当分顔を出さない、との話があったのだろう。私は思わず高校時代のことを思い出してしまった。これではまるで、停学明けの初登校だ。

ぶしつけな同僚たちの視線に耐えていること七分、いつものようにドアを蹴破るような勢いで高木が登庁して来た。

「おはよう……」

大声で言いかけた挨拶が、途中で切れる。高木は私を認めると、あんぐりと口を開けた。やがて、見えないつっかえ棒をかみ砕くと、つかつかと私に近寄るなり、むんずと腕をつかんだ。

「来い」

私は弁解する猶予も与えられずに、五階の食堂へと引きずられていった。

高木は、テーブルの上に逆さに乗せられていた椅子を手荒に降ろすと、そこに私を座らせた。心底理解できないように首を傾ける。

「なんで出て来た」

「謹慎処分を受けたように言わないで下さい」

「どうしてそう捻くれてる。せっかく石頭の許可も取りつけたんだぞ」

憤然と手を腰に当て、頭上から容赦なく唾を浴びせかけた。

私はさりげなく顔を拭いながら言った。

「課長のご厚意には感謝してます。そのお礼として、ぜひとも報告したいことがあります。——野上啓輔の正体が分かりました」

高木の散水がぴたりと止まる。

　私は、昨夜、篠田から知らされたことを順序だてて報告した。

　高木は私の隣に椅子を降ろすと、尻餅をつくように腰を落とした。鼻息が荒くなっていた。目付きにも昔の鋭さが灯っている。

「最後に、どのテレビ局もつかんでいないスクープを一つ。昨日の夕方、ミートハウスの本社に現金を要求する手紙が届いたそうです」

「何だと。――おい、それだと、グリコ・森永事件と同じケースじゃないか」

「形の上ではそう見えます。ですが、断定するのは早すぎますよ。脅迫状が届けられただけで、実際に現金を奪われたわけではありませんからね。手紙ぐらいは子供にも出せます」

　高木はおもしろくなさそうに、小指で耳の穴をかき回した。

「確信ありそうな口ぶりだな。それじゃあ聞かせてもらおうか。犯人が受け渡しに現れないと思う理由を、子供にでも分かるようにな」

「考えてもみて下さい。ミートハウスの冷凍倉庫を調べていた竹脇が不可解な転落事故に遭い、時を同じくして倉庫に農薬がばら撒かれた。偶然にしてはあまりにも同じ時期に起こりすぎています。だからこそ、二つの事件が偶然だとみせかけるために――農薬がばら撒かれたのはあくまでミートハウスへの嫌がらせなんだ――そう思わせるために、現金を要求する脅迫状が届けられた。そうは考えられないでしょうか」

高木はごしごしと顔をなで回した。

「だが、そうなるとおかしな具合になるな」

「と言いますと？」

「おまえの言うとおり、現金の要求が見せかけだとすれば、農薬をばら撒いたやつらの目的は、倉庫の中の肉を検査させるためだとしか思えなくなる。だが、農薬がばら撒かれた日の朝、うちに犯行声明が配達されたよな」

「ええ、私が発見した手紙ですね」

「なら、どうして最初からその手紙に横流しのことを書かなかったんだ？」

「さすがは元鬼Ｇメン」

半分ちゃかして言うと、高木がいまいましそうに舌打ちをした。

「何だ。気づいてやがったのか」

竹脇がやったのなら理由は分からなくもなかった。一部の肉の検査のために、倉庫内の肉をすべて犠牲にしたのでは、たとえ検査の結果がクロと出ても、そのやり方に批判が集中するのは明らかだ。それを逃れるためには、偶然横流しが発覚した、と装う必要がある。しかし、竹脇には倉庫に農薬をばら撒くことは不可能なのだ。もちろん、現金を要求する脅迫状を送ることもできない。

では、なぜ犯人は犯行声明に横流しのことを書かなかったのか。私は昨夜からそのことを考え、ある可能性にたどり着いていた。

「犯人は書かなかったんじゃないんですよ。書けなかったんです」

高木がにやりと笑った。どうやら私と同じ結論にたどり着いたようだった。

「もし犯行声明に横流しのことが書いてあれば、ミートハウスは倉庫の肉を処分できなかった、だな」

食品衛生法違反の可能性があるとなれば、ミートハウス側も、我々が申し出たサンプル収去の要請を断れなかったはずなのだ。

「そうです。倉庫に農薬がばら撒かれたのは、中の肉を検査させるためではなく、処分するためだったんです」

「つまりは、横流しの証拠隠しってわけだ。だが待てよ……。倉庫の肉が全部横流し牛肉だったとは考えにくい。現に竹脇君が盗み出したのはシロだった。てことは、横流し肉はごくわずかだったのかもしれない。一部の肉を処分するために、倉庫の中すべての肉を無駄にするかな」

「無論、ミートハウス側がそんなことをするはずはありませんよ。やったのは、横流し肉をミートハウスに卸したほうの業者でしょう。一週間前、竹脇によって倉庫からサンプルが盗まれたことを業者も聞かされていた。その時は幸運にも横流しされた肉は無事だったが、いつ横流し肉が押さえられてしまうか分からない。ミートハウス側は警戒するから大丈夫だ、と言ったでしょうが信用はできなかった。だから、農薬をぶちまけるという強硬手段に出て、肉をすべて処分させたんです」

「だが、証拠がない。証拠が、な」

歯軋りしながら高木は言った。

「同じように歯軋りしている者が、課長のほかにもいるようですね」

「何い」

「例の消費者団体からのファックスです」

私は、偶然にしてはタイミングがよすぎると、篠田から指摘があったことを付け加えた。

「しかし、あれは……」

「苦情をファックスで送りつけてくるということ自体、聞いたことがありません。発信場所が渋谷のコピー屋だというのも気に入りませんね。自分のところにファックスがないのなら、郵送でもよかったはずです。いや、直接持ち込むのが一番いい。なのにファックスでわざわざ送ってきた。それも、ミートハウスの倉庫に農薬がばら撒かれた翌日に、です。とても偶然とは思えません」

高木はあごをさすりながら、天井を見上げた。

「課長、元鬼Gメンとしてはどう思います？」

答える代わりに、高木は唐突に立ち上がった。その勢いで、後ろに椅子が引っくり返る。

「下手な考え休むに似たりだ」

私たちは二階に駆け戻り、高木は霞が関に電話を入れた。本省が持つ資料の中には、消費者団体をはじめ、各種圧力団体がリストアップされているものがある。確認してもらうと、ファックスの発信人である「全東京消費者連絡協議会」という団体はリストの中に存在した。発足後まだ間もなく、目立った活動は行っていないが、確かに実在する団体だったのだ。

事務局と代表者の連絡先を聞き出し、電話を入れる。

予想は当たった。実にあっさりとした答えが返ってきた。

「私どもではそういった検査を行ったこともなければ、厚生省さんに掛け合ったこともございません。何かのお間違いではないでしょうか？」

受話器を握ったまま渋い顔を作っている高木に、私は耳打ちした。

「このことを霞が関に報告すれば、調査は直ちに打ち切りですね」

どこの誰とも分からぬ者からの苦情では、その信憑性も疑わしい。尻をつつかれる心配がなくなってしまえば、事なかれ主義のお偉いさんがたは、調査中止を言い出しかねない。

高木は私を睨みつけた。

「誰が報告する。こうなったら徹底的に調べるだけだ。いいか、石頭にも言うんじゃないぞ」

売られた喧嘩は買わなければ気がすまない。それが高木だ。だが、彼の言う徹底調査は、私の役目だった。

高木は再び私を五階の食堂まで引きずっていった。狭い所内では密談などできやしない。スペースの問題ではなく、高木の声がでかすぎるからだ。

高木は、先ほど私が座っていた椅子に、どかりと腰を下ろした。仕方なく、私は誰かが蹴倒した椅子を起こして、向かい合った。

「どこのどいつが送って来たのかは分からない。だが、内容から見てただの素人でないのは確実だ」

「と同時に、汚染牛肉が横流しされているらしいことを知っていた。ただ、確証がなかった。それで、我々に本格調査を依頼した。たった二枚のファックスを送りつけてね。我々はその思惑にまんまと乗せられたわけです」

「我々じゃない。上のほうが、だ」

高木は嚙みつかんばかりに念を押して、苛立たしげに指先でテーブルをたたいた。

「篠田先生が言うように、気になるのは、それが、ミートハウスの事件の翌日に送られて来たということですね」

　私の疑問に、高木もうなずく。

「ミートハウスと横流しの関係を知ってたやつの仕業だな。ニュースでミートハウスの事件を知り、肉を処分するための犯行だと確信を持った」

「でしょうね。匿名希望というのがすっきりしませんが」

「内部告発とはそういうもんだよ。自分に被害が及ぶのを恐れたんだな。ま、告発しようとするやつがいるだけましってこった。あとは何としても証拠を捜し出すことだ。いいな」

　横流しの調査を続けることは、竹脇の不可解な自殺に行き当たるはずでもあった。私としても異存はない。

「農薬ばら撒きの目的が肉を処分するためだったとすれば、竹脇の狙いは外れていなかったことになります。牛肉のルートが先手を打たれてしまえば、残るは……」

　高木が再び椅子を蹴倒し、立ち上がった。

「脱脂粉乳だ」

　私たちは再び二階に駆け戻り、五香交易が受けた処分について調べることにした。

女子事務員に頼み、コンピュータで検索してもらう。細い指がキーボード上を躍ると、途中で、ピコッというエラー音がした。

「五香交易はありませんね」

「何、ない？」

「ええ、うちでは処分を言い渡しておりません。脱脂粉乳といっても、飼料用のものではないでしょうか」

飼料用の脱脂粉乳の検査は、農林水産省の受け持ちである。その検査で合格したものだけが、検疫所の書類審査に回されてくる。農水省の検査ではねられてしまえば、厚生省のデータには残らない。

事務員はバスガイドのように右手を上げた。

「そうなりますと、担当は五階ですね」

農林水産省横浜防疫所東京支所は、私たちのいる合同庁舎の五階にある。

またも五階に逆戻りだ。

「五香交易の脱脂粉乳ですか」

日比野晴雄（ひびのはるお）は、巡回検査に出掛ける寸前だったのか、防疫官の制服のボタンをとめながら私たちを振り返った。後方の棚にとって返し、分厚いファイルを引っ張り出しにかかる。

「確かに処分を指示していますが……いつのでしょうか？」

「いつ、と言われると、そんなに何度も処分を受けているのですか」

高木が前傾姿勢になって訊く。

「ええ、この三年ほどの間に、四度ばかし積み戻し処分を言い渡したと思いますが」

日比野はページをめくり、私たちの前に表を差し出した。チェルノブイリ原発事故のあと、飼料用の脱脂粉乳から基準値を越える放射能が検出され、これまでに計九件が積み戻しとなっていた。そのうちの四件までもが、五香交易が輸入したものだった。

一九八七年八月九日　　　八十八トン。
一九八八年五月二十四日　百二十一トン。
一九八九年一月二十九日　百七十五トン。
　　同年十二月十一日　百五十四トン。

――以上の四回である。

「飼料の放射能検査につきましては、業者にも自主検査を命じておりますし、私どものほうのチェックと合わせて、いわば二重のチェック体制を取っています」

「それにしても、四回とは多いですね」

高木の言葉に、日比野は神妙そうにうなずいた。

「運が悪いとしか言いようがないですね。ご存じのように、脱脂粉乳は米や小麦と同じ国家貿易品目です。飼料用の脱脂粉乳も同じでして、輸入元は農業関係の団体に限られております。五香交易は、その輸入業務を受け持っている商社の一つにすぎません。ところが、五香交易はもともと東欧との取引を専門にしている商社で、脱脂粉乳の輸入も東欧からのものを担当していて、原産国はどれもポーランドなんです。東欧はチェルノブイリ事故の汚染に見舞われたところですからねえ。それだけ汚染の度合いが高いんですよ」

それにしても、三年間に四度もの積み戻しとは少しばかり多すぎるのではないだろうか。

輸入貨物にはたいていの場合、損害保険がかけられる。海難事故による積み荷の損失はもとより、食品の場合は細菌や腐敗などによる廃棄処分に備える保険もある。チェルノブイリ原発事故のあとは、頻発する放射能食品の積み戻しに、その損害補償もふくませる新たな保険も発売されていた。五香交易は東欧相手が専門なのだから、当然放射能汚染に備えた保険契約を結んでいただろう。だが、保険によっていくら実質的な損害がないと言っても、取引までに要した時間や手続き上のロスはあったはずである。

隣の高木を横目で見ると、思ったとおり、納得している顔ではなかった。

「腐敗による廃棄処分もあったと聞きましたが」

「ええ。昨年の十二月の積み戻しの時です」

別の資料をぱらぱらとめくる。

「ああ、これです。十二月十一日に積み戻しとなった百五十四トンのうち、コンテナの一つに故障がありましてね。海水を被ったらしく、腐敗しているのが発見されました。そのロットが放射能の基準値を越えていたこともあって、廃棄処分を言い渡しました。ところが――これが、税関さんに怒られましてね」

「怒られた」

「ええ、放射能に汚染されているものを簡単に廃棄させるわけにはいかない、ってね」

「ああ、なるほど」

海外貨物の廃棄方法としては、焼却や海中投棄が一般的である。だが、そんなことをすれば放射能を撒き散らすことになりかねない。

「それで、どうなさったのでしょうか」

「どうしようもありませんな。結局は、送り返すしかないだろうって、コンテナを取り替えて、積み戻しにしたんです」

「じゃあ、そっくり送り返したのですか」

「はい、他の積み戻し分と一緒にね」

私たちは言葉もなく、暗い顔を見合わせた。積み荷がすべて原産国に送り返されていたのであれば、横流しのしようがないではないか。

「外国貨物の廃棄には、税関の職員が立ち会うことが義務づけられています。詳しいことはそちらでどうぞ」

やれやれ。今度は、東京税関を訪ねなければならないようだ。役所の間をたらい回しされる気分が初めて痛感できた。

19

食堂に戻ると、高木はさえない表情でテーブルに肘を立てた。

「こりゃあ、どう見てもシロだな」

「元鬼Gメンも現場から足を洗ってずいぶんあきらめが早くなりましたね。作業に不審な点がなかったかを税関で確かめてからです」

高木はよれた煙草を取り出し、火を点けた。

「確かめてどうする。肝心の脱脂粉乳は全部積み戻しされたんだぞ。荷がないのに、どうやって横流しをする」

「詰め替え時に、一部を抜き取ることができたかもしれません、中身を詰め替えるといっても、作業時に一部がこぼれたり、元のコンテナにこびりついたりして、作業前と後では重量に多少の誤差が出てくるはずです。それを利用して、いくらか横流し分を浮かすこともできるのではないでしょうか」

　高木は煙を吐き出し、あごをしゃくり上げた。

「税関の職員が立ち会っているんだぞ」

「その前後に抜き取ればいいんですよ。コンテナが封印されていたとしても、バルク・コンテナにはサンプル採取用のハッチがあります」

　竹脇が茅崎製菓の敷地内に置かれたコンテナからサンプルを盗み出す時、利用したハッチである。

「直径たったの五センチだぞ。手も入らない穴からどれだけ取り出せると思ってる」

　二十フィート・コンテナの大きさは、約二・五×二・五×六メートルである。それに比べて五センチはあまりにも小さすぎた。

「真空ポンプでも使うか、それともコンテナを逆さにするか？　そんなことが簡単にできると思ってるのか」

「河田産業の横流しのように、海貨業者を抱き込めばいいんですよ」

　通関や船積み業務などは複雑な手続きが必要とされるため、貿易業者は「乙仲」と呼ばれる海貨業者に作業を委託している。その協力さえあれば、できないことではない。

「例えば……倉庫の中で抜き取るとか、ターミナルに搬入するまでにコンテナを一旦別の場所に運び入れるとか、そういう方法も考えられないわけではありません」

「無駄だよ」

高木が冷めた口調で、ぼそりと言った。

「小学校で算数を習わなかったのかよ、お前は。いいか、そんな大掛かりなことやって、コンテナから脱脂粉乳を取り出すことができたとしてもだ、全部を横流しできるわけじゃないんだ。できたとしてもせいぜい十キロか二十キロ程度だろうよ。一トンや二トンもを誤差だと言ってごまかせるはずがないだろう」

詰め替えが行われた脱脂粉乳は、コンテナ一台分、十五トンである。二十キロをごまかせたとしても、全体の〇・一パーセントを越えてしまう。誤差としては限度かもしれない。

「片や十二トンの牛肉。片や二十キロの脱脂粉乳。比べてみろよ。たった二十キロの脱脂粉乳を横流しして何になる。相手は慈善事業をやってるんじゃない。横流しだ。犯罪だぞ」

返す言葉がなかった。

原材料の単価はそれほど高いものではない。だから商社は大量に荷を動かすことによって利鞘を稼いでいる。たった一つのコンテナの、それもほんの一部を横流しできたとしても、ほとんど利益につながらないだろう。わざわざ横流しをするメリットはない、と言える。

だが、たとえ少量でも横流しは可能なのだ。そうでなければ、竹脇が五香交易の脱脂粉乳に目をつけた意味が分からない。

「納得がいくまで調べさせてください」

「強情な野郎だな」

高木は憤然と煙草をもみ消した。立ち上がって、私の肩を拳でたたく。

「いいさ。現役に復帰したのはお前だ。ベンチにいる俺がぶつくさ言っても始まらない。最後まで食らいついてみろ」

それだけ言うと、高木は私に背を向けた。食堂を後にしながら手を振った。

「まったく、かわいげのねえやつだ」

東京税関は、港南大橋を渡って五百メートルほど先の品川埠頭の前にある。電話で確認を入れると、詰め替え作業に立ち会った係員は、午前中は検査に出向いていて、昼すぎまで戻らないという。

空いた時間を利用して、月島署に電話を入れた。竹脇が借りていた週貸マンションの鑑識結果を聞くためである。昨日から何度か連絡を入れていたのだが、板倉は仕事に忙殺されているのか、なかなかつかまらなかった。案の定、今日もまだ来ていないという返事だった。

昼食をとってから、東京税関を訪問した。

担当者は、定年前の小学校教師といった風情の横山という五十すぎの男だった。

「ああ、脱脂粉乳ねえ」

滅却承諾書を探す手を休め、横山はしばし思い出すように目を細めた。

「コンテナを詰め替えて送り返すなんて珍しいケースですからね。よく覚えてますよ。ミルクの腐った臭いがひどかった」

出された証書を確認しながら質問する。

「作業はいつ、どこで行われたのでしょう？」

「十二月十九日、大井のコンテナターミナル内ですね」

「というと、船積みされる日ですかね」

「処分が言い渡されてから一週間ほど経っていたと思います。最初はそのまま積み戻しさせようとしたのですが、扉部分の破損がひどかったので、途中でばらばらにでもなってこぼれでもすると大変なので、詰め替えさせる以外にはなかったんです」

「それまでは、どこの倉庫に？」

「いえいえ、最初からコンテナはターミナルを出ておりません」

「出ていない？」

思わず力が入る。横山は人の気も知らず、涼しい顔で説明した。

「陸揚げした時、すでに腐敗のことは分かっていましたからね。廃棄処分となるのに倉庫まで荷を運ぶなんて無駄でしょう」

コンテナターミナルを出入りする貨物は、ゲートで輸出入許可証や貨物搬入表との確認作業が行われる。書類がないものや記載事項と異なるものは出入りが認められない。コンテナがターミナルの敷地から外に出ていないのでは、たとえ横流し分をコンテナから取り出すことができても、敷地外に持ち出しようはなかった。ポケットに入る荷物ならともかく、何十キロもの脱脂粉乳を他の荷物に隠して持ち出すのは不可能だ。横流しは完全に否定されたことになる。

あきらめきれずに私は食い下がった。

「詰め替え作業時に不審な点はなかったでしょうか」

「不審、と申されますと」

自分の仕事を疑われたと思ったのか、横山は眉をひそめて私を見返した。

「例えば、一部が横流しされるようなことは考えられないでしょうか」

横山は苦笑を浮かべながら、眉を掻いた。

「五香さんの脱脂粉乳はコンテナ扱いを受けてる荷ですからね。コンテナはすべてシールで封印されているんですよ」

シールとは、金属板でできた封緘（ふうかん）のことだ。公認検定機関の立ち会いの下、品目や数量のチェックを受けたコンテナは、あらかじめ税関に「コンテナ扱い」の申請を受けておけば、コンテナに荷を積んだ状態で通関手続きが受けられる。詰め込み時に検定機関がチェックしているため、税関の検査も扉を開けるだけの簡単な確認行為がなされるだけで、内部の詳しい検査は行われない。手続きにかかる時間も費用も非常に少なくてすむ。そのため、どの業者も「コンテナ扱い」を受けたがり、年々申請件数は急増している。だが、「コンテナ扱い」を受けられるのは、税関によって信用がおけると判断された業者の、継続的に輸出入がされるコンテナだけである。

「積み替え作業時にシールを確認しています。もちろん、詰め替えたあとは新たにシールをし直しました。それに、船積み前にコンテナの総重量もチェックしておりますし……」

話を打ち切るように、横山は音をたててファイルを閉じた。

「計百五十四トン、間違いなく積み戻されています」

失意のうちに、三号車で横羽線を南下した。河田産業が親切にも教えてくれた菊岡運送の帳簿を確認するためである。行ってどうなるという当てはなかった。だが、一つ一つ塗り潰していくしか方法はない。

住所は横浜市鶴見区。地図で確かめると、ＪＲ横須賀線の鶴見操車場の近くだった。

操車場はすぐに見つかった。だが、肝心の菊岡運送が見当たらない。付近を何度も往復したが、目指す場所には行き当たらなかった。

私は操車場近くの路上に三号車を停めて、電信柱の表示を頼りに歩いてみた。

ほどなく該当する地名は見つかった。

鉄条網に囲まれた駐車場には、土埃（つちぼこり）で白くなった四トントラックとアルミバンが一台ずつ停車していた。その隣に事務所らしい建物があって、正面には錆（さび）の浮いたシャッターが降ろされていた。中央に、ガムテープで張りつけられた紙切れが、北風に揺れていた。どこにも「菊岡運送」との看板は出ていない。

メモに視線を落とす。間違いない。ここだ。

私はもう一度辺りを見回してから、シャッターに近寄った。風でめくれ上がった紙切れを表に返す。黒マジックでただ一言、「貸店舗」とだけ殴り書きしてあった。

移転か。それとも……。

私は隣の鉄工所をのぞいてみた。二十歳くらいの工員が作業着の袖をまくって旋盤に向かっていた。

「すみません」

二度目に声を大きくして呼びかけると、若者はやっと顔を上げてくれた。事務所の中から、タオルを首に巻いた中年の男が顔を出す。

「ちょっとお聞きしますが、お隣は菊岡運送さんでしたよね」

「ああ、そうだよ。一週間前まではね」

中年の男がタオルで顔を拭いながら言った。

「どこに移転したか、ご存じでしょうか」

「あんた、菊岡さんに金でも貸してたのかな。かわいそうに」

わけが分からず黙っていると、若者が慌てたような顔を作って、中年に向かった。

「夜逃げしたみたいに言うもんじゃありませんよ、社長」

「夜逃げも同然だよ。何の説明もなしに突然店を閉めちまったんだからな」

「店を閉めた」

若者が遠慮がちに私を見た。

「ええ、四日ほど前に。突然でした」

河田産業の社長が、懇切丁寧に自分から運送会社を教えてくれた理由が今分かった。これでは、帳簿を調べるどころか、その表紙にすら触れることもできないではないか。

私がよほど表情を曇らせていたのだろう。中年男は腕を組んで、哀れむように言った。

「いくら貸してたか知らないけど、あきらめたほうがいいぜ。従業員の話じゃ、社長さん、事故で入院しちまったんだとよ。で、仕事に嫌気がさしたらしい」

事故……。

男は訳知り顔のご隠居のようにうなずいた。

「お隣さんも、よほどツイてない人だったんだろうな。自分とこのトラックにはねられちまったんだからな」

20

「どうやら先手を打たれたようだな」

電話の向こうで歯軋りする高木の顔が見えるようだった。私は早速、角の煙草屋から検疫所に報告を入れた。

「ダミーとして使った運送会社を潰しといて、以前のことはそらっとぼけるつもりだ」

「それだけでしょうか」

「他にどういう意味がある」

「河田産業の帳簿を見た限りでは、数字の辻褄合わせは完璧でした。菊岡運送のほうも、同じように万全のそなえを取っていたはずです。証拠がなければ、彼らは平然としていてもよかったのではないでしょうか。何も廃業までする必要はありません。わざわざ会社を潰しておいて、また新たに別会社を起こすのでは、まとまった費用がかかるはずです。横流しでどれだけ儲けたのかは分かりませんが、採算が合うでしょうか」

「尻に火がつきそうになれば、トカゲも多少の出血は覚悟で尻尾を切るさ。採算を考えたあげく、儲けた銭を使えない身になったら話にもなりゃしない。ほとぼりが冷めるまでは、普通の仕事に精を出すつもりなんだろうよ」

「そのために、事故まで起こしますかね。竹脇が海への転落事故で入院中。ミルズ電話サービスの社長は、竹脇を追う何者かに襲われ入院中。そして、横流しに関係していたと見られる運送会社の社長も事故で入院中。関係者は怪我人だらけだ」

「まさか、その社長の事故ってのも……」

「まさか、偶然だ、なんて言わないでしょうね、課長。現場から離れて、そこまで耄(もう)

ない。
　しばらく返事がない。素直に考え直しているのか、怒りを抑えているのかは分から
ない。
　やがて、探るような声が聞こえてきた。
「強引に尻尾を切り落とされたってわけか。ミートハウスが倉庫の肉を丸ごと処分さ
せられたように。――てことは、横流しグループの間に内部抗争でも勃発したか
……」
「大いに想像できますね。竹脇の調査に気づいて、グループの内部が二分された。横
流しの発覚を極度に恐れるグループと、高をくくって仕事を続けようとしたグループ
の二つに。ミートハウスや菊岡運送の社長は、まだまだ横流しを続けるつもりだっ
た。が、反対派の実力行使によって強制的に排除された」
「畜生。このまま地下に潜られたら、釣り上げようがないな」
「従業員に揺さぶりをかけてみますか」
「そいつはどうかな。社長の事故ってのは、警告の意味もあったんじゃないか」
　そのうえに竹脇の事故もある。横流しを探っていた記者の自殺の真相を、それとな
く匂わされていたらどうだろう。誰もが口を閉ざすことも考えられる。だが……。
「やってみるだけです」

「言っても無駄だとは思うが、無茶はするな」

「拝聴しておきます」

私の返事を鼻で笑い飛ばしてから、高木が語調を変えて言った。

「あ、それからな。さっきおまえのところに保険屋から電話があった」

「勧誘なら断ってくださいよ」

「早まるな」

妙に声を落として私をさえぎる。

「竹脇君の事件について話を聞きたいそうだ」

身内が入院費用の保険請求を出したに違いない。私に会って、自殺原因の裏付けを取るつもりなのだろう。

「警察でもひと通りのことは聞いたそうだが、ぜひおまえにも聞きたいことがあるそうだ。また電話すると言ってたが、できれば早いうちに会いたいらしい。今日の夕方、こっちのほうに来る用事があるので寄ると言っていたが、どうする？　協力したくなければ断っておくぞ」

「いえ。会います。六時には戻ります。そう伝えておいてください」

義務だけは果たさなくてはならなかった。

一旦電話を切り、テレホンカードを入れ直して、月島署のダイヤルを押す。目指す相手はやっといてくれた。

「何度も電話をもらったそうだね」

板倉は、しつこい女を相手にするような口調で言った。

「残念だったが、君のご希望には応えられなかった。週貸マンションという性質上、部屋の中から指紋はわんさか発見された。だが、ワープロ、フロッピーとも、竹脇さん以外の指紋を見つけることはできなかったよ。拭いたような痕跡さえもない」

予想はしていたことだ。棒の先か何かでキーの角を押せばいいのだ。竹脇以外には誰も触れた者がない、との証拠にはならない。

「自殺、と断定されたんでしょうね」

「まだ決めかねている。持ち直したっていうから、もう少し待ってみるかというところだ」

「持ち直した？」

「何だ。まだ聞いてなかったのか、彼女から」

これみよがしに「彼女」を強調して言う。

「いや、聞いてませんが、よくなったんですか、竹脇の容体」

「意識はまだだが、呼吸のほうは安定してきたらしい。近いうちに集中治療室を出られるそうだ。けど……あんたたちにとっちゃ、いい知らせかどうかは分からないか」

「どういうことです。竹脇が死ぬのを願っていたとでも言いたいんですか」

勝手な想像に、思わず声が大きくなる。

「怒らせたのならすまなかった。ただ……このまま意識が戻らなかった場合はどうなるのかと、余計な心配をしただけさ。もしそうなれば、彼女はずっと竹脇さんに……」

「あんたが心配することじゃない」

私は受話器を思い切りフックにたたきつけた。

考えたくもなかった。無理して考えまいとしていることを、思い出させないでほしかった。

受話器に手をかけたまま心を静める。怒りを抑えるには、少々時間が必要だった。

深呼吸してから、東京港湾病院に電話を入れ、枝里子を呼び出してもらう。

「聞いたよ。集中治療室から出られるそうだね。よかった。ひとまずは安心だ」

「まだよ。容体が安定したら血腫を取る手術をするって言ってたから。それが成功して、意識が戻ってからじゃないと……」

「手術の時は言ってくれ。俺の血でよかったらいくらでもやる。全部使ってくれていい」

「お願いするわ。でも、お酒で薄くなってたら承知しないから……」

「今日から酒の代わりにすっぽんの生血でも飲むことにしよう」

「馬鹿ね」

泣き笑いのような声になっていた。

私は、至って現実的な話題に替えた。

「やつが入ってた保険なんだが、自殺、ということになったら、金は下りるんだろうか」

戸惑うように、一瞬、間があく。

「さあ、どうだったかしら？　でも、どうしてそんなこと……」

「少し心配になった。実は今日、保険屋と会うことになっている。俺の証言で自殺と断定されて、もし金が下りないことにでも……」

「ちょっと待って。どういうことよ。誰の保険のこと？」

「決まってるだろ。竹脇の保険だよ。申請したんじゃなかったのか」

返事がなかった。思わず手が汗ばむ。

「じゃあ、おじさんたち、かな」

私の気休めを無視して、枝里子は声を落として言った。

「今、どこ？」

「鶴見操車場近くの煙草屋だ」

「三分後に電話して。確かめてみる」

きっかり三分後にダイヤルした。

電話の前で待っていたらしい。事務員に続いて、すぐに枝里子が出た。

「そんなことしてないって。二人とも、竹脇がどの保険に入ってるかも知らなかったもの」

「請求されてもいない保険の調査を開始するとは、ずいぶんと仕事熱心な会社だな。参考のために、名前を教えてくれないか」

「中央生命よ。会社の関係で、半強制的に入れられたの」

電話を切って、中央生命に電話を入れた。竹脇史隆の保険請求について尋ねる。

そういった請求は出されていなかった。もちろん調査も行っていない、という。

では……私に会おうとしているのは、誰なのだ？

21

六時五分。合同庁舎前をやりすごし、私は海岸通りに三号車を停めた。車を降り、高速下の電話ボックスに走り込む。所に電話を入れると、高木はまだ残業に勤しんでいた。

「おう、どうした。保険屋が待ってるぞ」

「実はまだ調査の途中なんです。これから帰っても遅くなりそうなので、あとでこちらから出向くと言って、名前と電話番号を聞いておいてもらえませんでしょうか」

「美人との約束をすっぽかすとはいい度胸だ」

「美人。それを先に言ってください。知っていたら、仕事を放り出してでも駆けつけたのに。で、その美人、何歳ぐらいで、どんな服を着てます？」

「どんなって……なぜそんなことまで聞く」

「美人を見失うといけませんからね」

「おい、おまえ……」

高木が声を落として早口に問いただした。

「いったい何を考えてやがる」

「もちろん、その美人と親しくなることです」

舌打ちが聞こえてきた。

「ま、いいさ。一度しか言わないぞ。ブルーのジーンズにワインカラーのセーター。上着はブランデー色で、革の裏っ側みたいな生地があるだろ、よく分からんがそんなようなジャケットだ。黒いショルダーを下げている。年はおまえと同じぐらいか少し下。どこまで口説けたか、あとで成果を聞かせてもらうぞ」

電話ボックスを出て、三号車の中で待った。

二分後。退庁する職員をかき分けるようにして、一人の女性が門から出て来た。疲れたような足取りの職員たちを、ぐんぐん大股で追い抜いて行く。高木が言ったとおりのラフな格好に、髪は耳まで出したショートカットで、長めにした前髪だけが歩くたびに揺れていた。女らしいものと言えば、マフラー代わりに巻いた赤いバンダナぐらいのものだ。口紅以外は化粧っけもないように見える。

女は跳ねるような足取りで横断歩道を渡って行った。バス停の前で立ち止まり、時刻表と腕の時計を見比べる。品川埠頭方向を振り返ってから、少し考え、旧海岸通りへと歩き出した。駅まで一キロ以上はあるが、歩いて行くつもりらしい。

私は三号車を降りて、点滅を始めた横断歩道を横切った。二十メートルほどの間隔をあけてあとを追う。

女はわき目もふらずに、気持ちいいほど足早に歩いて行く。背筋を伸ばした姿は、自信に満ち、目的を持った者の歩き方にも見えた。

新港南橋を渡り、NTTビルの手前を左に折れる。

品川駅のコンコースで、女はどこかに電話をかけた。腕時計を見ながら、一方的に何かを話していた。顔を覚えられると困るのであまり近づくことはできなかった。雑踏の中では、会話の内容までは聞きとれない。手短に用件だけすませたようだ。一分もすると、女は受話器を戻して、券売機へと向かった。私も慌てて適当な切符を買い、あとに続いた。

私たちは同じ車両の両端で八分ほどの時をすごした後、東京駅で降りた。女は、会社帰りの人々の間をぬうようにして、大手町へと足を進めた。

しばらく行くと、目の前に「大日海上火災」のビルが見えて来た。保険調査員というのは本当だったのか。妻と両親以外の誰かが竹脇に保険をかけていたのだろうか。女は、大日ビルの正面玄関前を通りすぎて行った。と同時に、歩くスピードが心なしか上がったようだ。女との距離が少し開いた。

ならって私がスピードを上げた途端、女の姿が視界から消えた。大日ビルと隣のビルの間に細い路地がある。そこに駆け込んだのだ。

私は小走りで手前まで行き、ゆっくりと中をのぞき込んだ。両脇をビルの壁に挟まれた、幅二メートルほどの谷間のような路地だった。

目の前に、二名の警官が立っていた。いや、警官ではない。制服が違う。警備員だ。

二人の警備員は、何の警告も躊躇もなく、むんずと私の両腕をつかむと、昆虫標本のように私の体をビルの壁に押しつけた。虫ピンで固定される前に、私は慌てて釈明した。

「立入禁止の看板はどこにも出ていなかったと思うがね」

無言で私を睨みつける警備員たちの後方で、女が腕を組んで立っていた。気づかれていたのだ。だが、そんな素振りはどこにもなかった。いつ、気づかれたのだ。今思えば、品川駅でかけた電話は、このネズミ捕りの打ち合わせだったのかもしれない。

女は得意そうに右頰にえくぼを作って、一歩前に進み出た。

「私に何かご用かしら。ずっと私の後を、子犬のようについていたようだけど」

「すまない。君の魅力についふらふらとなった」

女は一瞬ひるんだようにまたたきした。

「ふざけたことを言うな！」

左手をつかんでいた警備員が腕を締めつけた。右手を離し、私の内ポケットの中を探る。財布と手帳を取り出すと、ボールを拾ってきた子犬のように得意げに女に掲げて見せた。

女は受け取り、中を確かめた。手帳の間に挟んであった身分証明書が地面に落ちた。

屈み込んだ女の動きが停止した。ゆっくりと身分証明書を拾い上げ、私の顔と見比べる。

答えを出せないでいる女に、私は言った。

「どうしたのかな。私に会いたがっていたのは君のほうじゃなかったかね」

警備員が驚いて私を見る。その拍子に握力が緩む。私は壁を蹴って、警備員の腕を振りほどいた。

「こいつっ！」

再びつかみかかろうとした警備員に、女が声を上げた。

「待って、いいの。この人は心配ないわ」

「しかし、倉橋さん」

「いいの。ありがとう。もう持ち場に戻って」

女に言われて、二人の警備員はしっぽをしゅんと下げて路地から出て行った。

二人を見送る女の横に、私は並んだ。

「さて、邪魔者がいなくなったところで、挨拶といきますか。ねえ、倉橋真希江さん」

女はまじまじと私の顔を凝視した。

大日海上ビルのロビーは、コンサートホールのロビーと見間違うような艶やかさを誇っていた。保険にリスクはつき物のはずだが、保険業界の辞書にはリスクという文字はないらしい。金曜日の午後七時。検疫所ではまだ残業の真っ盛りだが、大企業には余裕があるようだ。辺りに社員の姿はまるでない。通用口から、私を睨む二人の警備員以外には。

倉橋真希江に続いて、私はホール中央に進んで行った。高い天井に、私たちの靴音だけが響き渡る。

正面の壁にかかったルノアールの前で、倉橋真希江は振り返った。挑むように私を見る。

「お聞きしたいことは山ほどあります」

「お互いにね」

「その前にぜひお願いがあります」

「保険に入りたいのは山々だが、私にはあいにく受取人になる家族がいない」

倉橋真希江は、私の軽口を無視して、早口でまくし立てた。

「誤解なさらないでほしいのです。私はここの調査課員で、あくまで業務の一環として竹脇さんの事故について調査をしているのだということを」

素早くショルダーから名刺を取り出し、優雅に手首を返してこちらに差し出した。

私は名刺を押し返した。

「君が凄腕の調査員だということはとっくに分かっている。何しろ竹脇が事故に遭う前から、君の言う業務の一環とやらを開始していたようだからね」

　はっ、としたように身を反らし、それからゆっくりうなずいた。どこで自分の名前を知られたのかに思い当たったようだ。

「しかし、少しばかりサービスが行き届きすぎたようだ。何しろ竹脇は、まだそちらと保険契約を結んでいない」

　倉橋真希江は唇を引き結ぶ。

「それに、業務というのなら、どうして保険調査員と名乗らなかったのかも分からない。人の家に電話を入れて、わざと家庭をかき回すようなことをなぜしたのか」

「そんなつもりはありませんでした。私はただ竹脇さんと連絡を取りたかっただけです。会社の名を出さなかったのは、出せば保険の勧誘だろうと思われて、無視されてしまうことが多いからです」

　彼女の弁解を無視して私は訊いた。

「やつとはどういう関係かね」

　うんざりしたように横を向いた。

「ですから誤解なさらないでほしいと言ったんです」

「誤解しないほうがどうかしてるさ。理由を言わない限り、君の質問には答えられない」

私はもう一度問いただした。

「竹脇とはどういう関係なんだ」

返事はなかった。

「黙っているところをみると、口にできない関係だというわけか」

仕方なさそうに振り返った。

「どう言ったら分かってもらえるかしら」

「正直に言ってくれればいい。事故の前日に、会社と自宅に電話を入れたのはなぜかを」

「ですから連絡が取りたかっただけです」

「何のために」

「会うためにです」

「どうしてかね」

「言うまでもなく、会いたかったからです」

強情な女だ。だが、それくらいの気性がなければ、保険調査員は務まらないだろう。

長期戦を覚悟して私がだんまりを決め込むと、倉橋真希江が先に降参した。

「いいわ。分かりました。正直に言います」

倉橋真希江は軽く手を挙げてから、私に向き直ると、熱っぽい視線で言った。

「実は、私の友人で、事故の少し前に竹脇さんと会った人がいます。その人に言わせると、竹脇さんはとても自殺する直前のような人には見えなかったそうです。むしろ逆で、何か目標を目の前にした、いかにも雑誌記者らしいむき出しの情熱さえ感じたと言っています。なのにその直後に自殺しようとするなんて、どう考えても納得がいきません。そこで私が、保険調査員という立場を利用して、独自に調査を始めたわけです。警察や竹脇さんの会社を訪ねて話を聞くうちに、私たちと同じように考えている人がいると聞きました。それが、羽川さん、あなたでした」

「君が竹脇に電話をした理由が抜けているが」

彼女は少し躊躇して、声を落とした。

「友人に頼まれました。家を出た竹脇さんとぜひ連絡を取ってほしいと」

「つまり、その友人が竹脇とあまり大っぴらには連絡を取り合えない間柄だというわけか」

「私が言えるのはそこまでです」

一応筋は通っているようだった。友人を、彼女自身に置き換えても。

私は壁際の長椅子に腰を下ろした。

「で、私にインタビューを申し込んで何を聞きだそうと思ったのかな」

「彼女が言うには、竹脇さんは事故の直前まで何か取材に駆け回っていたように見えたそうです。仮にあの事故が自殺だったとしても、その理由は新聞やテレビが言っているような過去の記事の影響でも、警察が言っていたような妻の浮気でもないのではないか。そうでなければ、竹脇さんの懸命な様子に理由がつきません。逆に言えば、その取材の過程でこそ、何かがあったのではないか。羽川さんと竹脇さんは中学時代からの友人だと聞きました。あなたなら、竹脇さんが何について取材をしていたのか、耳にされたかも分からない。それでお話をうかがえれば、と思ったんです」

どこまで信じていいのだろうか。彼女と竹脇の関係ははっきりとしない。だが、竹脇の事故に疑問を持っていることだけは、間違いないようだ。だとすれば、敵である可能性は低い。私は、利用できるものは利用しよう、と決意を固めた。

「いいだろう。その代わりと言ってはなんだが、こちらにも条件がある」

倉橋真希江はようやく笑顔を見せた。

「断っておきますが、保険料は負けませんよ」

「それは残念だ。仕方ないので、ある会社の信用調査で我慢することにしよう」

「信用調査、ですか?」

「保険会社の調査課なら、信用調査機関とも仲がいいだろう?」

「何を調べろと言うんです?」

「決まってる。竹脇が探っていた会社さ」

竹脇が篠田と再び組んで横流しを調査していたこととミートハウスとの関連を、アウトラインだけ説明した。

「ミートハウス、五香交易、できるなら河田産業と菊岡運送についても調査してもらいたい。経営状態から悪い噂の有無までをだ」

倉橋真希江はなかなか意志の強い女のようだった。顔色を表に出さず、ただじっと私の顔を見つめ返してきた。

「それ、警察に話したのでしょうか」

「もちろん、篠田先生がね。だが、自殺を否定する決定的な証拠にはならないと言われたそうだ。君も警察で聞いたんじゃないのか。呆れるほどそろっている自殺の材料を」

不本意そうにうなずいた。

「そこで、有能な保険調査員としての率直な感想を聞きたい。海への転落事故で、殺人が可能だろうか」

「どうでしょうか」

倉橋真希江は壁に寄りかかって腕を組んだ。

「車ごと海へ転落させるというのは、保険金殺人の手口としてはポピュラーなものの一つです。ですけどその場合、まず例外なく、同乗者の保険金が目当てに行われます。車を運転中に誤って海に転落させておいて、自分だけが脱出して助かる、というよくある手口です。なぜなら、運転者一人だけを突き落とすのでは、車のスピード、転落地点までの距離、ギアがどこに入ってたか、などのクリアしなければならない問題が数多くあるからです。でも、どちらにしても、不自然な点が少しでもあれば、警察によってまず看破されると思って間違いないでしょう。ですが、竹脇さんのケースはそうではありません。目撃者もいる。ドアロックも完璧。アクセルを吹かす仕掛けも発見されていない。残念ながら不自然な点は何一つありません」

「オートマチック車が電波か何かで暴走する場合があると以前聞いたことがあるが」

「雑音電波による影響というやつですね。これまで幾つかの暴走事故の裁判でも取り上げられたことがあります。ですが、テストの結果では、因果関係は立証されていません」

「それでも君は、事故でも自殺でもないと思うのかね」

倉橋真希江は力強く見つめ返してきた。

「それでも羽川さんが、自殺でも事故でもないと信じているように、ね」

22

　翌朝、私は検疫所に電話を入れて適当な口実を並べたあと、小田急線に乗って狛江に向かった。そこに、今月二日に自殺した松田屋の輸入担当重役、桑島哲の自宅がある。

　トカゲの尻尾切りによって、横流しグループの追及は行く手を阻まれた形になっていた。倉橋真希江に依頼した調査の結果が出るまでは、竹脇の足取り調査に専念する以外にはなかった。

　桑島家はすぐに見つかった。同じような建て売りがずらりと並ぶ住宅街の中だった。重役の家にしては、ささやかなものだ。

　玄関前で少し躊躇した。本来なら電話で了解を得てから来るべきだったかもしれない。そもそも訪問すること自体が非常識なのだ。竹脇を追い返したという家族が色よい返事をしないだろうことは想像にたやすい。だが、竹脇の足取りは、桑島の葬式に出て以来途絶えている。

　私はチャイムを押し、波の静まった池に石を投げ込んだ。

「どなたでしょう」

インターホンからか細い声が返ってきた。

「検疫所の者ですが」

「あの……何でしょうか。主人ならもう……」

「お心落としのことと思いますが、ご家族の方にぜひお聞きしたいことがあって参りました」

一分ほど待つと、玄関のドアが音もなく細く開いた。隙間から、桑島夫人らしい女性の顔がのぞく。四十すぎだろうか。体全体の輪郭はふくよかだったが、顔だけが妙にやつれているように見える。目元といわず、顔全体に、急変したであろう生活の疲れが表れていた。

「突然お邪魔して申し訳ありません」

「早く入って」

玄関に足を踏み入れると同時に、桑島夫人は私の肩先をかすめて手を伸ばし、辺りを気にするように素早くドアを閉めた。

居間に通された。洋間の中、場違いに置かれた仏壇の前で手を合わせる。

外観とは裏腹に、室内は趣味のいい家具で統一されていた。それなりの値段はするだろう。だが、部屋は狭く、ひしめくように並んでいるので、見るからに窮屈そうだった。

四、五年前になるだろうか。一時、松田屋に倒産騒ぎがあったのを私は思い出していた。豪華とはいえない家屋に不釣り合いな調度品は、その影響かもしれない。放射能に汚染された牛肉を扱わなければならなかった理由も、おそらくはそこに――。

桑島夫人はティーカップに紅茶をそそいだ。

「あ、おかまいなく」

「お茶ぐらい飲んでいって下さいな。それとも、あなたも、放射能入りの紅茶を飲まされるとでも思っているのかしら」

ティーポットを手荒に置き、桑島夫人は疲れたようにキッチンの椅子に座り込んだ。

主を失った家の中はあまりにも静かだった。葬式が終わってから七日目。なのに、彼女をなぐさめる親戚の者も近所の者もいなかった。

「いえ、いただきます」

「いいのよ、無理しなくて。ごめんなさい。初対面の人に当たったりして」

「人の気持ちも考えずに突然上がり込むようなやつには、それぐらいのことをして当然です。私なら塩をかけて追い返すところです」

夫人は私を見て、充血した目を細めた。微かに笑ったようだった。

「おかしな人ね。あなた、本当に検疫所の人」

私は正直に切り出すことにした。

「実は、検疫所の者と名乗ったのは口実にすぎません。もちろん、私が検疫所に勤めているのは事実です。ですが、今日お邪魔したのは別の立場としてなんです。——今日私は、竹脇史隆の友人としてお邪魔しました」

夫人が「あっ」と小さく声を上げた。

「竹脇って、中央ジャーナルの……」

「はい。松田屋の三角輸入を告発する記事を書いた記者です」

夫人はテーブルの角を握って立ち上がりかけた。すぐに首を振りながらテーブルの下に視線を落とした。

「ほんと！　あなたが言ったように、塩をかけて追い返せばよかったわ」

「無礼は充分承知です。ですが、どうしても尋ねたいことがあって参りました」

「何なのよ。まだ何かあるの。どうして私たちをそっとしておいてくれないのよ」

私は一度強く歯を食いしばり、あえて夫人の呟きを無視して続けた。

「竹脇が自殺を試みたことは新聞やテレビでも報道されたので、すでにご存じのことと思います。その理由として幾つか動機らしきものも見つかっています。ですが私には、どれも今一つ納得できません。確かに桑島さんが亡くなられたのは重大なことです。周囲の影響を顧みずに、スクープのみに走った竹脇たちの行動には反省しなければならない点も多いでしょう。ですが、それを自殺という形で清算しようとすることは、どうも私には彼らしく思えないのです」

夫人は立ち上がって、二つのカップのお茶を流しにぶちまけた。水道の蛇口を全開にしてカップを洗う。背中に拒絶が表れていた。

私は言葉を続けるしかない。

「今ここでその理由を詳しく申し上げることはできませんが、他にも不審な点が幾つか出てきています。気になる点を調べていくうち、桑島さんのお葬式に竹脇が現れたということを耳にしました。しかも、そこで何か揉め事があったらしい。何があったのか、事情を知りたくて今日はうかがわせていただきました」

カップの水を切ると、夫人は奇麗に磨かれた流しの端に並べて置いた。

「誤解なさらないでほしいのです。そこで何かがあったために竹脇が自殺したと考えているのではありません。そうであれば、その日のうちにでも自殺を試みたでしょう。ですが、竹脇が海に落ちたのは、二日後です。それまでの間、どこで何をしていたのか、を知りたいのです。ぜひともご協力願えませんでしょうか」

背中を向けたまま、無言で流しの縁をつかんでいた。

私は身勝手に質問に入らせてもらった。

「竹脇も自分が葬式に出席すれば、家族や親戚にいやな顔をされるぐらいのことは分かっていたはずです。それでもお邪魔したのは、そうしなければ気持ちが収まらなかったのだと思います。最初はどなたが竹脇に気づかれたのでしょうか。あなたですか。それとも、親戚の方？」

振り向きもしなかった。

「では、お嬢さんでしょうか」

夫人が突然クルリと振り返った。人が変わったように声を張り上げた。

「真由子が悪いと言うんですか。あの子はまだ子供なんです。週刊誌の記事が父親を殺したんだと思っても仕方ないじゃありませんか」

「お嬢さんが最初に騒ぎ出したのですね」

桑島夫人の目に脅えが走った。

「違います。最初は会葬者のかたの間から、何か……突然、急に騒がしくなったんです。真由子はただ、それを鎮めようと……」

「揉め事のきっかけは何だったのでしょう」

夫人はカーディガンの裾をつかんでうつむいた。

「あの時の私には、とても周りを気にするゆとりなんか……」

私はサイドボードの時計に目を走らせた。

「お嬢さんは何時ごろ学校から戻られますでしょうか」

「学校なんて、去年の暮れから行ってやしませんよ」

吐き捨てるような言い方が、私の胸に深く突き刺さった。

「中学三年の一番大事な時だったんですよ。けれども……放射能をばらまいた悪人の家族のことなんか、誰も考えてはくれません。今でこそ少なくなりましたが、嫌がらせの電話は昼も夜もなくかかってくるし、玄関先に猫の死体が投げ捨てられ……。真由子は何も言いませんでしたが、学校でもつらいことがあったようです。このままではあの子、せっかく受かった高校にも進学するかどうか……」

竹脇の記事をきっかけに、テレビや新聞などマスコミ各社が標的としたのは、松田屋という会社そのものだった。だが、世間の情け容赦ない視線は、その社員の家族にも向けられたのだ。他人に放射能汚染食品を提供しておいて、その利益でぬくぬくと生活を送っていたであろう家族も同罪だ——そう勝手な判決を下してしまう。犯罪報道の陰には、いつもそういった悲劇がつきまとっている。

桑島夫人は髪を振り乱して顔を上げた。

「お願いします。真由子をそっとしてやって下さい。今、真由子を変に刺激するようなことだけは絶対にしたくないんです」

私は、思いが伝わるように力強くうなずいた。

「それはお約束します。どうかお嬢さんから直接話を聞かせていただけないでしょうか」

夫人に続いて階段を上がった。二階の奥が真由子の部屋だった。

ノックをしたが、答えはない。

最近は鍵のかかる子供の部屋も多いと聞くが、ここには鍵はついていなかった。夫人はドアに手をかけ、ゆっくりと押した。

「入るわよ」

真由子はいた。机で何か書きものでもしていたらしく、ワープロに向かっていた。はっとしたように、手にしていたハンカチで覆い隠すようにして振り向いた。あどけない顔が、ドキリとするほど病的なまでに白かった。

「何?」

冷めた口調で一言だけ言った。ちらりと私に視線を投げかけたが、反応はない。

「真由子。この人があなたに話を聞きたいっていうんだけど」

私は部屋の中に歩を進めた。

「はじめまして。あまり思い出したくないことかもしれないけど、お葬式の時のことについて聞かせてもらえないだろうか」

「刑事さん?」

　そう言って、少女は母親に視線を戻した。

「刑事ではないが、ま、似たようなものかな。お父さんのお葬式に竹脇さんが見えたそうだね」

　竹脇の名前を出しても、表情は変わらなかった。つまらなそうに横を向いた。

「そう。あの人のこと調べてるの」

「何か揉め事があったと聞いたからね」

「調べてどうするの。あんな人、死んで当然じゃない」

　あまりにさらっとした言い方が、私の背筋を冷たくした。激情して言うのならまだいい。親を失ったのだから、衝撃は大きかったろう。父親のやったことの是非は別にして、他に責任を見つけたい気持ちも分かる。だが、真由子の言い方はあまりに感情がこもっていなかった。物心つかない子供がトンボの羽根を毟るように、さらりと言ってのけた。

「私が追い返したの。だって、パパを殺した人になんか、手を合わせてもらったってしようがないじゃない」

「真由子。なんてことを……」

　夫人がおろおろと娘と私を見比べた。

「自殺したからってパパが返ってくるわけないのにね。バカみたい」

「神様もそう思ったのか、命に別状はないそうだ」

「え……」

思ってもみなかったのか、真由子は息を呑んで私を見返した。ショックを受けているようだった。

その事実に、私は少なからずショックを受けていた。十五歳の少女が、人の死を願っていることに。

「悪運の強い人」

「死んだほうがよかったみたいに聞こえるね。確か君は今、死んでも意味がないと言ったばかりじゃなかったかな」

唇を噛んで、真由子は押し黙った。

桑島夫人がはらはらとしながら見守っている。私はできる限りの穏やかな声を作った。

「お葬式の最中に、何か参列していた人の間で騒ぎが起こったらしいね。覚えているかな」

「パパの会社の人が騒ぎ出したのよ。君が殺したんだって、あの人を取り囲んで」

「それで、君が追い返した」

「断っておきますけど、追い返したのはあの人だけじゃないわ。パパの会社の人にも帰ってもらったもの」

「よくやった。喧嘩両成敗は賛成だ」

真由子は二、三度激しく目をまたたかせた。戸惑ったように私を見る。だが、すぐに矛先を母親のほうに振り向けた。

「当然よね。あの人たち、パパを見殺しにしたんですものね。寄ってたかってパパ一人を悪者にして、責任を押しつけたんですもの」

「何を言うの、真由子……」

おずおずと声をかけた母親の意に反して、真由子の表情に初めて感情が浮かんだ。

「だってそうじゃない。パパは何も知らないで輸入したのよ。気づかなかったのはパパのミスかもしれないけど、パパだって被害者じゃない。なのに会社の人は誰一人としてかばってもくれなかった。パパは一人で責任を被って、会社を辞めさせられたんじゃない」

「それは、そうだけどね、真由子……」

煮え切らない態度が、真由子を激高させたようだった。

「パパも私たちも被害者なのよ。なのに、どうして私たちだけ、小さくなって隠れてなけりゃならないのよ。窓を開けてどうなったらいいじゃない。私たちは何も知らなかったって。私たちだって被害者なんだって。どうしてママ、そうしないのよ！」

真由子が母に向かって立ち上がった。その拍子に、手に隠していたものが見える。一通の封筒だった。

「もう出てって」

進み出た母の体を、真由子は押し返した。あとずさりする夫人に押されて、私も階段から転げ落ちそうになる。

夫人の鼻先でぴしゃりとドアが閉まった。

声をかけることもできずに、桑島夫人はおろおろとドアを眺めやった。立ち直らなければならないのは、母親のほうも同じなのかもしれない。

私は夫人をうながして、階下に戻った。

「お嬢さんには訴訟のことを知らせていないのでしょうか」

私の知る限り、桑島家は中央ジャーナルに対して名誉毀損と損害賠償の訴訟を起こしているはずだった。真由子が言うように、黙っているだけではない。

「あれは……私の兄が勝手に……」

語尾をにごし、桑島夫人はソファに身を沈めた。どうやら訴訟は、夫人の本意ではなかったらしい。窓から叫ぶことも、法廷で述べることも、夫人にはできない理由があるようだった。

「先ほど、お嬢さんに何か言いかけたようですが……」

訊かれたくない質問だったらしい。そわそわと足を組み替え、窓の外に視線をそらした。

「私には、桑島さんが最初から放射能のことを知っていて輸入したように聞こえたのですが」

桑島夫人は、凍えでもするようにカーディガンの襟元をかき合わせた。やがて、ぼそりと小さく呟いた。

「四年前に会社が倒産していれば、こんなことにはならなかったのかもしれません」

四年前——一九八六年は、チェルノブイリ原発事故と同じ年である。

「倒産騒ぎが新聞にも報道されて、うちの人、必死になって仕事に駆け回ってました。原料の輸入が担当ですから、それこそ世界中を駆け回って、家にいることのほうが少ないくらいで……。ようやく会社が持ち直してきたという話を聞くようになったころ、あの人の様子におかしなところが出てきたんです。一人でぼうっとしてることが多くなり、夜中にうなされたり、お酒の量も極端に増えました。もともとが無口な人でしたから、何を聞いても『大丈夫だ、心配ない』としか言いません。会社でつらいことがあるのだろうとは思いましたが、仕事のことに口を挟まれるのを嫌う人でしたから、私も何も言わずに黙っていました」

言葉を切ると、時計の音だけが、やけに大きく感じられた。

夫人は思い出すように先を続けた。

「いつだったか、日曜日に夕食を外へ食べに行こうということになり、真由子が冗談半分にパパのとこの牛丼を食べよう、なんて言い出したことがありました。その時の、あの人の慌てようったらありませんでした。おどおどとして、わけも分からず取り乱して、最後には闇雲に怒り出す始末です。その日の夜、あの人が私に言ったんです。それも強い調子で。――松田屋の肉は何があっても食べるな。よそもどんな肉を使っているか分からない。ヨーロッパには引き取り手のない安い肉があふれているんだ、って」

夫人は一つ、肩で大きく息をした。

「そして、あの記事が出たんです。それで初めて私は事情が飲み込めました。松田屋が立ち直ったのは、あの人が輸入した安い牛肉のおかげだったんです。ヨーロッパの、放射能に汚染された……」

やはり最初から承知で輸入していたのだ。

「けれど、あの記事が出たあとで、あの人はこうも言ってました。汚染された肉を輸入していたのは事実だが、基準値だけは守っていた。それだけはいつも気をつけていたって……。ただの自己弁護にすぎないのかもしれません。ですけど、そうやって自分を納得させなければやっていけなかったんだと思います」

夫人は目頭を押さえて背中を丸めた。

私はソファを立ち、窓から狭い庭に視線を向けた。庭の端に、桑島が自殺したという物置が見えた。

「お嬢さんが言ってたように、会社も承知の上でのことだったのでしょうね」

「さあ、どうだったでしょう」

夫人の声は力なくかすれていた。

「お葬式のあとで、昔主人と同僚だったという人がお焼香しに来てくれたんですが、その人は知らなかったようです。どうしてそんな肉を輸入したんだって、自分のことのように怒っていましたから」

「すると、桑島さんの独断で……」

「分かりません。会社の人は、何を言っても相手にしてくれませんし、それに……あの人に責任があるのは間違いないことですから」

私は夫人を振り返った。

「そのことを、お嬢さんに言うつもりはないのでしょうか」

ギクリとして私を見る。

「どうやって言えるんです。あなたの父親は人様に放射能肉を売っていた。そのおかげで自分たちは生活していたなんて……」

「結論を引き延ばしたほうが残酷な場合も、時にはあります」

それ以上は言えなかった。私はただの傍観者にすぎない。あとはこの家族が解決すべき問題だった。私は私で、自分で解決しなければならない問題を抱えている。

「どうやって言えるんです……」

夫人が独り言のようにもう一度呟いた。

私は、考え込んでしまった夫人に最後の質問をした。

「梶原か、または楠原(くすはら)という人に心あたりはありませんでしょうか」

それが、真由子のワープロの画面に打ち込んであった名前だった。

桑島夫人は不思議そうに頷いた。

「はい。楠原は……あの人と同期の、松田屋の社長です。お葬式の時、竹脇さんと一緒に、真由子が追い返した人です……」

23

ミラーガラスで覆われた松田屋の本社ビルは、見た目にはいたって近代的だったが、中の空気は土蔵の底のようによどんでいた。すれ違う社員の顔は、窮地に立たされている会社のそれではなかった。覇気がまるで感じられない。事件へのあきらめが顔に浮かんでいた。会社更生法を申請するのは時間の問題だろう。いや、この体質が前からあったために、今回の事件を呼んだのかもしれない。

桑島家を辞去したあとで、検疫所の名前をちらつかせて約束を取りつけていた。受付で名乗ると、すぐに最上階の社長室に案内された。

ノックをして、ドアを開ける。正面に据えられたマホガニーのデスクで、白髪の老人が無闇やたらと書類に印鑑を押していた。

「はじめまして。検疫所の羽川です」

楠原憲吾が無言でデスクから顔を上げた。その顔が思いがけず若い。まだ五十前のように見える。だが、見事に脂気のない肌は古びたレンガのような土気色をしていた。

私は身分証明書を提示した。楠原は、それを確かめることなく、両手を広げてみせた。

「どうぞ何もかも調べていってください。今さら隠し立てしたって始まりませんからね」

「その必要があれば、また日をあらためておうかがいします。今日は個人的なことでお目にかかりたくて参りました。検疫所の名前を出したのは、確実にお会いするためでした」

楠原の顔に警戒の色が走る。

「桑島さんの葬儀のことをお聞きしたいのです」

「桑島のことか」

うんざりだと言うように、楠原は背もたれに体を預け、首を振った。

「あいつの家族に頼まれて来たわけか。何度も言ったように退職金など出せやしない。検疫所を使って脅かそうとしたって無駄だ。今のウチに、どこをどうはたけばそんな金が出ると思うんだ。今月の社員の給料をどうやって払おうかと頭を悩ませてるくらいなんだ。それもこれも、みんな桑島のせいじゃないか。こっちが慰謝料をほしいくらいだよ」

現実的な桑島夫人の兄が、こっちにも話をつけているらしい。私はその代理人だと思われたようだ。

「会社創設のメンバーに、ずいぶん冷たい仕打ちをしますね」

「だからどうした。あんたに何が分かる」

「少なくとも、あなたが桑島さんを見殺しにしたことだけは分かります」

楠原が憤然と立ち上がった。

「利いたふうな口をたたくな。俺がどんな思いであいつの首を切ったか、お前に分かるか。そうする以外に俺たちが築き上げてきた会社を生き残らせる方法がなかったんだよ。あいつだってそれが分かっていたんだ。だから一人で何もかも全部かぶって逝ったんだ。よそ者のお前に何が分かるっていう」

腹にたまったものを一気に吐き出すと、楠原は空気の抜けた風船のように椅子にへたり込んだ。弱々しく右手を上げ、ドアを指さす。

「帰れ。話すことはない」

「葬儀のことをうかがったら退散します」

楠原に、桑島と築き上げた会社を見捨てることができない理由があるように、私にも何があってもここを立ち去れない理由がある。

「俺は何も知らん。やつの娘にたたき出されたからな」

「それは、たたき出した本人から聞いています。その直前に何があったかをお聞きしたい」

楠原はいらいらと煙草をくわえた。

「中央ジャーナルの記者と何か揉め事があったと聞きましたが」

「たいしたことじゃない。久しぶりに会った友人と話をしているところに、あの男がしゃしゃり出て来たんだ」

「話に割り込んできた？」

「ああ、突然だよ。何を話していたのか詳しく教えろ、とか言ってな。一人で勝手に興奮していた。どこの輩とも分からないやつとは話もできないから、それで名前を聞いたんだが、なぜか答えようともしないんだ」

名乗れなかったのも無理はない。周りは、彼を恨んでいるであろう人ばかりだったのだ。だが、楠原たちの話に、我を忘れて訊きたださねばならないような、何かがあったと思われる。

「そのうち、部下の一人が、中央ジャーナルの記者じゃないかと言い出した。会社で、暴露本の裏に載ってた写真をダーツの的にしてたとかで、顔を覚えていたんだとよ。それで、まあ、ちょっとしたいざこざになってしまった。それだけだ」

「その時、楠原さんたちは何を話していたのでしょうか」

「保険の話だったと思うが」

保険——！

「損害保険だよ。友人が新しく会社を起こすんで、果物を輸入したいんだがと相談を受けていたんだ。あんたも検疫所の人間なら知ってるだろうが、食品を輸入するにはいろんなリスクがある。コンテナの故障や保存状態によっちゃ、輸入が許可されないこともある。それを心配していたようなんだ。だけど今は全部保険が賄ってくれるからな。廃棄や積み戻し処分を受けた場合も、損害は少なくすむ。ま、そんなことを教えてやったわけだ」

廃棄と積み戻し……。

私は自分の迂闊さに歯嚙みする思いだった。五香交易は、この三年間に四度もの積み戻しを受けていたのである。あまりにも多すぎる積み戻し、廃棄処分を受けた脱脂粉乳の横流しの噂、損害保険。そして——保険調査員！

「おい。あんたまでどうしたんだよ。保険の話がそんなに珍しいのかい」

楠原憲吾は口にくわえた煙草の灰を撒き散らしながら、首を傾けた。

私は、少しばかり気の強い保険調査員の顔を思い出していた。


松田屋ビルの一階ロビーから、大日海上火災に電話を入れた。船舶貨物の損害保険について聞きたいと言うと、海損部に回された。

「はい。海損部でございます」

「東京検疫所の羽川といいますが、五香交易の担当の方をお願いします」

女性は聞き返すことなく、すぐに「お待ちください」と言って電話を保留にした。思ったとおり、五香交易の損害保険を請け負っていたのは大日海上火災だったのだ。

「お電話替わりました。検疫所の方とうかがいましたが、どういうご用件でしょう」

電話に出た女性の声には、少し構えるような響きがあった。

「実は今、ある横流し事件について調査中なのですが。ご協力いただけますでしょうか」

「どういうことでしょう。お客様の秘密に関することは、ちょっと……」

「今月の五日の、おそらく午前中だと思うのですが、そちらに中央ジャーナルの記者が訪ねて来なかったでしょうか」

桑島の葬式で保険の話を聞いた竹脇が、五香交易の相次ぐ積み戻しに不審を抱き、保険会社を訪ねたことは充分に考えられる。葬式の翌日の四日は日曜なので、訪ねたとすれば五日のはずだった。

「はい。でも、どうしてそれを……」

「その時、あなたのほかにどなたか同席なさいましたね」

「いえ、私だけですが」

「では、そのことを、調査課の倉橋真希江さんに話しましたね」

でなければ、倉橋真希江が竹脇に連絡を取ろうとした理由が分からない。

案の定、電話の女性は驚いたように言った。

「どうしてそんなことまで……本当に検疫所の方なんですか？」

「私が検疫所の者だというのは、あなたのお友達がよくご存じだと思います」

「まさか……倉橋が何かあなたにご迷惑でも」

女性の声が急に裏返った。

「あなたが心配しなければならないほど、お友達はいつも人に迷惑をかけているんですかね」

「いえ、ただ……倉橋は時々強引な調査をすることがあるものですから……」

なるほど、強引な調査をするらしい。私が誤解しているのをいいことに、自分がどうして竹脇のことを調べているのかを隠したまま、私から竹脇の取材内容について聞き出したのだから。これでは、私が出した交換条件を守ってくれるかどうかも怪しいものだ。

「あ、でも腕は確かです。それは保証します」

しっかりフォローすることも忘れない。

「何しろうちで嘱託の調査員といえば、女性では彼女だけですから」

「ほう。そんな腕利きの探偵さんが動き出すほど、五香交易の保険には不審な点があったわけですか」

「いえ、そんなことは……」

余計なことまで言ってしまったと思ったのか、女性は慌てて言葉をにごした。

「隠しても無駄ですよ。三年間で四度の積み戻しは、いくら何でも多すぎる」

女性は電話口でオーバーに溜め息をついた。

「忘れてました。検疫所の方でしたっけ。それじゃあ隠しても無駄ですよね」

「ですからどうか、強情なお友達に代わって白状してください」

女性はひとしきりころころと笑い声を上げてから、説明してくれた。

「もともと積み荷が食料品の場合は、『リジェクション・クローズ』という特別な約款をつけて保険契約を結んでいました。これは、細菌やカビなどによって積み荷が廃棄処分を受けた時に備えるためのものです。それが、チェルノブイリ原発事故のあとは、契約者側の要請もあって、放射能による積み戻しによる損害もふくませることになったんです。これまでにうちで取り扱ったこの種の保険の中には、五香交易以外にも積み荷の放射能汚染が発覚して積み戻しとなった例がいくつかあります。ですが、五香交易のように三度も四度も積み戻しを受けたケースは他にはありません。たいてい一度積み戻しを受ければ、次からは注意して輸入するようになります。保険によって積み戻しにともなう費用は負担されると言っても、金銭以外の損害――例えば、手続き上の時間のロスや、ものが放射能ですから信用問題までと、会社にとって目に見えないマイナス材料がいくつかあるからです」

「なのに、なぜ五香交易だけが何度も積み戻しを受けたのでしょう」

「私どもも三度目の積み戻しを受けた時に、何らかの対策を講じなければ、脱脂粉乳に関しては保険料を値上げするしかない、と申し上げました。すると、それならうちで扱っている他の保険もすべて降りると言い出したんです」

「他の保険、といいますと？」

「ご存じかもしれませんが、五香交易は東欧との貿易を専門にしています。東欧諸国からの食料品の輸入は、日本から機械類などの工業製品を輸出した見返りとして行われているのがほとんどです。俗に言うバーター取引というやつですね。ですから、うちが五香交易と結んでいる契約は輸入品以外にも、それと同額、またはそれ以上の輸出品も扱っているのです。輸出入すべての保険ともなれば膨大な契約額になります。うちとしても、それをすべて失うわけには参りません」

「仕方なく、泣き寝入りをしたのですね」

「一度だけは」

「というと、四度目の積み戻しの時には、保険額を値上げした」

「おかげでうちは、得意先を一つなくしましたけどね」

保険会社を乗り換えられたというわけだ。

「しかし、五香交易はそんなに何度も積み戻しを受けて、損失はなかったのでしょうかね」

「私どもでもそのことを何度も申し上げました。すると、ポーランド政府と独自の契約をしていると言うんです。今後積み戻しがあった場合には、会社が有利になるような契約をしていると。つまり、バーターの利率を調整することで、相手国に損害を補ってもらっているんです。東欧専門の商社らしく、相手国の信頼があってこそできる、いわば二重の保険です」

国が保証してくれるのだから、これ以上の保険はないだろう。

「中央ジャーナルの記者が訪ねて来たのも、その辺りのことを聞くためですね」

電話の女性は、驚いたように声を上げた。

「あなたは、検疫所で何をなさっている方なんですか」

「何、食料品を相手にした探偵ですよ」

私は礼を言ってから、お願いついでに電話を調査課へ回してもらった。

倉橋真希江は不在だった。おおかた、強引な調査とやらに出ているに違いない。

24

灰色のシートが宙に舞い、その下から残骸と化したブルーのアコードが姿を現した。

松田屋ビルをあとにした私は、引き上げられた竹脇の車を見せてもらうために、月島署を訪れた。よりによって、昼食から戻ったばかりだという板倉刑事に案内されて、日の当たらない駐車場の隅に連れて行かれたのだった。

板倉は手についた汚れをはたくと、煙草に火を点けながら私を振り返った。

「さあ、気がすむまでどうぞ」

私はゆっくりとアコードの周りを一周した。

フロント部分が歪んで、ボンネットが小さく口を開けていた。左のライトが割れているところを見ると、やや左に車体を傾けながら海面に突っ込んでいったのかもしれない。

ボンネットを開けてみる。私に分かるのはファンベルトとバッテリーぐらいのものだった。異状は見られない。素人が見たぐらいで気づく仕掛けなら、警察が見逃すはずはない。

後ろに回ると、バンパーに取りつけられている静電気除去ベルトが外れかかって斜めになっていた。トランクは発見時、閉まっていたという。確認のため開けてもらったが、工具類とスペアタイヤが積んであるだけだ。車内とは隔絶されていて、アクセルを吹かす仕掛けを取りつけることも無理だろう。

四つのドアはどこにも歪みはなかった。目撃者がいたのだから、走行中の車内から仕掛けを取り出すことも不可能だ。もちろん、人間が脱出することも。

最後に中をのぞき込む。座席はまだ乾いていなかった。助手席にたっぷりと水をふくんだクッションが忘れられたように置かれていた。竹脇が暴れでもしたのか、コンソールパネルにはひびが入り、ちぎれたコードが二、三本運転席の下でぶら下がっていた。水のたまった床に、チェーンと地図帳が散乱していた。

最初から分かっていたことだが、何もない。だが、アクセルを吹かす仕掛けがどこかに隠されていなければならないはずだった。

「一昨日、保険会社の調査員もそうやって穴があくほど見ていったよ」

私は車内から上半身を戻して言った。

「目撃者の住所と名前を教えてもらえませんでしょうか」

「今さらそんなもんを聞いてどうするんだ」

竹脇の事故が、自殺でも単なる事故でもない限り、どこかに見落としている点があるに違いなかった。車にはどこにも仕掛けがなかったことが警察の調べでもはっきりしている。現物を見て、自分でもある程度は納得ができた。だが、現場の状況に、何か思いもしない見落としや勘違いがあったのかもしれない。すべてが納得のいくまで、一つ一つ塗り潰すだけだった。

「役人に似合わず、しつこい性格なんだな」

「検疫所の役人があっさりしていたら、国民は安心して物が食べられなくなりますからね」

板倉は煙草をひねり潰しながら苦笑した。

「教えてもいいが、そんな悲痛な顔で迫られたら目撃者が怖がりそうだ」

「せいぜい笑顔を心掛けます。住所と名前をお願いします」

小さくうなずいて、私を見据えた。

「こっちも教えてもらいたい。あんたが友達の自殺を信じない理由と、ふてぶてしいほど自信たっぷりの裏付けをね」

篠田が伝えていたはずだった。だが、元大学助教授の篠田のことだ。何かのつてを使って、上層部に直接かけあったとも考えられる。だとすれば、板倉たち捜査員が知らされていなかったとしても不思議はない。

打ち明けた。

板倉はしばらく無言のままだった。事件についての思いをめぐらせているようには見えなかった。新たな情報を現場に伝えてくれなかった上司への恨みを刻んでいるのかもしれない。

やがて、板倉は目を伏せて言った。

「それだけでは、本庁を動かすことはできないな」

「警視庁を動かしてくれとは言ってない。月島署の刑事課だけでもいいから、もう一度調べ直したほうがいい、と忠告しているだけさ」

板倉の鼻先にぶら下げた刑事のプライドが、ぶらぶらと揺れているようだった。

結局はプライドが目をふさいだようだ。

「あの状況では、殺人は不可能だ。あらゆる面から考慮して出した結果なんだ」

言い訳でもするような口調だった。

「分かっているさ。最初から警察には期待していない。早く目撃者を教えてくれませんかね」

板倉は渋々とシステム手帳を開き、三人の目撃者の住所氏名を悪意なまでの早口で教えてくれた。

何とか書留めた。お返しとして、帰りがけに質問を投げつけた。

「ミートハウスのほうはどうなってます。何か進展でもありましたかね」

「今のところはない。眠り込んでた守衛の胃袋からは、睡眠薬は発見できなかった。だが、眠らされたのは間違いないだろう。他に考えられるのは、笑気ガスだ。手術用の麻酔に使われるやつが有力視されている。今はその出所を調べているところだ」

「そっちはどうでもいいんです。現金を要求されたという話はどうなりました。警察で報道管制をしいているからか、ニュースに登場しないので分からないのですがね」

質問の意図を悟ったのか、板倉は立ち止まって私を睨みつけた。

「脅迫状がデタラメだと言いたいんだな」

チェーン店の一つに農薬が投げ入れられたのも、現金の要求も、すべては本来の目的から目をそらすのが目的であるはずだった。ミートハウスの倉庫の肉を処分させるという、本来の目的から――。

私は板倉に背を向けて、手を振って見せた。

「どこに、いくら持って来いと言われたのか知りませんが、せいぜい頑張って待ち伏せすることです」

月島署から竹脇の事故現場までは一キロと離れていない。私は歩いて現場に向かった。

倉庫街を右に見ながら清澄(きよすみ)通りを抜け、晴海通りで右に進路を変える。黎明橋を渡ると、突き当たりが晴海埠頭だ。晴海運河に近い東詰めの桟橋で、竹脇は海へと転落した。いや、させられたのだ。

土曜日の午後。埠頭には多くの見学者が入り込んでいた。車ごと乗り入れている家族連れや若い男女もいる。西岸の四号上屋(うわや)先では、ばら積み船が荷下ろしの最中だった。

私は見学者から離れて、東詰めに向かった。

晴海運河の手前で桟橋は途切れている。保税倉庫前のエプロン部分は、幅五メートルほどの道路とぶつかっていて、内陸部へとつながっている。その道路の奥、三十メートル先で、竹脇の車は急発進したのだ。

私は倉庫会社を訪ねて、目撃者の一人である守衛のスケジュールを確認した。今日は午後九時からの出社となっていた。その時間になって再び邪魔することの了解を得て、私は倉庫をあとにした。

外に出たところで、足が止まった。

二十メートルほど先の路上に、一人の女性が立っていた。ちょうど貨物の引き込み線の付近だった。女性は小さな円を描くように歩き始めると、時々立ち止まっては周囲の建物との位置関係を確かめている。

焦茶のジャケットに下はジーンズ、肩から下げた黒いショルダー。倉庫を見上げた横顔は、見間違えようがない。

倉橋真希江だった。

私は慎重にフェンス脇を歩いて、背後から彼女に近寄った。

「何か発見できましたかな、名探偵さん」

五メートルほど後ろから声をかけると、倉橋真希江はギクリとしたように背筋を伸ばした。よほど大事なものでも入っているのか、素早くショルダーをかかえ直すと、ゆっくりとこちらを振り返った。私を見て、安堵したように肩を下ろす。

「羽川さんでしたか」

「現場百回。保険調査員も食品Gメンも基本は同じようだな」

私が歩み寄ると、倉橋真希江は硬い表情のまま一歩退いた。

「さっき、君の会社に電話を入れて、海損部の担当者から話を聞いたよ」

真希江はまたたきもせずに、無言で私を見返した。負けじとこちらも睨み返す。

「君の目的は、五香交易の相次ぐ積み戻しを調べることにあった。そのためには、竹脇がなぜ保険のことを調べようとしたのか、その経緯がどうしても知りたかった。担当者から話を聞いた君は、竹脇に電話を入れた。だが、連絡が取れないうちに、竹脇は不可解な自殺を仕出かし、ベッドの上。そこで困った君は、竹脇の自殺を調べ回っているという間抜けな友人に近づいて、わざと自分が竹脇と深い間柄であると匂わせ、同情を誘って、口を割らせた。腕利きの調査員らしく、実に手際よく」

真希江は髪をかきあげ、潮風に顔を向けた。

「私は一言も竹脇さんと関係があるとは言わなかったと思います」

「勝手に誤解したほうが馬鹿だというわけか」

「そんなことは言っていません。勝手に邪推して、勝手に喧嘩を吹っかけないでください」

苦笑する。昔、何度も枝里子から聞いた言葉だった。

真希江は私を横目で見ながら、露骨に眉を寄せた。

「何がおかしいんです。人をいじめるのがそんなに楽しいんですか」

「誤解だよ。君とよく似た勝ち気な人をちょっと思い出しただけだ」

真希江は当惑したように頭を振った。それからあらたまるように私に向き直った。

「私は今まで、内偵中の対象者から二度襲われかけました。脅しを受けたり、尾行されたことは、それこそ数え上げたらきりがありません」

腕利きの調査員ともなれば、災難に巻き込まれることもあるに違いない。だが、目の前にいる女性を見ただけでは、とてもそんな修羅場をくぐってきたとは思えなかった。

「つまり私は、君の手帳の容疑者の欄にリストアップされているわけだ。光栄だね」

「動機が歴然としているのに、友人の自殺を調べて回る人がいるでしょうか。裏に何かあると考えるのが普通です」

偽る必要がなくなったからか、真希江はさばさばとした口調で言った。

彼女は私と枝里子の関係を知らない。当然のことながら、私が竹脇の自殺を信じたくないことも知らない。私は内心の動揺をごまかすために皮肉を口にした。

「人を信じられないとは、ずいぶんとつらい過去を持っているようだね。それとも、人を見たらまず疑えというのが調査課の教えかな」

「騙すような結果になったことは謝ります。あなたが条件として出した、会社の信用調査については協力もします。すでに依頼して、明日にでも簡単な報告が入ることになっています」

「罪滅ぼしとはありがたい」

「違います」

怒ったように真希江は顔を突き出した。

「おかしいとは思いませんか」

辺りを眺め回しながら言う。

「両側は倉庫と建物にさえぎられていて、近くには街灯もありません。深夜の一時にもかかわらず、よくこんなところに目撃者がいたものだと感心します」

五メートルほどの道路の両側は、倉庫の壁と、フェンスのすぐ手前まで山積みにされた鉄屑が迫っている。見通しは最悪だ。

「目撃者の一人は倉庫の夜勤係だ。この近くにいるのが当たり前。残る二人は若い男女。人気のない暗いところに行きたがっても不思議はない」

「こんな奥の、鉄錆の匂いがするような道路にまで入り込むでしょうか。私がその女性だったら、もっと落ち着いた雰囲気の場所に行きたいと思うでしょうね」

「そんなに言うなら、これから出かけるかい」

「はあ？」

一瞬唖然としたあと、なんてことを言うやつだと言わんばかりに睨みをきかした。

私は先に歩き出し、真希江に笑顔を送った。

「目撃者に会いに、ね」


真希江の車で行くことに話はまとまった。車は白のシビックで、埠頭入り口の鉄柵前の狭いスペースに、強引に違法駐車してあった。車体は薄く土埃を被っていて、少なくとも二ヵ月は洗車してないと見える。

私は、コートに汚れがつかないように、注意しながらドアを開けた。助手席におさまりながら言う。

「そうだ。君が竹脇のことを調査する理由をまだ聞いていなかった」

真希江はハンドルを握りながらフロントガラスを見つめた。

「竹脇さんの自殺に納得がいかないからです。犯罪があるかもしれないのに、それを見すごすことはできません。保険調査員としてではなく、一人の人間として」

「赤の他人の自殺を調べるほど暇な人には見えないな」

「あら、人を信じられないとは、あなたもつらい過去をお持ちのようね」

真希江はえくぼを作ると、タイヤを鳴らして車をスタートさせた。

25

晴海通りを北上して、勝鬨橋を越える。

「まずは電話のあるところにつけてくれないか。空振りはしたくない」

男の住所は埼玉県の戸田で、女は大宮だった。手ぶらで往復するには遠すぎる。

「もっとも、君が僕とドライブを楽しみたいと言うのなら話は別だが」

「観察力はたいしたことないのね」

「え？」

「これ、飾りじゃないのよ」

真希江はサイドブレーキの後ろをとんとんと指でたたいた。見ると、自動車電話の受話器らしいものが顔をのぞかせている。

「通信手段の確保は調査活動の基本です」

にこりともせずに言う。かわいげのない女だ。

最初に女性の自宅にダイヤルしたが、相手はつかまらなかった。電話に出た家族が「昨日からどこにいったか分からない」とサジを投げたように答えただけだった。

男性のほうは居所がつかめた。平和島の流通センターで荷役のアルバイトをしているという。涙ぐましいことだ。

真希江は、汐留から首都高に車を上げた。土曜日の午後とあってか、珍しく車が少ない。真希江はアクセルを踏み込むと、気持ちいいように先行車を追い抜いていった。

「聞くところによると、君は社員じゃないそうだね」

「そんなことまで言ったんですか、佐和子のやつ」

余計なことを、というように舌打ちをする。

「普通の社員とは、どう違うのかな」

「お金が違います」

はっきりしている。

「会社の損害を未然に防いだ額によって報酬が決まります」

「君のような専門家を何人も雇うほど、保険金詐欺が多いとは知らなかったな」

「受け取る金額は少しでも多くしたいのが人情ですからね。ちょっとぐらい過大申告してもばれないだろう、と考える人が多いんです」

「保険会社はあくどく儲けてるって噂だからね。でなけりゃ、あんなにあちこちにビルが建つわけがない」

「会社が儲けてようと、赤字だろうと、他人からお金を騙し取ろうとすることは明らかに犯罪です。なのに自分の嘘がばれてしまうと、まるでこっちが犯罪者のように罵(ののし)る人が結構います。――そういう人、私は絶対に許せません」

「目を皿のようにして庶民のささやかな嘘を暴き立ててるのか。そりゃ、嫌われる」

ジロリと横目で睨まれた。私は、おそるおそる話題を変えた。

「で、その調査員が、五香交易の保険に目をつけた理由というのは何かな」

真希江は少し考えるように間をおいてから言った。

「五香交易が東欧との貿易を専門に行っている限り、放射能汚染の危険は避けられないと思います。ですが、三年間に四度の積み戻しというのは、どう考えても多すぎます。五香側はバーターの利率を上げてもらうことになっているから、それでもいいのかもしれません。しかし、ポーランド側にしてみれば、決して見逃せない問題のはずです。黙って手をこまねいて見ているとは、普通では考えにくい。当然何らかの対策を講じたでしょう。しかし、それでも汚染された脱脂粉乳が送られて来た。こうなってくると、これはもう意図されたものとしか思えなくなってきます」

「ポーランド政府がか？」

「まさか。犯罪捜査の基本の一つ――その犯罪によって、誰が利益を上げることになったのか」

「五香交易だな」

「五十点ね」

塾の女教師のように、真希江はばっさりと採点を下した。

「それだけじゃない。五香交易の保険契約を、うちに代わって新たに全部請け負うことになった栄進火災もそう」

そこまで疑ってかかるとは。目のつけどころの違いに感心して、声も出ない。

「ポーランドは去年の政変で共産党の一党独裁は崩れ去ったけれど、今でも貿易に携わっているのは役人が中心です。五香交易は現地に営業所を開いていて、交渉相手の役人とはすでに懇意の仲でしょう」

「なるほど、賄賂を贈って、わざと汚染されている脱脂粉乳を輸出させた」

「そう。最初はそう思いました。……けど、竹脇さんが保険に目をつけたのは、横流し事件を探っていて、ですよね。そうなると、横流しと保険、どこに関連があるのか、その点が分からなくなってきます」

真希江は一段とアクセルを踏み込みながら、遠い目をして呟いた。

「竹脇さん、どうして保険のことを尋ねに来たんでしょうか……」

平和島インターで下り、教えてもらった倉庫前に車をつけた。

開け放った扉の中では、荷捌き作業が行われていた。車を降りて近づくと、倉庫の中から、書類をかかえた監督官らしき男が顔を出した。

「ちょいと、そこの人。ここは関係者以外立ち入り禁止なんだけどな」

「ここで、アルバイトしている古賀雅治さんにお話をうかがいたいのですが」

「ああ、刑事さんか」

男は合点がいったように大きくうなずいた。

思い違いを利用させてもらうことにした。真希江を見ながら私は言った。

「実はこちらは、古賀さんが目撃された車に乗ってられた方の奥さんなんです。詳しい話をぜひ聞きたいと言われるので」

真希江は一瞬横目でこちらを睨んだが、すぐに神妙そうな顔を取りつくろって一礼した。

「あ、そうなんですか。えー、このたびは何と言いますか……」

男はあたふたと、不器用そうに頭を下げた。

「それなら話は別です。今、呼んできますから」

そう言って背中を向け、安全靴の音を響かせながら、倉庫の中へと走って行った。

真希江の表情をうかがった。冷たい視線と目が合った。

「すまなかった。君を人妻にして」

「嘘をついて人の善意を利用するなんて、あまり感心できないわね」

「すまなかった。君が僕に使った手を利用させてもらったんだ」

真希江は一瞬顔を曇らせたあと、やり切れないといった風情でうつむいた。

「まだ怒っているのなら謝ります。でも、どうしてそうひねくれた言い方しかできないんです」

弁解の言葉を考えていると、真希江が唐突に話題を変えた。

「人妻で思い出したんですが……竹脇さんの奥さんのお相手ってご存じですか？」

私はあやうくむせ返るところだった。

「いや、知らないが」

「本当に？」

「……ああ。だが、どうしてそんなことを」

「警察と編集部の人は知っているようなんです。でも、どういうわけか、教えてくれないんです」

「そりゃ、プライベートなことは……」

「そうでしょうか。警察では、そのことも自殺の動機の一つだと考えていました。それに……その人と竹脇さんの間で何かあった場合、有力な容疑者ともなりえます」

そういう見方も、確かにできる。これで私は、真希江の容疑者手帳の筆頭を飾れそうだ。

「アリバイがあったのかもしれないな」

あっさりと首を振られた。

「どうも違うような気がするんです」

「違う？」

「どう言ったらいいでしょうか……。男の人にはどこか、男たちの不利になることは女には言わない――そんなところがあるじゃないですか。どうもそう感じられてならないんです」

半分怒ったように真希江は腕を組んだ。

私は男同士の秘密に感謝した。

まもなく現れた古賀雅治は、私たちを駐車場近くの休憩室の中に案内した。

コーヒーの自動販売機とテーブルでスペースのほとんどを占めている小さな部屋だった。古賀は小柄な体をきびきびと動かしながら、タオルや週刊誌の散らかったテーブルを片付けていく。といっても、手当たり次第に物をつかんでは、部屋の隅に投げ捨てただけだったが。

「お仕事中、突然お邪魔してすみません」

「いえ、とんでもありません。さ、どうぞ」

古賀は笑って、私たちにパイプ椅子を差し出した。その一つはシートが破れている。細かいことは気にしないたちのようだ。

私たちは腰を落ち着け、早速質問に入らせてもらった。

「君たちが目撃したのは、埠頭のどの辺りからだったのでしょうか」

「場所ですか。……晴海通りをまっすぐ行った入り口がありますよね。そこからだいたい百メートルぐらい左に行ったところでした。入り口付近には別の車が停まってたから、それで、少し離れて車を停めたんです」

頭をかきながら、はにかむように言った。はにかむようなことをしていたのだろう。

「東詰めの道路の近くではないんだね」

「ええ。あそこの角に大きな倉庫があるでしょう。それより少し手前でした」

「そこに、車が飛び出して来て、海へと飛び込んだ……」

「いえいえ。その二、三分前だったと思うんですが、僕たちの車の横を、青っぽい車がタイヤを鳴らして通りすぎて行ったんです。それもすごいスピードで、ふらふらとしながら、ライトもつけずに」

板倉が、事故の前にもふらふらと走る車が目撃されていた、と言っていたのを思い出す。

「酔っ払い運転かな……なんて彼女と話していると、突然、前の道路の奥のほうから、クラクションの音が聞こえてきたんです。もうめちゃくちゃに鳴らしている感じで、短く何度も鳴らしたり、長く鳴らしっぱなしにしたり……。それで、何だろうと思って、車から降りて彼女と歩いて行ったんです。倉庫の角のところから見ると、二、三十メートルくらい奥の辺りを、さっきの車がこちらに向かってゆっくりと走って来るのが見えました。一瞬、ドライバーがいないのかな、と思ってびっくりしました」

「ドライバーがいない？」

「ハンドルの上につっぷしていたんです。辺りが暗かったので、分かりにくかったんです」

「中にいたのは一人だったんだね」

思わず口をついた質問に、古賀が不思議そうに目を丸くした。

「え？　違うんですか。だって新聞にも……」

「いや、車内が暗かったと言うから、もしかしたらと思ったんだが」

「それでも、中の人の顔は見えましたよ」

「見えた？　でも、運転手はうつ伏せになっていたんじゃなかったのかな」

「ですけど、その直後に体を起こしましたから。たぶん覚悟を決めて思いっ切りアクセルを吹かしたんでしょうね。スピードを上げる直前に、ガバッと体を起こしたのを覚えてます。それと……目の前を通る時にも、ちらっとですが、顔が見えました。髪の毛を逆立てるみたいにして、苦しそうな表情をしてました」

私は、気持ちがしぼんでいくのが分かった。まさかアクセルを踏み込むところまで目撃されていたとは思いもしなかった。これでは、警察が自殺と断定しても、しようがないではないか。

「そう。苦しそうな表情をね」

真希江の声にも落胆が同居していた。

「でも、海から引き上げられた時は、とっても優しそうな顔に見えました」

亡くなった人を偲ぶかのように、古賀はしんみりと呟いた。

礼を言って、車に戻った。しばらくは、冷え切った車内で黙りこくっていた。

「目撃者に関する限りは完璧だな」

真希江はかすかにうなずいた。

「目撃者に関する限りは、ね」

「クラクションを気にしているんだな」

「だって、それ以外にはつけ入る隙がないもの。わざとクラクションを何度も鳴らして、人の注意を引きつけようとした、そうも考えられなくはないでしょう」

私もうなずく。だが……。

「その前に、竹脇の行動をどう説明するつもりだい。アクセルを踏み込むところまで目撃されている」

「そうなのよね」

真希江はハンドルにひじをつくと、額（ひたい）の辺りに手を当てた。

「これが殺人だとしたら、催眠術か超能力を使ったとしか思えない……。でも、そんなことって、あると思う？」

あると信じたかった。が、それを堂々と口にできるほどは、私も無邪気な心は持ち合わせていなかった。

それから私たちは、晴海埠頭に戻り、現場近くの倉庫の守衛室を訪問した。

一つだけ、つけ足す事実があった。

狭い守衛室の中で、六十前後の守衛は二重あごをさすりながら、後ろの窓を振り返った。

「クラクションが鳴る直前、ここからビンが投げ込まれたんですよ。ウイスキーの小ビンがね」

指し示した硝子（ガラス）の一枚が新しいようだった。

「とんでもないいたずらをしやがる、って思って窓を開けようとすると、突然外でクラクションが盛大に鳴り出したんだ。で、慌てて窓を開けると、前の道路を車がゆっくりと走っていたわけですよ。それから十秒ぐらいたってからかな……車がスピードを上げたのは」

私は真希江と顔を見合わせた。

窓にウイスキーのビン……。

海から引き上げられた車内からも、ウイスキーのビンが発見されていた。自殺を決行する直前に、竹脇がウイスキーのビンを投げ捨てたとしても不思議はない。何者かが、外に注目してほしくてガラスを割るために投げたとしても、不思議でない程度には。

真希江が身を乗り出し、守衛に訊いた。

「その時、車の窓はどうでした。開いてましたか?」

「さあ、どうだったかな。よく覚えてないな」

26

日曜日の朝、枝里子からの電話で起こされた。

「あきれた。まだ寝てたの」

いたずら小僧を叱るような口調で、開口一番、枝里子は言った。

枕元の時計を見る。十時を回っていた。昨夜は目撃者の完璧なまでの証言のせいで、なかなか寝つくことができなかった。酒を口にすることなく明け方まで起きていたのは、中学時代から数えても片手に満たない、珍しいことだった。

「声の張りを聞くと、悪い知らせじゃないみたいだな」

「さっき普通病棟に移ったの」

「そうか。で、意識のほうは？」

「それは、まだ……」

今はそれだけでも喜ぶべきだろう。今後の手術や後遺症の問題は、また別の話だった。

「ちょうど個室があいてた。三〇六号室。面会時間は八時までだけど、お義父さんたち、七時には帰ると思う」

「ぜひ顔を見に行くよ、篠田先生も誘って」

「ありがとう。きっと喜ぶと思う」

「俺が喧嘩を吹っかければ、あいつも頭にきて目を覚ますかもしれないしな」

枝里子は小さく笑った。久しぶりに聞く笑い声だった。

「でも、仲裁役だけは御免こうむるわよ」

必ず見舞いに行くことを約束して、私は受話器を置いた。

正午に篠田の自宅を訪ねることになっていた。昨夜、篠田に目撃者と会ったことを電話で報告すると、日曜くらいは断られても調査に協力するぞ、という強い申し出があったからである。退職を目前に控え、何かと忙しいはずの篠田だが、自分だけ私事にとらわれているのが後ろめたいのだろう。私に異存はなかったし、真希江もぜひ篠田に会いたいと言っていた。それで話がまとまった。私が依頼した信用調査のレポートを午前中に受け取って、真希江も合流することになっている。三人で知恵を絞り出せば、少しはこの行き詰まりを打開することができるかもしれなかった。

それまで私は、掃除をして、洗濯をして、冷凍食品を温めたものを食べながら音楽を聴き、時をすごした。たまっていた新聞に目を通し、二ヵ月ほど前に買った文庫を拾い読みした。ただ時間が経過していっただけだった。生活をしたという実感はどこにもない。そんなものは、この一週間、感じたことは一度もなかった。

竹脇のことを解決しない限り、この味気ない毎日が続くのだろう。そうして、やがてはそんな生活にも慣れ切ってしまい、花や絵を見ても、新しい人に出会っても、心を動かされない死んだような人間になっていくのだ。

そんなことにだけはなりたくないな、と私は心の底から思った。

世田谷区下馬にある篠田の自宅を訪れると、玄関前の路上に、埃をかぶった白いシビックが違法駐車してあった。リヤバンパーが大谷石の塀と接触している。塀ごと倒されなかっただけ、まだましだろう。

チャイムを押すと、驚いたことに玄関の扉を開けて出て来たのは、真希江だった。

私の前に左手の甲を突き出すと、手首の腕時計を指さした。

「四分の遅刻」

後ろで、篠田が苦笑している。この調子で初対面の挨拶も強引にすませたに違いない。

「遅れてすまなかった。調査の結果はもう出たのかな」

真希江は黒いショルダーを肩にかつぎながら言った。

「車の中で説明する。さあ、行きましょう」

「出かけるって、どこに」

「決まってるでしょ。病院よ」

「菊岡運送の社長が入院している病院だよ」

篠田が補足説明をしてくれた。真希江は手回しのいいことに、会社の信用調査と同時に、社長の入院先まで調べさせておいたのだ。

「入院患者がベッドから逃げ出すわけはないと、私も言ったんだがね」

篠田がからかうように言うと、真希江は大げさに肩をすくめてみせた。

「会社を整理したどさくさに帳簿まで処分してしまう恐れがあるって言ったのは、先生じゃないですか」

確かにその可能性はある。帳簿の辻褄があっているだろうことは予想できたが、確認しないわけにはいかなかった。

真希江に押されて玄関から出ると、廊下の奥からあっけに取られたような声が上がった。

「あら、もう出かけてしまうんですか」

振り返ると、ガラスの中扉を押し開けて、落ち着いた雰囲気の女性が顔をのぞかせた。

幸子（さちこ）夫人だった。オレンジ色のフレアスカートに大きめの真っ白なアランセーターを身につけ、ティーカップの乗った盆を持っている。ウェーブのかかった長い髪は左肩の前でまとめられ、七宝の大きな髪飾りで止めている。それでも派手に見えないのは、いつもの穏やかな表情のせいだ。もう四十歳はすぎているはずだったが、子供がないせいもあって、真希江と同級生だと言っても通るかもしれない。

「ご無沙汰しています」

私が会釈をすると、夫人は残念そうに肩を落とした。

「ゆっくりしてらしたらよかったのに」

「竹脇君のことはおまえも知ってるじゃないか。一人で悠長なことを言うもんじゃない」

「ごめんなさい。久しぶりのお客様だったから……」

かつては教え子たちの訪問でにぎやかな休日をすごしていたのかもしれない。二年前に大学を追われてからは、二人だけの静かな生活が続いていたに違いない。

幸子夫人はふっ切るように笑って、口元を手で隠した。その指先に包帯が巻かれていた。

私は思わず目を見張った。

「その手は……」

「あ、これは」

表情を凍りつかせて、夫と顔を見合わせた。

いやな想像が頭を横切った。

「まさか、手紙じゃないでしょうね」

篠田が真顔になって、私を見た。目に驚きの色が漂っている。

「どうしてそれを」

私は、竹脇の家にも剃刀入りの手紙が届き、枝里子が怪我を負ったことを告げた。

「その手紙の差出人の名前は、篠田先生になっていました」

夫人が身を引き、大きく息を吸い込んだ。

「そんなこと！」

あるわけない、と真希江が体を揺すった。

「悪意ある手紙の差出人を鵜呑（うのみ）にする者なんかいるものか。けど、篠田先生のところにまであったとなると……」

「うちに来た手紙の差出人は、竹脇君となっていたよ」

「どういうことなのよ、それ」

聞くまでもないことだ。竹脇と篠田を恨んでいる人物の仕業に決まっていた。その見当も私にはついていないこともない。外れていてほしかったが。

「こんなことをされるほど……」

篠田が誰にともなくぽつりと呟いた。

「我々は、ひどいことをしたんだろうかね」

鶴見区に向かう車の中で、私と篠田はレポートを読ませてもらった。資本金から従業員数、役員名簿に最近までの収支決算書、そして取引高などのグラフと表。やたらと数字ばかりが並んだ報告書だった。それなりの見方があるのだろうが、大学教授と食品Gメンには分からないことが多すぎた。私たちはレポートを流し読みして、真希江の説明に耳を傾けることにした。

「ミートハウスの経営状態は思ったよりも順調じゃないみたいね。チェーン店を拡大しすぎたのが原因で、三年ほど前に、資金繰りが極度に悪化してます。それが、今の二代目社長に代わってからは、徹底的な合理化と海外原料の確保を図って、どうにか持ち直してきているようです」

「すると、現状はまだまだ厳しいのかね」

篠田の質問に、真希江は大きくうなずいた。

「来年四月の牛肉自由化まで乗り切れれば、見通しも明るくなりそうだという話でした」

「それだけに、横流し牛肉に手を出してもおかしくないわけだ」

「ええ。松田屋が四年前の倒産騒ぎ以来、放射能に汚染された牛肉の輸入に手を染めたように、ね」

「五香交易のほうはどうなんだい」

私はレポートをめくった。

「ミートハウスとはまったく逆。最近落ち込みが目立つ共産圏相手の貿易商社の中では、ほとんど唯一といっていいぐらいに、順調に業績を伸ばしているわ」

「共産圏相手の貿易ってのは、そんなに儲からないものなのか」

「一概にそういうことではないようね。最大の要因は取引が成立しにくいことにあるみたい。共産圏の経済不振がその理由よ。外貨が不足しているうえに、目ぼしい輸出品目があるわけではない。それどころか、国内で流通する物資まで不足している国があるほどだから。バーター取引をしたくても、代わりになる貿易品目がないのでは、取引が成立しようもないでしょ」

「そうなると、ますますもって四度の積み戻しというのが謎になってくるな」

篠田がレポートをたたいて言った。

「ただでさえ貿易品がないというのに、その利率を下げるような契約を結んでおいて、しかも積み戻しを放っておくのでは理屈に合わないからね」

「茅崎製菓はどうなんだ」

私はバックミラーの中の真希江に訊いた。

「可もなく不可もなく、ってところかしら。ただ、仕入れ部門が甘いことだけは確かなようね。脱脂粉乳の仕入れも、足りなくなったらあちこちからかき集めていて、計画性がまるで感じられない。食品会社の株に手を出すとしても、茅崎製菓だけは避けといたほうが無難みたい。それより問題があるとしたら、河田産業と菊岡運送のほう」

真希江の口調に熱が帯びる。

「河田産業の経営状態は非常に良好で、会社の規模を大きくしないのが不思議なぐらいだって、調べた人も言ってた。特に運送部門の新設は急務だそうよ。そこだけは他社——つまり菊岡運送に頼っているから経費がかかりすぎるようなのね。自分のところでこなせるようになれば、社員のボーナスが倍近くになってもおかしくないって」

無論、そうするわけにはいかない。他社を通すことで、横流しをカモフラージュしているのだ。

「同じように菊岡運送の経営状態も極めて良好で、廃業した理由はまったくの不明。取引相手はどこも首を捻ってるそうよ」

「その理由を素直に話してくれればいいんだがな……」

篠田がレポートをたたんで懐に入れた。

「羽川くんが推理したように、その社長の事故が横流しグループ内での揉め事の結果だとすれば、口封じのために脅されていることも考えられるからね」

末吉総合病院は、三ッ池公園の緑がすぐ迫った住宅街の中にあった。かつては白かったであろう壁には、ひび割れを修正した跡が縦横に蚯蚓脹れのように走っていた。

受付で病室を確かめて、外科病棟へ向かう。

二二一号室は個室だった。廃業したとはいえ、経営者としての威厳が必要なのか、一人になって考えたいことがあるのか、それは分からない。

ノックすると、誰もいないのではないかと間違うほどの長い沈黙のあとで、やっと、かすれたような女の声が返ってきた。

「どなたでしょう」

扉が開き、眉毛の薄い痩せた女が顔を出す。

「東京検疫所の者です。ぜひ菊岡さんにおうかがいしたいことがあってまいりました」

いぶかしげに目を細める女に、身分証明書を提示した。私は返事を聞かずにドアを押し、中に体を滑り込ませた。

ベッドの上で、左足を支持具でつられた男が上半身を起こした。五十歳をすぎたあたりだろうか。頭髪は見事な簾(すだれ)模様を作っていたが、寝乱れたパジャマの胸元からは渦巻いた胸毛がのぞいている。脂ぎった顔に恐怖とも驚きともつかない脅えの色が浮かんでいた。

「何なんだよ。あんたたちは」

「東京検疫所の者です。と言えば、ただの見舞いに来たわけじゃないことは分かるでしょう」

差し出した身分証明書を穴があくほど睨みつけている。たっぷり一分は見つめたあと、ドアの前で立ち尽くしている女に首を向けた。

「電話して調べろ」

「どうぞ、お気のすむまで」

　休日でも外国からの船舶の渡航は途切れることはない。乗船検査の担当官が庁舎に出て来ているはずだった。

　女は身分証明書を見て、私の名前と電話番号を書き取ると、廊下へと出て行った。

　菊岡康貴(やすたか)は、確認がすむまでは決して開くものかと言うように、口をへの字に堅く閉ざし続けた。それほどまでに警戒しなければならない理由があるらしい。

　やがて扉が開き、戻って来た女が小さくうなずいた。菊岡は再びベッドの上に横になった。まるで安堵でもするように、深く深く溜め息をつきながら。

　私たちはベッド脇に歩み寄った。

「昨年の十二月二十一日、白新物産の倉庫から牛肉十二トンを輸送しましたね」

「さあ、どうだったかな。去年のことはもう覚えてないな」

「河田産業の書類に残っていました」

「だったらそうなんだろ。俺らは注文どおり忠実に荷を運ぶのが仕事だからな。と言っても、もう昔の話だ。あんた、うちが廃業したのを知らないわけじゃあるまい」

　あきらめきったような言い方だった。私たちを出迎えた時の緊張感はかけらも感じられない。横流しをカモフラージュするトンネルとして利用され、使い捨てられた抜け殻だった。

「帳簿類を調べさせていただきたいと思います。書類はどこに保管してあるのでしょう」

菊岡は力なく目を閉じた。

「さあな。後始末はすべて会計事務所に任せっきりだった」

「自分の会社なのに、ずいぶん他人任せですね。よほど仕事をやめたかった理由がおありのようですね」

吊り下げられた左足がぴくりと動いた。目を見開き、私の顔を睨みつける。

「そんなことは俺の自由だろうが」

「自由ですとも。たとえ誰かに強要されたとしても、了承するかしないかはその人の自由です。誰でも自分の車に轢かれて足を折るのは、一度だけでたくさんでしょうからね」

ブルドッグのように緩み切った頬がぶるぶると震え始めた。視線が宙をさまよう。

「会計事務所を教えていただきましょうか」

菊岡は卑屈そうに笑みを浮かべた。

「行っても無駄だよ」

「無駄かどうかは私たちが判断します」

「どうやって判断しようって言うんだよ」

菊岡が途切れがちにかすれた笑い声を上げた。にごった目がかすかに潤(うる)んでいるようだった。

「おとつい焼けちまったよ」

「何ですって」

真希江でなくても叫びたいところだ。

私は菊岡の腕をつかんでいた。

「どういうことだ。帳簿を始末したのか」

病室に菊岡の乾いた笑いが響き渡った。私の手にまで震えが伝わってくる。

「帳簿だけじゃない。会計事務所ごと、火事でみんな焼けちまったのさ」

27

菊岡運送の残務処理を担当したのは、鶴見区栄町通の雑居ビルの二階に事務所を構える「柳会計コンサルタント」だった。

末吉総合病院をあとにした私たちは、鶴見消防署を訪れた。

消防署員の話では、八日未明に出火して、ビルの二、三階を半焼、約二時間後に鎮て捜査中だった。

火したという。被害が一番大きかったのは二階で、柳会計コンサルタントは全焼だった。検証の結果、出火場所は二階廊下で、辺りに火の気がないため、現在不審火として捜査中だった。

書類の面から横流しを追及する道は、これで完全に閉ざされたことになる。

「証拠隠滅ね」

路上駐車させた車に戻ると、真希江がハンドルをたたいて言った。

私はバックミラーの中で苦い顔を作る真希江を見つめた。

「菊岡運送の従業員名簿は手に入らないだろうか」

「どうするの。一人一人尋ねて回る気？」

「それも手だが、竹脇ならどうしただろうかを考えてみたんだ」

その方法はまだ見当さえつかないが、竹脇の事故が自殺であるとは断じて思えなかった。横流し事件を探っていった結果なのだとすれば、竹脇の取材方法を忠実にたどっていけば、竹脇が殺されかけなくてはならなかった理由に突き当たるはずだった。

「盗み出したサンプルが白。しかも帳簿を調べようにも竹脇はその権限を持ち合わせてはいない。そうなると、従業員の口を割らせる以外に、横流しの証拠をつかむ方法はないだろう。しかし、直接横流しと関係していると思われる従業員にぶつかっていったのでは、竹脇がわざわざ野上啓輔という架空の名前を使ってまで用心深く行動したことの意味がなくなってしまう」

「なら、なぜ従業員の名簿を……」

「名簿といっても、廃業間際のものでは意味がないんだ」

「そうか。なるほどな」

篠田が目配せするように言った。

「すでに辞めた者なら横流しグループとは関係ないだろうし、密告される恐れもない」

真希江が眼を輝かせて後ろを振り返った。

「それに、横流しにつながる何かを知っていることも考えられるわね」

私は大きくうなずいた。

「竹脇なら、きっとそう考えたと思うんだ」


竹脇の見舞いには、当然のように真希江も同行することになった。途中で軽い食事をとり、国道十五号線を北上して築地に向かう。

東京港湾病院前に到着したのは、七時十分前だった。枝里子が言っていた時間には少し早い。竹脇の両親に合わせる顔のない私は、真希江が駐車させた場所を批判することで、少しだけ時間を稼いだ。病院裏の駐車場まで移動して、六分、引き延ばすことができた。

覚悟を決めて、通用口をくぐり抜けた。

夜の病院ロビーは人影もまばらで、重苦しい雰囲気が漂っていた。廊下の蛍光灯の一部はすでに消されており、薄暗さが余計に圧迫感を感じさせる。それも私だけのものだったのかもしれない。真希江は平然と先を歩き、篠田もあとに続いていく。

受付で三〇六号室の場所を確かめた。エレベーターを降りて、右へ四番目が竹脇の病室だった。

ロビーを横切りながら、私はふと、誰かに見られているような気がして足を止めた。振り返ってロビーを見回した。中央の長椅子で老人がテレビのニュースに見入っていた。柱に寄りかかって、入院患者が煙草を吸っていた。こちらを見ているものは誰もいない。

「どうかした？」

真希江がうながすように声をかけた。

「いや、気のせいらしい」

エレベーターで三階に上がった。

ケージから降りると、右手の廊下が妙に騒がしかった。さざめくような声と廊下を走る足音が響いていた。見ると、看護婦と医師が先を争うようにして病室の一つに駆け込んでいく。数えると、四番目の病室だった。

私は駆け出していた。

「竹脇君の病室じゃないか」

篠田の声がして、後ろに二人の足音が続く。

病室の前にかかった名札を確かめた。間違いない。竹脇史隆とある。部屋の中から、枝里子の取り乱したような声が漏れてくる。

「先生、どうなんでしょうか」

ドアに手を伸ばした瞬間、私は飛び出して来た看護婦によって弾き飛ばされた。看護婦は一目散に廊下を走って行く。

体勢を立て直し、中をのぞき込んだ。二人の医師と三人の看護婦がベッドの竹脇を取り囲んでいた。

「昇圧剤！」

医師の一人が叫ぶと同時に、看護婦がワゴンから注射器を取り出した。竹脇の口には管が差し込まれ、その先のラグビーボールのような風船を、ベッドの反対側に回っていた医師が一定間隔で押し続けている。その様子を、枝里子が肩を震わせながら見つめていた。

「どうした。何があったんだ」

小さく声をかけると、枝里子が放心したように振り返った。私を見つめ、一気に涙があふれ出す。しどろもどろに声をつないだ。

「分からない。どういうわけか、点滴が……私、ちっとも……気がついたら、いつのまにか顔が紫色に……」

「どいて下さい！」

私は再び体当たりを受け、ドアの前から弾き飛ばされた。道を空けると、先ほどの看護婦がストレッチャーを中に運び入れた。

「いいか、頭を下げるなよ、慎重にな」

医師たちは竹脇の体を壊れ物のように持ち上げ、ストレッチャーへ移動させた。

「ICUの用意は」

「できてます！」

竹脇を乗せたストレッチャーが病室から運び出される。枝里子が続き、その後ろを私たちも続いた。

集中治療室の前で、枝里子は医師の一人に追いつき、腕をつかんで引き留めた。

「先生！」

「大丈夫。命に別状はありません」

二人はもつれ合うように集中治療室の中へ消えていった。廊下には、呆然と立ち尽くす私たちだけが取り残された。

「とんだお見舞いになったわね」

真希江が扉の向かいに置かれた長椅子に腰を下ろした。

「医者も命に別状はないと言っていた。大丈夫さ。心配はない」

自分を慰めでもするかのように、篠田が言った。

何があったのか、状況はよく分からなかった。とにかく竹脇は、一日も経たないうちに再び集中治療室に戻ることになってしまった。

五分ほど経って、集中治療室から出て来た若い看護婦を捕まえた。薄ら寒い廊下だが、額に大粒の汗を浮かべていた。私はその汗に感謝しながら訊いた。

「何があったのでしょうか」

看護婦はいやな顔も見せずに答えてくれた。

「点滴が腕から外れていたのに気づくのが遅れたようなんです。竹脇さんもついてない方ですね。やっとＩＣＵを出られたと思ったら、立て続けにこんなことが起こるなんて」

「立て続け」

「ええ。午後の……一時ごろだったかしら、竹脇さんの病室に泥棒が入りましてね」

看護婦は私たちを安心させるためか、慌てて笑顔を作って言った。

「でも、看護婦の一人が病室に入るところを気づいたものでしたから、被害はありませんでしたけど」

　思わず篠田と顔を見合わせる。真希江も眉間に深い皺を刻んでこちらを見た。

「犯人は捕まったんですね」

　篠田が確認した。

「はい。逃げようとしたんですが、玄関近くで看護士の人が取り押さえました」

　言いにくそうに言葉を切った。

「それが……実は入院患者の一人だったんです」

　怪しまれることなく病院に潜入するには、入院が一番の方法だった。

　真希江が看護婦に一歩、歩み寄った。

「病室に泥棒が入るなんてことはよくあるのでしょうか」

「よく、ではありませんが、今までにも何度かありました。最近ではお見舞いに現金をお持ちになる方も多くなってますし、入院には何かとお金がかかりますから。ですから、患者さんのご家族の中には、病室にお金を置いている人が結構いるんです。相部屋の患者さん同士で現金が紛失したという揉め事も、時にですが、起こります」

「その人はいつから入院してたのでしょうか」

　矢継ぎ早に私が質問すると、看護婦は困ったように首をひねった。

「さあ、受け持ちでないので、そこまでは」

私は質問の方向を変えた。

「点滴の針は、簡単に外れるものなのでしょうか」

「そういうことがないようにと、ガーゼで押さえた上からテープで止めます。ですが、いつの間にか患者さんが寝てしまったり、無意識のうちに体を動かしたりしてしまって、外れることがないわけでは……」

「それまでの竹脇の容体はどうでした」

「四時すぎに少し血圧が低下しました。その時は昇圧剤、つまり血圧を上げる薬を投与して、五時の検温時には少し持ち直していました。外れてしまった点滴も同じように血圧を上げる薬でした」

礼を言って、看護婦を解放した。看護婦は私たちから離れると、逃げるように小走りで去って行った。

「迂闊だったな」

看護婦を見送りながら、篠田が呟いた。

「ええ。竹脇の事故が自殺でないなら、当然考えておかなければならないことでした」

「意識が戻らないうちにとどめを刺そうとしたのね」

心なしか真希江の声も震えている。

「見舞い金泥棒ってのも、おそらくは……」

竹脇の命が狙いだったに違いない。

だが、集中治療室では、二十四時間の看護体制が取られている。当面の安全は確保されたことになる。病院職員を信頼する限りは。

二十分が経過して、集中治療室の扉が開いた。憔悴しきった枝里子がふらりと出て来た。私たちが立ち上がると、入れ替わりに長椅子へと座り込んだ。

「もういや。何でこんなことばかり……」

手で顔を覆って、激しく頭を振った。

私は枝里子の隣に腰を下ろした。ただ黙って肩を抱いてやりたかった。だが、ここには篠田もいるし、真希江もいる。確認しなければならないこともある。私は、できる限りの優しい声を作って言った。

「点滴の最中に、病室から出た時間を覚えているか」

「六時半ごろ。お義父さんたちがホテルに帰るから、病院の玄関まで見送ったけど……それも、たった五分間ぐらいだと思う」

「五分もあれば充分ね」

真希江が不謹慎にも口走った。分かり切ったことを声にして、人を不安にさせることはない。

枝里子が過剰に反応して、びくりと顔を振り上げた。あえぐように、私たちを見回した。

「まさか……、まさか、誰かが！」

私は枝里子の手を握り、膝の上で重ねさせた。

「大丈夫だ。集中治療室にいるかぎりは心配ない。二十四時間、看護がされる」

「でも、竹脇は、誰かに……誰かに」

「違う。事故だ。点滴が外れただけの事故なんだ」

その場を篠田に任せると、私は戸惑う真希江を引き連れて、ロビーへ向かった。

エレベーターのボタンを押し、私は真希江に忠告した。

「不用意なことを言わないでほしかったな」

「ごめんなさい。もっと不謹慎なことを考えていて、そこまで気が回らなかったの」

「何だい、それは」

「怒らない？」

「聞かないでおこう。女がそんなふうに訊く時は、間違いなく男を激怒させるからね」

「そうね。そんなふうに考えてしまった自分自身にも頭にきたくらいだもの」

真希江は悲しそうに微笑を浮かべた。

「いやね。保険金殺人なんて何度も近くで見るものじゃないわね」

その一言で、真希江の考えていたことの想像がついた。私は一瞬、頭の中が白くなった。真希江が女でなかったら、首を絞めていたかもしれない。——よりによって真希江は、枝里子を疑ったのだ。犯罪捜査の基本どおりに。

植物状態の夫が死んだら、誰が一番利益を受けることになるか、その答えは明白だ。この先いつまで続くか分からない看病から解放され、保険金が手に入る——状況だけ考えれば、妻に一番の動機がある。そう考えたのだ。

真希江に悪意がないのは分かっていた。基本に忠実に考えてしまったにすぎない。保険調査員の習性として。

彼女は私に背を向けると、エレベーターの壁にもたれかかった。

「ほんと、いやね。すぐそんなことを考えてしまう女なんて」

エレベーターは一階に向かっていたが、その声には、もっと底へと落ちていくような響きがあった。

面会時間の終了を控えた受付は、すでに後片付けを始めていた。

私はガラス戸を開けて、中をのぞき込んだ。

「入院患者についてお聞きしたいのですが」

「申し訳ありませんが、もう面会時間は終了ですので」

「見舞いに来たのではありません。何しろ相手は警察に引っ張られていったそうですから」

　目の大きな看護婦は、きょとんとして口を開けた。

「友人の病室に出向いて、見舞い金を失敬しようとした患者の名前を知りたいんです」

「ああ、小幡さんのことですか」

「いつから入院していたのでしょうか」

「確か火曜日だったと思いますが」

　竹脇がかつぎ込まれた次の日だ。自殺のニュースが報道された日でもある。

「入院の理由は何でしょうか」

「交通事故だと聞いてます。この近くの路上で、バイクに乗っていて転倒したそうです」

　偽装交通事故を起こすには、バイクは格好の乗り物だ。自分で倒れるだけでいい。そこが病院の近くなら、気を失っている振りをしているだけで、あとは誰かが運んでくれる。

「騒ぎのあとで、竹脇さんの病室がどこかを聞きに来た人はいましたかね」

念のために訊いてみた。小幡という男が失敗に終わったのだから、その後、何者かが竹脇の病室を訪れたことは間違いない。

看護婦は困ったように手を組み合わせた。

「受付は、交代で業務を担当しているものですから……」

同僚にも聞いてもらえないかと頼み込むと、看護婦は渋々と席を立って、部屋の奥へと姿を消した。三分ほどで、同じ年ごろの看護婦を一人連れて戻って来た。

「あれからはいなかったようですね。午前中になら一人、いたそうですけど」

「午前中に」

もう一人の看護婦がうなずいた。

「はい。中学生ぐらいの女の子が一人」

私は平静を装って礼を言い、窓口を離れた。最悪だった。

私の顔色が変わっていたのだろう。真希江がのぞき込むようにして言った。

「女の子に心当たりでもあるみたいね」

点滴の針を外すのは簡単だが、確実な殺人の手段とは思えなかった。どちらかといえば、悪意のいたずらに近いだろう。剃刀入りの手紙と同じように。

私は、ロビーで誰かに見られたような気がしたのを思い出した。竹脇の反応を確かめてから帰ろうとすれば、時間的には符合する。

「まさか、あなた。その女の子がやったなんて思ってるんじゃないでしょうね」

真希江が非難するようにささやいた。

私は答えず、ロビーの隅の公衆電話に向かった。桑島家の番号をダイヤルする。

「はい、桑島です」

夫人の声には、なぜか緊張感が漂っていた。

「昨日お邪魔した羽川です」

「ああ……まだ何か？」

途端に気が抜けたような口調になった。

「つかぬことをおうかがいしますが、お嬢さんはご在宅でしょうか」

「いえ、お昼前から出かけていて……」

「どこに出かけられたのでしょう」

「それが……どこに行ったのか……」

だからといって、ここに来たとは限らない、と私は無理に自分に言い聞かせようとした。

「昨日から外に出るようになったのはいいんですけど、どこに行ってたのか、答えようとしないんです。昨日は夕方には戻って来たんですけど、今日はまだ……。あまり遅いので、警察に連絡したものかどうか迷っていたところなんです……」

ここから狛江の桑島家までは、一時間ほどで帰れるのではないだろうか。

「真由子さんを信じて、もう少し待ってみたらどうでしょうか」

不安そうな夫人を勇気づけるため、私は決してそうあってほしくないことを口にした。

「あと一時間もすれば戻って来るような、そんな気がするんです」

また電話することを約束し、私は受話器を置いた。

振り返ると、目の前で真希江が腕を組んで立っていた。

「真由子って誰」

無言でいると、真希江は声を落として、怒ったように言った。

「中学生の女の子が、どうして竹脇さんを殺そうなんて思うのよ。あなたのほうこそ不謹慎なこと考えないでよ」

彼女のキャリアには、中学生が犯人の保険金詐欺事件はなかったようだ。真希江でなくても、自分で自分が出した答えを、信じたくはなかった。だが……。

言葉を探していると、玄関の自動ドアが開き、顔付きの悪い男が二人、静まり返ったロビーに足音を響かせて入って来た。

一人は見慣れた顔だった。私はロビー中央に歩み出て、彼らを出迎えた。

「確かここは、月島署の管内じゃなかったと思うがね」

私の声に気づき、板倉刑事が立ち止まった。珍しいものでも見るように一瞬眉を寄せると、口にくわえた煙草を揺らし、にやりと笑った。

「よう。あんたが来てたのに、こんなことになるまで気づかなかったのか」

「所轄違いの刑事がわざわざ足を運んで来たところを見ると、少しは竹脇の事故について考え直してもらえたようですね」

「確認だよ。病院と築地署から知らせが入ったから来ただけだ」

「で、見舞い金泥棒の身元は判明しましたか」

「小幡光次二十二歳。歌舞伎町のクラブ『サンライズ』のバーテンだが……少しばかり赤崎組の息がかかっている」

「板倉さん」

脇に控えていた若い刑事が忠告するように口を挟んだ。板倉は、いいんだ、というように手で制した。

「正式な舎弟じゃないが、準構成員というやつだ。鉄砲弾ともいう」

私は手帳を取り出し、河田産業と菊岡運送の社長の名前を書き記した。引き千切ってから思い直し、『八日未明、柳会計コンサルタント放火』と書き添えた。

板倉はメモを受け取り、顔をしかめた。

「なんだい、この汚い字は」

「こいつらを調べてみることですね。赤崎組との関係が出てくれば、はっきりしたも同然だ」

板倉は煙草を燻らし、とぼけて言った。

「何がはっきりするのかな」

「——警察が、無能だってことがさ」

それからしばらくの間、私たちも病院に残っていた。板倉たちが始めた事情聴取の様子を遠巻きに見学させてもらい、解放された枝里子を勇気づけるために。

病院関係者からの事情聴取でも、目新しい発見はなかった。枝里子が病室を離れた五分間に、病室に入った人物や近くをうろついていた怪しい人物を目撃した者はいなかった。誰も中学生の少女を怪しい人物とは思わない。

板倉は鑑識を呼びつけると、ゴミ箱へ捨てられた点滴の針とチューブを拾い出し、持ち帰らせた。その最中に、枝里子が竹脇の両親に連絡していないことに気づき、私は病院から退散させてもらうことを決めた。それとなく篠田と真希江に、解散しようと持ちかける。

帰り際、約束どおり桑島家に電話を入れた。ささやかな願いはかなえられなかった。あれから四十分後に真由子は帰宅したという。あまりにもこちらが思い描いた時間どおりに。

病院を出たのは十時をすぎてからだった。調査の行く手をさえぎられ、竹脇を殺されかけ、私たちの口は重かった。次の調査を打ち合わせるにも、菊岡運送の従業員を探り出すまではやれることがない。明日への決意を固めることもなく、私たちは玄関前で解散した。

東銀座から地下鉄で帰った。馬喰横山駅で都営新宿線に乗り換える。一人になっても気が重かった。そして、もっと気が重くなることになってしまった。マンション近くの公園で、三人の男に囲まれて。

28

東大島駅から荒川沿いの薄暗い道を歩いて八分ほどの距離に私のマンションはある。

帰宅のラッシュはとうにすぎていて、駅からの人影もまばらだった。私は、暗い部屋の冷たいベッドが待っているだけの我が家へと足を動かした。そこにしか帰るところがないだけのことだ。

マンション前の、駐車場と公園に挟まれた薄暗い路地に差しかかった時だった。

突然、背後から呼び止められた。後ろを誰かが歩いているのには気づいていたが、自分と同じように家路を急ぐ人だとばかり思っていた。油断があった。

「羽川さんですね」

何げなく振り返った。と同時に、腹部に強烈な衝撃を受けていた。何かが腹にめり込んでいる。拳だった。殴られたのだと頭が理解した時には、私はひざを折っていた。反射的に顔を上げる。目の前にサングラスの男が立っていた。一人ではない。左右に一人ずつ。右へと回り込んだ男が腕を振り上げたのが視界の端に見える。首筋に手刀をたたき込まれた。反撃する間もなく私は襟首の後ろをつかまれ、公園内へと引きずられた。

またたく間に三発、腹と背中に靴がめり込む。叫びたくても声が出なかった。代わりに出たのは消化しかけた夕食の残骸だ。

「汚ねえな、このやろう」

誰かが小さく声を上げた。続いて体中を蹴りが襲う。胸、腰、腿。着衣から出ているところは狙わない。体中が火のように熱くなる。

私はありったけの力を振り絞って、前にいる男に足払いを食らわせた。男がつんのめり、私を引きずる男にぶつかりそうになる。その瞬間をねらって、地面を蹴るように立ち上がって、男の手を振り切った。同時にもう一人の男に向かっていく。頭から腹に突っ込み、男の片手をつかむ。指の一本を握り締めて力を込めた。次に出会った時のため、男の体に目印をつけておく必要がある。次があればだが。

ボキリと鈍い音がして、男がうめき声を上げた。だが、叫ばない。怪我や痛みに慣れている。逃げようと走り出した瞬間、私のあごに何かが命中した。跳ね飛ばされて、どこかのフェンスにたたきつけられた。

「顔はまずい！」

誰かが言って、誰かが答える。

「分かってるさ」

公園の奥にまで引きずられてきたらしい。植え込みにさえぎられて通りからは死角になっている。フェンスの背後はどこかの集会所か何かで、この時間では人気はない。下見をしてから、私を待ち受けていたとしか思えなかった。

男の一人が髪をつかみ、私の顔を上げさせた。目の前に、何か光るものがある。ナイフだ。その後ろで、男のサングラスが街灯の明かりを反射して黒く光っていた。

「五香交易に頼まれたのか」

男たちは微動だにしなかった。さぐりを入れられたぐらいで表情を変えるようではプロではない。

「いいか。お前は調査からいっさい手を引く。何も調べない」

会議の締めくくりをする重役のように、馬面の男が言った。反論は許されない。

「赤崎組のチンピラにしては、手際がいいな」

言い終わると同時に、腹に革靴の先をたたき込まれた。声が出ない。口の中に錆のような血の味が混ざる。

男は再び私の顔を上に向けさせた。

「人が話をしている時は、私語を慎め」

ナイフを鼻先に突きつけ、唇を曲げて言う。

「調査を続けるようなふりをするだけでいい。簡単なことだ」

私を意志のない人形にするつもりだ。顔を殴らないのはそのためなのだ。人形の顔が汚れていては、周りの者が気にしてしまう。

「俺たちはお前の名前も勤め先も住所もすべて知っている。このまま調査を続ければ、お前は毎日俺たちにいたぶられることになる。じっくりと時間をかけて、毎日だ。そうしてほしいか」

ナイフが顔からのどへと下ろされた。ネクタイの上から、ナイフの先を押しつける。

「警察に言うのは自由だが、言えばお前の命はない。警察が二十四時間片時も目を離さずボディーガードをしてくれるはずはないからな。トイレ、風呂、必ずお前一人になる時がくる。それがお前の最期になる」

ネクタイとシャツを通して、ナイフの切っ先が肌に触れた。少しでも体を動かせば、明日からネクタイを選ぶ心配はなくなりそうだ。永久に。

「明日からお前は、調査しない。簡単だろ」

実に簡単だ。すべてを放り出せば。竹脇を殺そうとしたやつらが大手を振って町中を歩いていることを我慢し、汚染された食品を口にすることを許容すれば。そして、ほんのわずかな自分の自尊心を捨て去れば。

「返事は」

答えあぐねていると、男の足が一閃(いっせん)した。息が詰まる。頭上から男の声が降ってくる。

「返事は」

答えようとしたが、脅えた犬のようにのどが鳴っただけだった。力を振り絞って声にする。

「分かった」

それが合図のように、体中を衝撃が襲った。こんなものを毎日やられたのではたまらない。それだけはごめんだ。体を丸め、そう必死に願いながらも、頭の芯に靄(もや)がかかっていった。


目を覚ました。

気を失う前と同じ、公園の隅だった。通りかかった人が見ても酔っ払いが寝ているようにしか見えなかったに違いない。

息を吸うだけで、胸板に激痛が走った。骨が折れていないのを祈るだけだ。

何とか立ち上がれた。足が自分のものとは思えない。クラゲの足のようにいうことを聞いてくれなかった。

フェンスづたいに公園を出た。軋む体に鞭を打って、マンション前の階段を上がり、エレベーターに乗る。

部屋の前で、鍵がないのに気がついた。財布もなくなっている。あるのは小銭入れと身分証明書だけだった。物盗りの犯行に見せかけるつもりなのか。

ノブを回すと鍵はかかっていなかった。ドアを開ける。

室内は私の体と同じように悲鳴を上げていた。収納ダンスは開け放たれ、シャツやコートがフロアに投げ出されている。椅子が倒され、冷蔵庫の中のものまでがキッチン中に撒き散らされていた。

先ほどの恐怖が足の先にまで蘇(よみがえ)ってくる。やつらが鍵を持っていったのは、いつでも襲えるという意味なのだ。

私はマンションを飛び出した。とにかく逃げることとしか思いつかなかった。一秒でも早く、十メートルでも遠くに離れることだけを考えた。

丸八通りに出て、泥だらけのコートを脱いでからタクシーを拾った。腕を上げるだけで体に激痛が走った。

どこでもいいからホテルにつけてくれと、ポケットに残っていた小銭のすべてを突き出した。運転手は私の身なりを見て、両国駅近くのビジネスホテルに運んでくれた。その間、何度も細い路地に入ってもらい、尾行車がないことを確かめた。うさん臭そうな目で眺めるクロークを身分証明書で何とかごまかし、部屋を借りる。

ドアを閉め、施錠して、チェーンをかけた。そんなところから見ているはずもなかったが、カーテンも引く。テレビをつけ、できるだけ下らなそうな番組を選んでボリュームを上げた。忘れさせてほしかった。

ベッドの中に潜り込んだ。脈を打つごとに痛みが体を流れていく。歯の根ががちがちと鳴っていた。

29

六時に目が覚めた。

夢であってほしかったが、そうでないことは寝返りも打てないほどに身体が痺れていることで分かる。二日酔いの朝よりひどい気分だった。二日酔いなら、自己嫌悪はあっても恐怖はない。

私はベッドから出られなかった。落ち葉の裏で凍えるテントウ虫のように毛布の中で丸まっていた。

膝を抱えながら、考える。今も集中治療室のベッドで寝ている竹脇のことを。竹脇に付き添って、病院の待ち合い室のソファで仮眠をとっているであろう枝里子のことを。そして、私が何をすべきかも。

竹脇はこうなることも考え、偽名を使って横流しグループに探りを入れていた。それを私は、ご丁寧に身分証明書を掲げながら火中に飛び込んでいったのだ。愚かなのは私だ。

手を引くことを考えた。

私がここで調査から手を引き、竹脇が息を引き取ってしまえば、間違いなく自殺として処理されるだろう。調査を続けて、危険に身をさらして、何ができるという保証もない。いや、私一人が手を引いても、まだ篠田がいる。真希江がいる。高木もいる。彼らの手によって調査は続けられるに違いない。そうして、やがては私と同じように、彼らも脅迫を受けることになる。その時になって、彼らは私のことをどう思うだろう。哀れみか、軽蔑か、同情か。

その視線に自分が耐えられるだろうか、と考えた。傷をなめ合い、自分たちのふがいなさを嘆き、そうするしかなかったのだと慰め合うことに。

それだけではない。彼らの身に降りかかることが脅迫だけではすまない場合もある。竹脇のように——だ。そうなった場合、私は何の痛痒も感じずに、この先、生きて行けるのか？

考えるまでもなく、答えは歴然としていた。

それでも決意するまでに六時間が必要だった。いささかあやふやな決意にすぎなかったが、それまでに要した時間が長かったのか短かったのか、判断はつかなかった。

私はそろりと手を上げて、ベッドサイドの受話器をつかんだ。検疫所に電話を入れる。

「よお、今どこにいる」

高木は間延びしたような声で言った。その声が、自分でも驚くほど懐かしく感じられた。

「今朝から立て続けにお前に電話があったぞ。例の美人の保険調査員と篠田先生からだ。二人とも、俺が行き先を知らないって答えると、監督不行届きだとでも言わんばかりに文句を言ってくれたよ」

今すぐ昨夜のことを打ち明け、助けを求めたい衝動に駆り立てられる。だが、高木はまだ多くを知らない。このままなら、襲われることはないだろう。私はのどまで出かかった言葉を飲み込んだ。

「最近積み戻しの処分を受けた業者を片っ端から回っているところです。以前課長が言ってくれたお言葉に甘えて、今日から調査に専念しようと思うのですが」

「いいさ。連絡だけは小まめに入れろよな」

次に、検査センターに連絡した。篠田は打ち合わせで外に出ていて不在だった。

真希江の自動車電話に連絡を入れる。

一度のコールで真希江が出た。名乗ると、受話器に嚙みつくような勢いで言った。

「どこに行ってたのよ。抜け駆けは許さないわよ」

「すまなかった。気分が少し悪かったんだ」

「嘘、嘘。自宅に電話しても出なかったじゃない。すぐばれるような嘘をつくのは人を馬鹿にしている証拠よ」

「すまない。布団を被って寝てたんだ。で、従業員名簿は手に入ったかな」

私はすぐに話題を変えた。

「税金のほうから探っていったら、事件の半年ほど前に辞めた運転手が一人いた」

名前を聞き出し、連絡先をメモした。

「これから行くんでしょ。今どこにいるの。迎えに行ってあげる」

真希江が納得しないのは分かっていたが、一緒に引き連れて歩くわけにはいかなかった。

どうやって嘘をつこうかと躊躇していると、真希江が声を大きくして尋ねてきた。

「聞いてるの。今どこ？」

「いや、一人でいい。話を聞くぐらいなら、保険調査員の手を借りなくてもできる」

「どうかした？　声が少し聞き取りにくいけど、何かあったの」

腕利きの保険調査員に嘘は通じないようだ。真希江の声に張り詰めたものが混ざる。

「何かあったのね。違う？」

正直に打ち明けない限り、真希江の性格からして、手を引くことはありそうになかった。私は観念して、できる限り冷静な声を作って言った。

「昨日の夜、マンションの前で三人組の男に襲われた」

真希江が声を上げる代わりに、急ブレーキの音が聞こえてきた。続いて車のクラクションが響く。強引に停車させる真希江のシビックが見えるようだった。

固唾を呑むような声が聞こえてきた。

「怪我はない？」

「たぶん骨は折れていないと思う。まだ今朝はそんなに体を動かしていないから、はっきりしたことは言えないがね」

私は受話器を口元に近づけた。

「一緒に調査を続ければ、君のところにも行くかもしれない」

「そうね。来るでしょうね」

真希江はあっさりと同意した。

「俺の体の痣を見て、警察が動いてくれるかどうかは分からない。相談はしてみようと思っている。これ以上の調査は危険だ。あとは警察に任せたほうがいい」

「警察が動いてくれなかった時はどうするつもり」

「その時は、その時だ」

答えになっていなかった。男が三十をすぎて、もっとうまい嘘がつけないものかと、自分でも情けなくなる。

「今、どこ？」

「いいんだ。一人で警察に行ける」

「一人で調査を続ける気ね」

黙っていた。真希江まで巻き込むわけにはいかなかった。

「黙っていても、調査を続ければ会えるのよ」

「馬鹿なことを言うな」

「犯罪を黙って見すごすことが利口だとは思えないわ」

「分かったよ。降参する。正直言うと一人で動けるかどうか心配だったんだ」

でたらめなホテルの名前とルームナンバーを告げた。これで今日のところは調査を続けないでいてくれるのを願って、電話を切った。

次に、真希江から聞き出した菊岡運送の元従業員の新たな仕事先に電話を入れる。

並木達也はいてくれた。

「検疫所のものですが、以前お勤めになられていた菊岡運送さんのことについてお尋ねしたいのですが」

「何です、今度は検疫所の人ですか？」

並木達也は調子外れに高い声で言った。

「今度は、と言いますと、以前に誰かが？」

「ええ。雑誌の記者の人が話を聞きたいって」

的中。これでサングラスの男たちとの再会に一歩近づいた。

「その記者は、中央ジャーナルの竹脇といいませんでしたか」

「名前は忘れたけど、そんなような雑誌だったかな」

「それは、いつのことだったのでしょうか」

「三月になってすぐだったと思ったから、一日か二日だと思うけど」

そうなると、桑島の葬式よりも前になる。

冷や汗が脇を伝った。実に危ないところだったのかもしれない。もっと前に私が並木と会っていたら、サングラスの男たちはあんなに紳士的ではなかったかもしれない。

決意したはずだが、気持ちがぐらぐらと揺れていた。それを反映してか、受話器を持つ手も震えている。

私は気力を振り絞って、危険に歩み寄った。

「その時のことを詳しく聞きたいのですが、ぜひお時間を割いていただけないでしょうか」

仕事が終わってから会う約束を取りつけて電話を切った。

ベッドから起き上がってみた。毛布にくるまっていたにもかかわらず、全身が凍えたように固まっていた。これでは敵に戦いを挑むことはおろか、ホテルから出ることもできそうにない。

歯を食いしばって、ゆっくり服を引きはがす。体のあちこちに、三毛猫のように青と赤のぶちができていた。裸になるだけで、気が遠くなるほどの忍耐と時間を要した。

カタツムリに負けない速度でバスルームまで移動する。なるべく鏡を見ないようにして熱いシャワーを浴びた。

間違いだった。シャワーの湯が体に当たっただけで痛みが走った。自分を罵り、思い直して、バスタブに湯を入れる。慎重に身を沈めた。じわじわと節々が解きほぐれていくのが分かる。こうしていると、こんな体で並木達也に会いに行くのが、途方もなく馬鹿げたことにも思えてきてしまう。ただの逃避だが。

最後に冷たい水を浴びる。これでどうにか動けそうだった。

代えの下着もシャツもない。買いに行こう。それまでは冷や汗で少し重くなったシャツで我慢するしかない。

ズボンをはき、出かける準備をしている最中に、ドアがノックされた。

ホテルの者なら内線電話を使用するはずだし、私がここに泊まっているのを知っている者はいない。尾行。その二文字が頭に浮かんだ。同時に恐怖が背中に張りつく。

身動きできずにドアを見つめていると、ノックの音が大きくなった。

「中にいるのは分かってるわ。開けなさい」

聞き覚えのある声だった。言われるままに、ドアを開けた。

切れかかった蛍光灯がまたたく廊下に、真希江が自慢のえくぼを作って、仁王立ちしていた。

驚く私に、真希江は生徒をしかる中学教諭のように人差し指を突きつけた。

「隠れているつもりでも、本名で泊まってたんじゃ意味がないじゃない。それも自分の家からこんなに近いところなんて。探そうと思えば、すぐに分かってしまうわよ」

真希江は私を押しのけて部屋に入ると、ひじを使ってドアを閉めた。

毒気に当てられ、私はしばし声が出なかった。唾を飲み込み、辛うじて声にした。

「あきれたやつだな、君は。男のホテルに一人で押しかけて来るとは、いい度胸をしてる」

「そんな体で敵の中に飛び込もうとするよりはましじゃないかしら」

腕を組んで私の体を睨め回す。

「まず医者に見せなさい。まともに歩くこともできないじゃない」

「昨日の晩から何も食ってない。腹が減って動けないだけだ」

「口のほうは減ってないようね」

あきらめたように首を振る。言い方を変えた。

「そんな怪我で何ができるのよ」

真希江はさっと右手を突き出すと、私の胸を軽く押した。それだけのことで、私はバランスを崩し、ベッドに倒れた。

「見なさい。猫だって捕まえられないわ」

「それでもライオンをおびき出すウサギにはなれるさ」

見下ろす真希江の目が大きく開かれた。

「気は確かなの」

「竹脇が自殺に見せかけて殺されそうになったのに、こっちは散々こづき回されただけ。その差はどこにあると思う」

質問で切り返すと、真希江は口をつぐんで身を引いた。私はベッドから立ち上がった。

「核心に近づいてないからだ」

「でも、横流しはもう間違いないわ」

「その発覚を恐れているのなら、俺も竹脇同様、殺されかけたはずだ。もちろん、竹脇の事件を調べている俺が不審な死に方をすれば、事件との関連を打ち明けてしまうことになる。だが、赤崎組のチンピラを使える立場なら、そいつを自首させるとか、ただの喧嘩に見せかけて殺すとか、方法はいくらでもあったろう。なのにそこまではしなかった。俺には刺し違えなければならないほどの価値はない、そう判断したからではないだろうか」

真希江ははぐらかすように前髪をかきあげ、横を向いた。やがて、私に目を戻して言った。

「それが、保険の裏にあることだと言うのね」

「確証はない。横流しをたどる道は閉ざされてしまった。あとは竹脇の行動を追うだけだ」

「次は竹脇さんと同じような目に遭うわよ」

「骨身に染みて分かっているよ。これからは慎重の上にも慎重を重ねる」

「警察へは行かないつもり？」

「彼らに何度言ったと思う。警察は他人から干渉されるのが嫌いなんだ」

「竹脇さんの意識が戻ってからでも遅くないとは思わない？」

「戻らなかった場合はどうする。やつらは、菊岡運送をつぶし、会計事務所に放火し、着々ともみ消しを図っている。今やらなければいつやれる？　心配してくれるのはありがたいが、誰かがやらなければならないことだ」

「心配なんかしてないわよ」

真希江はやり切れないというように横を向いた。

「あきれてるだけ。どうして友達のために、そこまでできるのかって」

「よしてくれ！」

誤解されるのはいい。だが、買いかぶりだけはたまらなかった。

「俺と竹脇は友達なんかじゃない。それは昔の話なんだ。俺が竹脇の事件から手を引けないのは、君が思ってるような格好のいい動機なんかじゃない。なぜなら……」

正面から真希江を見つめた。

「竹脇の女房の浮気の相手というのは、この俺だからね」

真希江は一瞬、大きく息を吸い込んだ。そして、ゆっくりと溜め息をつくように言った。

「そんなことぐらい……予想はついてたわよ。病院での二人の様子を見れば分かる」

「それなら話は早いね」

私はベッドに腰を下ろした。

「竹脇を追い込んだのはこの俺だ。慎重な竹脇がどうして倉庫に侵入までしてサンプルを盗み出したのか。その理由は、俺との決着をつけようと思ったからなんだ。だから仕事に早くケリをつけたかった。それであんな無茶をした。無茶しすぎて、それこそ命取りになってしまった。だが、最初から決着なんかついていたんだ。枝里子は俺のことなどこれっぽっちも思っちゃいなかった。それに……本当を言えば、こっちも枝里子はどうでもよかった」

「どういうことよ」

「俺が竹脇から奪えそうなものは枝里子しかなかった。だから、枝里子に近づいた。それだけだ」

「それだけって」

怒ったように足を踏み出す真希江をさえぎるように言った。

「竹脇が憎かったんだ」

真希江の動きが停止した。私の思考も停止した。あふれたままを口にした。

「今だから言うが、竹脇がものにした三角輸入のネタは、本当なら俺のものだったんだ。検疫所に配属されて、課長から積み戻しの現状について説明を聞いているうちに、三角輸入のことに気がついた。課長から、篠田先生を紹介してもらえる手はずにもなっていた。あとは実際に動き出すだけだった。そこに現れたのが、竹脇だよ。あいつは俺のネタを横からさらっていったんだ」

誰でもよかった。打ち明けることで、心の重荷を少しでも取り、手足を軽くしたかった。

「篠田先生じゃなくたって、共同研究となれば、何の力もコネも持たない役人よりも、雑誌記者を選ぶのは当然だ。俺にどこまでできたかも分からない。自分の力では、三角輸入の告発まで、できたかどうかの自信もない。だが、こんな俺にも竹脇のようになれるチャンスがあった。味気無い役人生活から抜け出すチャンスが――。純粋に枝里子だけの問題だったら、俺もそんなに後ろめたさは感じなかったかもしれない。だが、俺は竹脇が手に入れた名誉や金のほうが妬ましかった。そんなくだらない感情で枝里子に近づき、竹脇を無謀なことに走らせてしまった。だから……だからこそ、ここで俺が逃げるわけにはいかないんだ」

動かないでいる真希江を、私は見上げた。

「俺だけの問題だ。君は降りてくれていい。何かあった時、君まで守る自信はない」

眉をひそめて私を見ていた真希江の顔が、ふと、穏やかな表情になった。

「それを聞いたら、私も引けなくなった。他人事の犯罪でも、それを見逃せない理由が私にもあるのよ」

謎掛けでもするように小首を傾げて言った。

「特に竹脇さんの場合は、避けて通るわけにいかない理由が……」

想像もつかなかった。無言で見つめ返していると、真希江はベッドサイドの椅子に腰を下ろした。作りつけのテーブルに片ひじを乗せて言った。

「私、初めは大日生命で保険の勧誘員をやってたの。入ってすぐはセールスのやり方なんか分からない。けど、こなさなきゃならないノルマってものがある。誰でも最初は親戚や友人を頼るぐらいしかできないものよ。私もご多分に漏れず、そうしたわ。あらゆるつてを頼って、契約を取るのに必死になった。短大が一緒だったという理由だけで、ろくに話したこともない友人に薦めたりもした。そんな中で、卒業後すぐに結婚したある同級生が保険に入ってくれたの。契約を取ることに必死になってた私は、保険額が大きいことだけで喜んだわ」

いやな予感がする。

「それから三ヵ月後、彼女はハワイで何者かに襲われた。現地の警察によって三日後に捕まった犯人は、彼女の夫だった。……保険金殺人だったの」

真希江は作文でも読み上げるように淡々と語った。冷静に話せるようになれるまで、どれだけの時間が経過したかは分からない。

「それから、私は調査課に異動を願い出た。保険金殺人だけはどんなことがあっても許すことができない。必ずこの手で暴き出してやる。そう誓ったの」

「竹脇は保険金殺人じゃないが」

「同じなのよ。今もベッドで眠っているのは」

全身の痛みがどこかに吹き飛んでいた。

「じゃあ、助かったのか」

真希江は当然のようにうなずいた。強引に、竹脇の愛人のふりをしてでも探ろうとした理由がそこにあったのだ。

「嘱託になったのもそのためか」

「お金が必要だったの。彼女の入院費が」

昨夜、病院のエレベーターで自分自身を罵る真希江の姿が蘇った。そんなに自分をいじめることはない。そう思いはしたが、声にできなかった。それは彼女が自ら選んだ道なのだ。

「だから私も逃げることはできない。彼女と同じような、竹脇さんの事件だからこそ特に」

彼女は立ち上がって、ショルダーバッグに手を差し入れた。中から、革のケースに収まったダイバーナイフを取り出した。

「襲われかけたことがあるって言ったでしょ。護身用にいつも持ってるの」

ベッドの上に置き、再びショルダーの中を探った。取り出したのは、ひところ話題になった高圧電流銃——スタンガンだった。続いて折り畳み式と見える警棒と催涙スプレーらしいものを取り出し、ナイフの横に並べて置いた。晴海埠頭で私が声をかけた時、大事そうにショルダーを引き寄せたわけが分かる。

「ほしかったけど、さすがに銃だけは手に入らなかった」

選ぶように手がさまよって、ナイフを取り、私に差し出した。

「これ、渡しておくわね」

ズシリとした重みがあった。彼女はこの重みを、絶えず肩に感じながら生きてきたのだ。そして、これからも。

私は彼女に微笑みかけた。

「行こうか、相棒」

30

午後七時。私と真希江は、川崎駅前の喫茶店『舞夢』の向かいにある公衆電話の前で車を停めた。ここからなら、店内の様子がうかがえる。剝き出しのコンクリートに、いたるところからパイプが突き出た装飾が、スモークガラスを通してうっすらと透けて見える。ほぼ満席に近く、客の出入りも多かった。

十分後に電話を入れた。並木達也はすでに来て待っていた。レジに立つ男の姿が見える。

「お約束した検疫所の者ですが」

「どうしました。この店、結構目立つから分かりやすいと思ったんですけど」

竹脇が並木と連絡を取っていたのを、サングラスの男たちが知っていることは充分考えられた。そうなれば、並木が新たにマークされている恐れもある。店を変更して、尾行の有無を確認したほうが無難だった。もっとも、我々がつけられていれば無駄なことだったが、今のところ、まだその気配はない。

「五百メートルほど先に『鳳華楼』という中華料理屋があります。夕食をと思いまして」

レジの前に立っていた人影が、扉を押して外に出た。革ジャンを着た背の高い若者が、背中を丸めるようにして商店街へと歩いて行く。

並木は足取りも軽く、中華料理屋に入っていった。あとを追う人物の姿はどこにもない。

五分後、私たちは並木が誰も引き連れていないことを確認してから、店内へ入った。

「はじめまして、検疫所の者です」

身分証明書を提示すると、並木はほっとしたように顔をほころばせた。

「ああよかった。誰もいないんだもの。いたずらかと思いましたよ」

「すみません。途中で靴紐が切れたもので」

予約した個室へと招待した。

「早速ですが、中央ジャーナルの竹脇さんとはどんなお話をしたのでしょうか」

「その前にいいですか」

並木はビールのグラスを置いて、言った。

「どうして検疫所の人が、そんなことをわざわざ聞きに来たんでしょうか」

竹脇の事故については知らないようだ。不安がらせることもない。私はまたしても真希江をだしに使わせてもらうことにした。

「私は竹脇の友人で、検疫所の役人だと名乗ったのはあなたに要らぬ心配をかけないためでした。実は、彼はあなたに会われたあと、突然連絡を絶っているのです。それで、ここにいる奥さんが探しておられます」

慣れたもので、真希江がしおらしく頭を下げた。

「お会いになられた時、主人とどういうことをお話しになったのでしょうか」

「どういうことって、積み荷の分担についてですね。誰がどの荷を運ぶのか、取引相手の担当は決まっていたか、いたとすれば、誰が決めるのか、そういったことを聞かれました」

「それで、仕事は選べるのですか」

私は並木にビールを勧めた。

「いえ、僕らはただ上から指示されたとおりに荷を運んで、サインをもらってくるだけですからね。担当が決まっていたのは、城東商事の荷ぐらいですか」

「城東商事」

貿易商社としては大手老舗の一つである。指折りの大企業が、菊岡運送のような零細企業に直接仕事を出しているとは知らなかった。

「谷沢っていう運転手がいるんですけど、その人が転職してくる時に、仕事も一緒に持ってきたんです。ですから、向こうの担当が、谷沢さんをよこしてくれって、いつも注文をつけてたみたいです」

「河田産業には、そういった依頼はなかったのですか」

「なかったですね。僕も何度か運んだことあります」

「その時、指示と違う場所に立ち寄ってくれとか、車から離れていてくれとか言われたことはありませんでしたか」

「どういう意味か分かりませんが、そんなことはありませんよ。受け渡しが完了するまではこちら側の責任です。何かあった場合は、直ちに会社に確認することになっています」

だが、横流しをする荷に限っては、ある程度担当者が決まっていたのではないだろうか。輸送途中で積み荷をすり替えでもしなければ、横流しは不可能である。それができるのは、運転手以外には考えられなかった。

料理が運ばれ、話が中断した。割り箸を割ることさえもどかしく、私はすぐ質問に入った。

「あとはどんなことを聞かれたのでしょう」

「ええ、それが、おかしなことも聞かれました。僕がどうして会社を辞めたかって」

「差し支えなかったらお聞かせください」

並木は箸を持つ手を休めると、目をしょぼつかせながら親指で鼻の頭を掻いた。

「どういうわけか、自分が配送した荷にクレームがつくようになったんです」

「クレーム」

「苦情ですよ。中身が割れてたとか、個数が足りないとか。突然言われるようになって……。こっちは心当たりがないのに、ついてないですよ。そんないざこざで嫌気がさしたのと……会社の人と、ちょっとね」

並木は苦そうにビールをあおった。

「喧嘩でもしましたか」

「ええ、谷沢さんと、ね」

また谷沢か……。

「城東商事なんて、でかい会社の仕事を持ってきたものですから、あの人、ちょっと態度が大きいところがあったんです。それで、僕がつい、文句をね。あの人、城東の荷を運ぶ時に限って、サボってたんですよ。大して時間がかかるわけないのに、次の仕事をほっぽりだして帰って来ないことがよくあったんです。仕事を持ってきた手前もあってか、上の人たちもあまり強く言えないらしくて……。でも、尻拭いさせられるのは僕たち運転手仲間ですからね。たまったものじゃありません」

真希江が料理を小皿に取って差し出した。

「城東商事の荷物って、どんなものでした？」

「何でもありです。小麦粉から精密機械まで、それを乙仲の倉庫に搬入したり、搬出したり。それから……積み戻しの回収とか」

「積み戻し！」

並木の前で、小皿がぴたりと停止した。

「ええ。放射能の汚染とかで、確かココアか何かが積み戻しされたんじゃなかったかな」

「待って下さい。積み戻しされたというと、輸出ですか？　輸入じゃなくて」

「輸出です。フィリピンの検査ではねられたと聞きましたから」

真希江が無言で私を見た。

五香交易の脱脂粉乳に続いて、今度は城東商事が輸出したココアの積み戻しだ。輸入と輸出、その違いはあるが、竹脇が注目しなかったはずがない。

急に黙ってしまった私たちを、並木が不思議そうに見返した。私は視線を戻して言った。

「これは、想像なのですが、あなたの積み荷にクレームがつくようになったのは、もしかすると谷沢さんと揉め事を起こしてからではなかったでしょうか」

考えたこともなかったのか、並木は驚いたように目を見開いた。

「じゃあ、僕を辞めさせようとして……？　でも、どうしてですかね。文句を言ったくらいで、何で僕を辞めさせようとなんて……」

「職を失われたのは並木さんだけではありません。菊岡運送は六日前に廃業しました」

並木の箸から、チリソースにまみれた海老がぽろりと落ちた。


「どういうことなのよ、これは」

車に戻ると、真希江が怒ったようにフロントガラスを睨みつけた。

「五香交易の積み戻しとまるで逆じゃない」

「電話を借りるよ」

私は、篠田の自宅に電話を入れた。センターから戻ったばかりだという篠田に、私は今の話だけを報告した。サングラスの男については触れないで。

「実に興味深い事実だね」

篠田は助教授に戻ったような口調で言った。

真希江は私に顔を寄せ、受話器に耳を近づけた。香水などではない、真希江の香りが近くに漂った。

「あまり知られてないが、フィリピンの放射能の基準値は日本とは比べものにならないほど厳しいんだ。というよりもだ、東南アジア諸国は概して厳しい基準値を設定している。どこも原発を持っていないから、誰に気兼ねすることなく国民の安全を守ることができるというわけだ。それに、もし基準を高く設ければ、基準値すれすれの危ない食品が、国力の弱い東南アジアやアフリカなどの途上国に押しつけられてしまうのは目に見えている。それを恐れて、あえて基準を厳しくしてるんだよ」

会話の途中で、書物のページをめくる音がした。

「ああ、あった。フィリピンのココアの基準値は、コーヒーや紅茶と同じ二十二ベクレル。だいたい……日本の十五分の一だな。これじゃあ、輸出時によほど厳重なチェックをしなければ積み戻しされてしまう」

日本に輸入される原料は、三百七十ベクレルまでが認められている。そのまま加工し輸出したのでは、放射能の濃度もたいして変わらないことが予想される。これでは、検査ではねられる危険性は高い。

「しかし、輸出する食品まで関係してくると、横流しとどうつながるのか……」

フィリピンから送り返された食品でも、日本国内では流通できる放射能の許容量なのである。何も横流しなどすることなく市場に戻せるのだ。

真希江が私の右手を握って、くいとひねり、受話器を自分のほうに向けた。サングラスの男に蹴られた腕が悲鳴を上げた。おかまいなしに、真希江は早口で篠田に話しかける。

「ココアの原料には、脱脂粉乳が使われているはずです。五香交易が横流しした脱脂粉乳が、城東商事のココアに流れていたとは考えられないでしょうか」

脈はある。横流しした脱脂粉乳は放射能汚染の度合いが強い。それを原料に使用すれば、ココアの汚染値も当然高くなるはずだった。

篠田も電話の向こうで唸(うな)っている。

「うむ。充分考えられるな」

私は真希江から受話器を奪回した。

「しかし、そうなると、保険はどう関係するんですかね」

「予想できるのは……竹脇君はそこでも積み戻しの話を聞いていた。だからこそ、松田屋の重役の葬式で保険のことを耳にして、思わず聞きただしてしまった……。違うだろうか」

真希江がすぐ隣でうなずいた。

「そうですね。それまで竹脇さんは、積み戻しに対応した保険があるとは知らなかった。だから、五香交易が三年間に四度もの積み戻しを受けていても、損害を被っただけとしか思わなかった」

「そして保険のことを知り、竹脇君は君の会社を訪ねた。ということは……」

「城東商事の保険も調べているはずですね」

真希江は時間を確かめた。コンソールの時計は、九時を回っている。

「こんな時間じゃ、もう誰もいないか……」

「おい、どの保険会社かもう分かってるのか」

私が聞くと、真希江は冷ややかな視線を私に投げかけた。

「綱渡りするパンダのコマーシャルを知らないの。あのスポンサー、城東火災っていうの」

納得。城東商事くらいともなれば、グループ内に保険会社も持っているらしい。

「仕方ない。明日の朝まで待つしかないか」

真希江がいらいらとハンドルをたたくと、受話器から篠田の笑うような声が流れ出た。

「安心しなさい。保険会社が放火されたって話はまだ聞いたことがないからね」

31

翌朝八時。真希江からのモーニングコールでたたき起こされた。

昨夜、真希江は、大日海上火災の資本が入っているという新宿のマンモスホテルに、コネを駆使して私のために部屋を確保してくれた。秘密厳守の上に、五割引きという特典つきで。朝一番で城東火災を訪ねるために、八時にロビーで待ち合わせをしていた。

慌てて支度してロビーに下りると、真希江の姿はどこにもなかった。見回すと、玄関先に薄汚れたシビックが停車していた。

自動ドアを抜けると、真希江が運転席の窓から顔と左手を突き出した。

「十二分の遅刻」

城東火災海上は、八重洲の城東商事ビルの隣にあった。始業時間をすぎたばかりだというのに、ロビーはすでに打ち合わせの人であふれていた。

私たちはロビーには近寄らずに、少し離れた公衆電話の前でシビックを停め、海損部に電話を入れた。城東商事の担当者に面会を申し込む。会社から離れた喫茶店まで御足労願えるかという依頼に、検疫所の名前を出してやっと同意してもらった。

五分ほどで、ワインカラーの制服に身を包んだ女性がビルから出て来た。年齢は四十から五十の間のいずれかだろう。ブラウンに染めた長い髪を、自分の存在を主張でもするように見事なまでにウェーブさせていた。

私たちは遅れて喫茶店に入った。

「お呼び出しした上に遅れて申し訳ありません。検疫所の羽川です」

「海損部の中村です」

名刺を交換した。海損部部長とある。なかなかのやり手らしい。

中村部長は、身分証明書を穴があくほど見つめてから、私たちに視線を移した。笑顔は絶やさない。

「城東商事の保険についてとうかがいましたが、検疫所の方がどういうご用件なのでしょう」

「まだ内偵段階ですので、関連会社といえども極秘にしていただきたいのです」

「ご心配には及びません。会社としては独立しておりますから」

中村部長は、ビジネスライクにきっぱりと言った。言っただけにすぎないが。

「実は、我々は、城東商事が輸出した積み荷に、ある不審を抱いております」

隣で真希江が合わせるように言った。失踪した夫を探す人妻の次は、検疫所の役人役だ。

「昨年、城東商事がフィリピンに輸出したココアが、積み戻しとなっておりますね」

「はい。その費用を全額負担しております」

「そのココアの製造元はどこなのでしょうか」

私が尋ねると、中村部長はそわそわと腰を浮かせかけた。目を丸くして言った。

「驚きましたわ。それと同じことを聞かれたことがございます」

「中央ジャーナルの記者にですね」

中村部長は驚きを顔に出さなかった。商売に笑顔は必要でも、ショックを表しては相手に不信感を与えてしまう。

中村部長は妙に納得したようにうなずいた。

「そうでしたか。その記者の方に話を聞いて見えられたのですね」

「そうではありませんが、と、おっしゃられますと、中央ジャーナルの記者の質問には答えなかったのですか」

「顧客の秘密は守る義務がございます」

「でしょうね。海外から送り返された放射能食品を国内で再び流通させていると知れれば、聞こえが悪い」

「お言葉ですが、フィリピンの基準値が厳しすぎるだけで、日本国内で流通するには何の問題もない商品ですので……」

「やめましょう。あなたと議論するために来たのではありません。それで、その記者と会ったのはいつでしょうか」

「五日の午後二時ごろだったと思います」

すると、大日海上火災で五香交易の保険について取材したあとである。その夜の海への転落まで、少しずつ時間が埋まっていく。

「実際はどうだったのでしょうか。検疫所と食品監視員の権限としてお聞かせ願います」

「仕方ありませんね」

中村部長は首をすくめてみせた。

「製造元はグループ傘下の栗東(りっとう)製菓食品です」

「すると、その原料の輸入も、城東商事で行っているのですね」

「はい。オーストラリアからココア調整品として輸入しております」

「ココア調整品」

思わず声が大きくなった。

脱脂粉乳は国家貿易品目に指定され、輸入は自由に行えない。その規制を逃れるために、原産国であらかじめココアとブレンドしてから輸入される、それが、ココア調整品である。

栗東製菓食品のココアが、ココア調整品を原料として使用しているとなると、最初からココアには脱脂粉乳が混ぜられていたことになる。新たに原料として脱脂粉乳を必要とはしない。それでは、五香交易が脱脂粉乳を横流ししていたとしても、栗東製菓食品に流れたとは考えにくい。両社の積み戻しには何の関係もなくなってしまうのだ。

どういうことだ。二つの積み戻しは、ただの偶然だったと言うのだろうか。

いや、関係はないかもしれないが、共通項の存在は考えられなくもない。

私はその可能性について質問してみた。

「積み戻しは、一度だけだったのでしょうか」

隣で、真希江が身構えるのが分かる。

中村部長は声を堅くして言った。

「一年半の間に……三度ございました」

やはりあったのだ。頻発する積み戻し――という共通項が。

「最初の積み戻しを受けてからは、あらかじめ放射能の濃度を検査してから船積みしていたはずでした。なのに、その後どうして二度も積み戻しとなってしまったのか、城東商事の担当者も信じられないことだと言っておりました」

「他にその記者は、何を聞きましたか」

「コンテナ輸送だったのか、コンテナ扱いは受けていたのか、といった輸送の形式について聞かれました。ですが、お答えはやはり控えさせていただきました。すると、直接確かめてみると言って、担当者の名前を教えろと」

「それも教えなかった」

「仕方ありません。教えても意味がありませんでしたから。教えたとしても、会うことができないのですから」

言葉の意味がよく理解できなかった。

中村部長は、勿体をつけるようにたっぷり間をおき、ゆっくりと口を開いた。

「昨年の十二月に亡くなりました」

「死んだ……」

「積み戻しのことで悩んでおられたそうで。自殺でした」

自殺……！

恐ろしい予感に体が震えた。そこまで共通してほしくはない。私は、それが外れることを心から念じながら訊いた。

「その自殺の方法なんですが……」

中村部長は痛ましそうに目を伏せ、言った。

「車で……川崎港に飛び込みました」

真希江はひたすらアクセルを踏み続けた。

制限速度をはるかに越えるスピードで、横羽線を横浜へと走らせる。自殺したという城東商事社員、小林伸明の実家が神奈川区の白楽（はくらく）にある。

二人ともしばらくは無言だった。料金所の手前でスピードを緩めると、真希江はヒーターのスイッチを入れた。

「なんだか寒くなってきた」

「背筋のほうがね」

「ほんと。輸出と輸入の違いはあるけど、五香の積み戻しと状況がそっくり瓜二つ」

「しかも、その担当者の自殺の方法まで、竹脇と同じだ」

「謎に近づくどころか、また一つ増えてしまったっていう感じね」

小林伸明の実家への電話は真希江が担当した。未亡人を誘い出すには同性のほうがいい。

小林昌美は不在だった。パートに出ているという白楽駅前のスーパーに電話を入れて、近くの喫茶店で会う約束を取りつけた。

私たちは、例によって慎重に段取りを踏んでから、喫茶店に入った。

小林昌美は、まだ二十代の前半に見えた。隣で、夫が死んでまだ三ヵ月だというのにパートに出ねばならない理由が、よだれかけを汚しながら必死にスプーンを扱い、ヨーグルトを口に運んでいた。私と真希江がそのひたむきさに見とれてしまい、話を切り出しかねていると、昌美は我が子をひざに抱き寄せた。

「アキラっていうんです。明るいのアキラ。ちょっと平凡だと思ったんですけど、主人が、こいつはすごい超能力を持っている、俺を引きつけて離そうとしないって言って、それで勝手につけちゃったんです。あ、知りませんか？　マンガに出てくる超能力を持った子供なんですけど」

屈託のない笑顔を見せて、昌美は言った。子供がいる限り、母親は泣いてばかりはいられないのだ。

今度の調査を始めて、何度目かの苦い思いを胸の片隅に押しやって、私は言った。

「大変辛いことを思い出させて申し訳ないのですが」

「はい。主人のこととおっしゃってましたが、どういうことなのでしょうか」

あくまで平静に、昌美は言う。

「突然やって来て、勝手な、非常識なお願いだとは分かっています。ですが、ある理由から、どうしてもご主人のことでお聞きしたいことができました」

「理由は教えていただけないのですね」

「はい、今は……。ですが、人の命にかかわることであるのは間違いありません。いずれは必ずお話しします」

いたずらに不安がらせるわけにはいかなかった。曖昧な言い方しかできないが、それで納得してもらう以外にはなかった。

とても納得したとは思えない表情の昌美に、私は質問した。

「ご主人の自殺の状況を、詳しく教えていただけないでしょうか」

昌美は子供を抱きしめると、やがて小さくうなずいた。母の気持ちを知らない息子は、いやいやをするように少し憤った。

「川崎の水江町にある埠頭でした。深夜の一時ごろだったでしょうか、そこから車ごと池上運河へと転落したんです。泥酔状態だったそうです。近くの倉庫の人が、車が突然スピードを上げるところを見ていたそうです」

恐ろしいほど同じだった。竹脇の場合と。

「遺書はあったのでしょうか」

真希江が訊いた。

「ありません。でも、その一月ほど前から、何か悩んでいるようなふしがありましたから」

「仕事で、失敗のようなことをしたと聞きましたが」

「らしいですね。あとで会社の方から聞きました。ですけどあの人、私が聞いても、何でもないって言うだけで、ちっとも教えてくれなくて……」

三度もの積み戻しを受けた担当者が悩むのは至極当然だった。だが、単なる自殺であるはずはない。はずはないが、あらゆる状況は自殺を指している。

何かがかけている。重大な見落としがある。

五香交易と城東商事の相次ぐ積み戻し。そして、竹脇と小林伸明の転落事故……。それをつなぐ太い鎖がどこかに埋まっているはずだった。

「それから……最近、中央ジャーナルの記者があなたのところにうかがいませんでしたでしょうか」

「どうしてそれを……」

「その時、あなたにどんな質問をしていきました？」

「はい。主人が、五香交易という会社のことを話したことがあったか、と……」

原料の横流しという関係が否定されれば、あとは人間関係にすがるしか解決への道はないだろう。当然の質問だ。

「それで、どうなのでしょう、ご主人は何か言っておられましたでしょうか」

昌美は実にあっさりとうなずいた。

「ええ。確か主人の大学時代の友人が、五香交易に勤めていたと思いますけど」

見つけた。

真希江が弾かれたように私を見た。私は視線を戻すと、昌美に訊いた。

「その人の名前は？」

「谷沢さんです。谷沢——俊樹さんです」

32

「朧（おぼろ）げながらだけど、見えてきたような気がするわね」

スーパーの駐車場に停めたシビックに戻ると、真希江は自分に言い聞かせるように呟いた。

「谷沢が五香交易から菊岡運送へと転職した理由は予想がつくわ。城東商事の積み戻しされた荷を、自分で運ぶ必要があった。そのために、大学時代の友人である小林さんに頼んで、仕事の一部を回してもらった」

「だが、その理由が分からない。積み戻しとなったココアは、もともとココア調整品として輸入された原料を使用している。五香交易がポーランドから輸入した汚染脱脂粉乳が、仮に横流しされていたとしても、新たに脱脂粉乳を必要とするわけでもない。そうなると、両者の間に関係があったとは普通では考えにくくなる。なのになぜ、谷沢は五香から菊岡運送へと転職してまで、積み戻しの荷を運ぶ必要があったのか……」

「鍵は谷沢ね。彼が五香の社員だったからには、根は一つのはずよ。輸出と輸入、形は違うけど、どちらも積み戻しを受けているし、脱脂粉乳とココアという中身も似てる」

　車の中で深刻そうに考え込む男女を、買い物帰りの主婦たちが、好奇心に満ちた視線を投げかけながら通りすぎていった。

　やがて、真希江が顔を上げて言った。

「やっぱり横流しのためじゃない？」

「どういうことだ」

「いい。並木さんが言ってたことを思い出して。谷沢は城東商事の荷を運ぶ時に限ってサボってた、そう言ってたでしょ」

「確かに」

「でもそうかしら？　転職してまで積み戻しの荷を運ぼうとした目的が、仕事の合間にサボるため、とは思えないでしょ。城東の積み戻しの荷を運ぶ時には、それだけの余分な時間が必要だった、そうは考えられない？」

「それが横流しのためだと言うのか」

「そう。輸送の途中でどこかに立ち寄ればいいのよ。そうすれば、たった五センチのハッチからでも中身を取り出すことができるじゃない。真空ポンプやクレーンを使ってね」

それは、五香交易の脱脂粉乳が横流しされたという仮定のもとで、以前私が組み立てた推論だった。だが、コンテナがターミナルから一歩も出ていないことが判明し、水泡に帰していた。真希江はそれを、城東商事のココアに当てはめて考えたのである。

「おいおい、だが、ちょっと待ってくれないか。送り返されたココアを横流ししてどうする。フィリピンの検査でははねられたが、日本国内では流通する食品だぞ。そのまま市場に流れても問題はない。それでは横流しというより、ただの盗みだ」

「でも、そうでもしない限り……」

不服そうに唇を尖らせた真希江に、私は早口でたたみかけた。

「それにだ。たとえ取り出せたとしても、送り先で重さを調べられてしまえば、盗まれたことが簡単にばれてしまう」

真希江の肩ががくりと落ちる。

「そうか……。ココアじゃ、水増しするってわけにもいかないしね」

何げなく言った言葉に、全身が震えた。

　水増し――！

　その瞬間、何かが頭の中を貫通していった。それで冴えない脳みそも少しは風通しがよくなったようだ。空いた穴の中に、今まで手にしたデータが次々と収まっていく。

　横流し、コンテナ、積み戻し、損害保険、そして、五香社員の転職――。

　私はあらためて竹脇に激しい嫉妬を感じていた。竹脇はまた、とんでもないスクープを探り当てていたのである。

「どうかした？」

　真希江に言われて我に返った。無性にのどが渇いていた。

「……どうやら我々は、大事なことを見落としていたようだ」

「見落とし……」

「そうさ。さっきも言ったように、谷沢が菊岡運送に転職したのは、積み戻しの荷を運ぶためだとしか考えられない。それはいいね」

　真希江が頼りなさそうにうなずく。

「そうなると、谷沢は最初から、城東商事のココアが積み戻しとなって送り返されるのを知っていたことにならないか」

「あ……！」

どうやら気づいたようだ。真希江が弾かれたように私を振り返る。

「でも、それ、おかしくない？　輸出したのは谷沢でも五香交易でもない。城東商事よ」

「なのに、谷沢は知っていた。となると、考えられる理由は……」

「……小林さんね」

「それ以外には考えられない。小林こそが、フィリピンにココアを輸出した担当者だ。送り出す前に残留放射能をチェックするのも、おそらくは小林の仕事——」

「じゃあ、わざと基準値を越えるココアを輸出した、って言うの」

「君も最初は言っていたじゃないか。積み戻しは計画されたものではないか、と」

「けどあれは、五香交易のケースだけを見て考えたことよ。城東商事については当てはまらない。だって、五香同様、城東が積み戻しの場合のペナルティを取り決めてたら、損をするのは輸出した側の城東商事になってしまう」

「もちろん、あれは五香交易だけの取り決めだよ。ましてや、よその保険会社が城東商事の契約を奪い取ろうとしたためでもない。今も保険は城東火災が請け負っているんだからね」

「それなら……みすみす送り返されると知ってて、なぜ……」

唇を嚙み、再び考え込んでしまった真希江に、私は笑ってみせた。

「意外と素直な性格なんだな」

「こんな時にからかわないでよ。ほんと、ひねくれた性格してるわね」

殴られないうちに、説明した方がよさそうだった。私は慌てて空咳をした。

「いいかい。戻ってくることが最初から分かっていながら輸出したんだ。そのまま素直にコンテナが送り返されてくるとでも思っているのか」

「まさか……」

自分で出した答えが信じられないようだった。ゆっくりと確かめるような口調で言った。

「密輸……なの」

「おそらくな。つまりは水増しだよ。コンテナの中身を横流しして、その代わりに密輸品を入れて水増しした」

「だって、積み戻しされる時に検査が」

積み戻しは、輸出と同じ手続きが取られることになっている。当然、コンテナの内部も税関の検査が行われる。

「忘れたのかい。世の中、何事も大企業には甘くできてるってことを」

真希江が思いついたように頷いた。

「分かったわ。『コンテナ扱い』ね」

公認検定機関のチェックを受けたコンテナは「コンテナ扱い」の申請を受ければ、通関手続きが簡素化される。税関の検査も、扉を開けるだけの確認行為だけで、中の荷物を取り出して調べるわけではないのだ。

「城東商事ぐらいの貿易商社ともなれば、五香同様、『コンテナ扱い』を受けていたのは間違いないだろう。そうなれば、貨物の検査は簡単なものだ。しかも、積み戻しのコンテナで、輸入ではない。日本から送った荷が送り返されて来たのだから、検査もされずにそのまま素通りすることも考えられる。たとえ検査されたとしても、『コンテナ扱い』を受けて一度封印されたコンテナなんだ。サンプル採取用のハッチを開けて中を見る程度の確認がされるだけだろう。ココアの下に何が隠されていたとしても、誰も気づかなかったろうな」

真希江は自嘲ぎみに肩をすくめてみせた。

「しかも、保険をかけていたでしょうから、往復の輸送費や諸経費は、保険会社が負担してくれる」

「実に考えられた——巧妙に仕組まれた、密輸だよ」

「谷沢は五香交易に勤めていて、その方法を知ったのね」

「だろうな。それを応用して密輸を企てたわけだ。だが、そのためには『コンテナ扱い』を受けなければならなかった。新たに事業を興して『コンテナ扱い』を受けるのは大変だ。そこで、大学時代の友人だった小林を利用することを考えたんだ」

「それで分かった。谷沢が送り返された荷を運ぶ必要があった理由――あれは、密輸品を回収するためだったのね」

　コンテナから密輸品を取り出し、その分のココアを補充していたのだ。だから城東商事の荷を運ぶ時に限って時間が余計にかかり、並木達也の反感を買うことになったのだ。

　そこまではいい。

「問題は、どうやって五センチの穴からコンテナの中身をすり替えたのか、だ」

「でも五香交易はそれをやったのよ。密輸に手を貸したのは、横流しする脱脂粉乳を手に入れるためだった」

「二十点だな」

　私はいつかの仕返しをさせてもらった。

　睨む真希江に笑いかける。

「そんなのはつけ足しにすぎないさ。五香交易の取引相手を忘れたのかい」

「あ！」

　真希江がシートの上で跳ね上がった。声が外にも聞こえたのか、フロントガラスの向こうで子供連れの主婦が立ち止まった。

呆然とする真希江の口から言葉がこぼれる。

「ポーランド……」

「そう、ポーランドだ。五香交易は、レッドフォックスをやっていたんだよ」

「レッドフォックス……？」

「共産圏にココムで規制された禁輸品を密輸する運び屋だ」

真希江は身動きせずに私を見た。

やがて、忘れていた呼吸を再開するように、一つ大きく深呼吸した。

「驚くことばかりね。でも、それで納得がいくことが次々と出てくる。不振が目立つ共産圏相手の貿易商社の中、五香交易だけが順調に業績を伸ばしてた理由。積み戻しのたびにバーターの利率を上げるという約束の理由」

「すべて、レッドフォックスの見返りだ」

「でも、どうやって封印されたコンテナから中身を取り出したのか……。その方法を見つけないことには、単なる机上の空論にすぎないわよね」

そう言いながらも、真希江の右頬にはえくぼができていた。

「どうやら何か思いついたようだな」

真希江はうなずくと、取って置きの秘密を打ち明ける中学生のような顔付きをした。

「ねえ、コンテナってどれも同じに見えない？」

「おいおい、乱暴なことを言うなよ」

「どうして？　コンテナは規格が統一されてるから、どれも同じに見えるじゃない。よく似たコンテナをもう一つ用意すれば、すり替えられるんじゃないかしら。実際に送り返されるのが別のコンテナなら、処分を受けた食品はすべて現地で横流しができる。まさに一石二鳥」

　どう、というように顔を突き出す。私は苦笑しながら首を振るしかない。

「規格が統一されているからこそ、難しいんだ。勝手なコンテナは使用できないから、どこも借り物を利用している。打ち込んであるナンバーを細工したりすれば、返却したときに当然ばれてしまう」

「同じようなコンテナを作ればどう？」

「費用もばかにならないだろうし、どこですり替えるかも問題だ。仕掛けが大きくなるだけに、コンテナを作る者、輸送する者、保管する者と、共犯者がいくらいても足りなくなる。おもしろいアイディアだけど、あまり現実的とはいえないな」

　真希江はシートにもたれて腕を組んだ。

「じゃあどうするの。コンテナのすり替えが不可能なら、封印されたコンテナから中身を取り出す方法が何かほかにある？　だって、それ、横流しを考えた時に一度壁にぶつかってるじゃない」

「そうさ。最初に横流しのことにとらわれすぎていたから、いけなかったんだ」

「え？　どういうこと」

どうにか形が見え始めたものを視線から逃さないように、私はゆっくりと言った。

「シールで封印されたコンテナから荷を取り出すには、サンプル採取用のハッチを使うしか方法はないはずだ。だが、ハッチの直径は五センチしかない。とても大量に取り出すのは困難だ。それなら最初から、横流しは二次的なものだったと考えればどうだろうか。密輸品をコンテナに混入させるには、当然その分の中身を取り出さなければならない。取り出した中身を、ただ捨ててしまうのではもったいない。それで横流しをした。――つまり、横流しは密輸の副産物だった。そう考えればどうだろう」

「そうか。横流しのウエートが小さくなれば、何もコンテナの中身を大量に取り出すこともないわけか……」

「考えるのは、中に隠す密輸品の大きさだけでいい。直径五センチ以内のもので、大量に送らなくても密輸する価値が充分あるものだ」

真希江の表情が硬くなる。おぞましいものでも口にするように言った。

「分かった。城東商事のほうは――麻薬。違う？」

「それしかないな。おそらくフィリピンにルートがあったんだろうな。麻薬の類なら、百キロも二百キロも中身をすり替える必要はない。五キロか十キロもあれば、末端価格にしてかなりまとまった金額になるんじゃないだろうか」

それも、一年半の間に三度も密輸しているのだ。膨大な金額に違いない。

「そうなると、五香交易のほうは……」

私は自動車電話の受話器を取った。

「詳しい人物に確かめてみる」

中央ジャーナル編集部をダイヤルし、橘を呼び出してもらった。

「よう、調査ははかどってるかい」

「まあまあだな」

「そういや、こないだ保険調査員が来てね。あんまりしつこいから、あんたのこと紹介したんだが……迷惑じゃなかったかな」

「いっこうに。今一緒にドライブしている最中さ」

「おい、そりゃ、ちと手が早すぎるぜ」

橘は高らかに笑い声を上げた。

「頼みがあるんだ。二、三年前、東芝の子会社がココム違反をして騒がれたことがあっただろ」

「ああ、うちでも特別取材班を組んで取材に駆け回ったよ」

「その中の一人を紹介してくれないかな。ココムについて知りたいんだ」

「そりゃあお安い御用だが……今度は紹介料をはずんでほしいな」

「よかったら一緒に食事でもどうかな」

「それなら二人前ごちそうになることにしよう。俺もその時のメンバーだったんだ」


橘と夕方に会う約束を取りつけたあと、川崎港へと車を向けた。

横羽線を川崎ランプで下り、誇らしげに煙突を立てた工場と精油タンクの間を南下する。右手に貨物の引き込み線が併走し、アスファルトには轍(わだち)の跡ができている。地図を頼りに細い運河を越えると、乗用車の姿はめっきり少なくなった。

東京港同様、埠頭の手前で、鉄柵が行く手をはばんでいた。

車を降りる。鉄柵には、立入禁止の看板と、見るからに新しい南京錠がかかっていた。小林伸明の自殺後につけられたものかもしれない。

真希江は辺りにちらりと視線を走らせてから、毅然として言った。

「行きましょう」

そのままヒラリと鉄柵を乗り越える。遅ればせながら、私も続いた。小林昌美が書いてくれた略図を出し、場所を確かめる。小林伸明の車は、保税上屋と野積場に挟まれた路上から、池上運河へと転落したのだ。

「驚くほど似てるわね」

真希江が周囲を見回しながら溜め息をつく。

野積場には陸揚げされた鉄鉱石が山積みされていて、道路両側の見通しはきかない。竹脇の場合と条件は同じだ。

埠頭のエプロン部分から、奥に続く道路へと足を進めながら、真希江は言った。

「何があったんだろう。谷沢と小林さんの間で……」

「小林が最初から谷沢と組んでいたのか、それとも頼まれただけだったのかは分からないが……意見の食い違いが出てきたのは間違いないな」

「一年半に三度も積み戻しを受ければ、小林さんも会社の中での立場をなくしたでしょうからね。それで、谷沢への協力を拒否し、口を封じられた……」

運河からの風が冷たくなってきた。真希江は歩きながら、肩の辺りをさすった。

「あの奥さん、谷沢のこと、大学時代の友人だって言ってたのに。ひどすぎる」

「そうとは限らないさ。谷沢たちが密輸した麻薬を売りつけていた連中の仕業かもしれない」

はっとしたように、真希江が私を見る。

「そういえば、竹脇さんの病室に忍び込もうとした患者は、赤崎組の……」

「やつらが竹脇のことを血眼になって探していたのは、横流しのもみ消しなんかじゃなかったんだ。横流しから、麻薬の密輸が手繰られることを恐れたんだよ」

そのために、ミートハウスの倉庫に肉をばら撒き、菊岡運送をつぶし、会計事務所に放火したのだ。そして、それに気づいた竹脇をも……。だが、どうやって自殺に見せかけたのか。目撃者は、竹脇がアクセルを吹かすところまで見ているのだ。

ふと、真希江が立ち止まった。唐突に五メートルくらい先の地面を指さした。

「見て」

見た。思わず目を見張った。真希江の肩からショルダーバッグがずり落ちた。

「こんなことって……ここまで同じだなんて」

「引き込み線だ」

竹脇の現場にも、これとまったく同じように、貨物の引き込み線が横切っていた。目撃者の証言では、ちょうど線路の辺りで車はスピードを上げると海へと転落していったのだという。

線路と車――。どう関係があるという。

この線路が、車を急発進させるスイッチの代わりになったとでも言うのだろうか。だが、どうやって……。車内には何も残されていなかった。犯人は、どうやって車を急発進させたのだ。

どこかに、我々が見落としていたものがあるはずだった。警察が調査しても分からない仕掛けが、どこかに。そして、線路とアクセルの関係が――。

「おい、そこの二人。何をしてる。ここは立入禁止だぞ」

倉庫の中から顔を出した作業員の声が、私の思考を中断させた。

33

橋が指定したのは、中央新聞ビルの裏手にある寿司屋だった。橋はすでに座敷に上がって待っていた。待ち切れなかったのか、テーブルの上にはビールが二本乗っている。

「よう」

上がりかけた橋の手が、途中で停止した。私の隣にいる真希江を見て、目を丸くする。その表情を楽しむかのように、真希江は恭しく腰を折った。

「先日はご協力ありがとうございました」

「おい、ドライブってのは本当だったのかよ」

橋は慌てて巨体を起こし、私を睨みつけた。

「目的は竹脇の足取り調査だけどね」

「竹脇の……」

真希江を紹介し、とりあえず握りを注文する。橘はしっかりと二人前を頼んだ。

私は、橘が勧めたビールを断り、お茶でのどを湿らせた。

「どうやら竹脇は、横流し事件を追っていて、とんでもないものを探り出したようなんだ」

「横流し……？　それがどうやったらココムとつながるんだよ」

つながりを説明した。

橘は、その間に二人前の握りを平らげた。だが、味は分からなかったに違いない。口を動かしてはいたが、泡を食ったような表情がまるで凍りついたように変わらなかった。

「すごいね、これは……。これが事実だったらものすごいスクープになる。竹脇のやつ、またとんでもないことを探ってたもんだぜ」

橘は異様なまでに目をぎらつかせながら、ぐいとひざを乗り出した。

「よし、まずはレクチャーだ。——ココムの正式名称は、対共産圏輸出統制委員会。アイスランドをのぞくNATO加盟国と我が日本が加盟している。戦略物資と技術の共産圏への輸出を防ぐのが目的だ。ところが、おもしろいことに、ココムに関する取り決めは、法律や政令のどこにも明文化されていないんだ。加盟国の間での約束事で、法的効力はどこにもない」

「じゃあ、どうやって取り締まるの」

真希江が驚きの声を挟んだ。

「日本の場合は、外為法を弾力的に解釈して運用したり、通産省の通達でそれを強化したりしてるんだ。輸出の認可も政府や通産省の判断に任せられている。ただ、判断のつかない場合は、パリの本部に送られての審査となる。現代は軍需産業のみならず、あらゆる産業にハイテク技術ってのはかかわっているだろ。どこまでココムの規制内か、判断が非常につけにくい。日本では炊飯器や電灯にまでマイコンが使われる御時世だ。ま、そいつはちとオーバーにしても、工場の生産ラインとその管理から、原子力を中心とするエネルギー産業、医学までと、我々の生活はもはやハイテク技術なくしては成り立たなくなっている。そういった西側の持つ最先端の技術をココムで封じ込めて、あらゆる産業で東側の頭を押さえつけているんだ」

「チェルノブイリ原発の事故も、西側の技術があれば起こらなかったとも言われているからな」

私は篠田の受け売りを披露した。

「そう。だから東側は、西側の先端技術がのどから手が出るほどほしい。例の東芝機械が輸出した工作機器も、日本の二倍の値で取引が成立した。儲けが、じゃないぜ。価格がだ。つまりぼろ儲けってことだ。――ところが、そんなココムにも、意外な抜け道がある」

「抜け道？」

　真希江が訊き返すと、橘はぐらかすようにビールを追加した。

「いいか。ココムに加盟しているのは、たかだか十六ヵ国にすぎない。そこでココムは、加盟国以外にも禁輸リストを守るように勧告している。政治的圧力ってやつだな。それで実際に、輸出がストップをかけられたものがいくつもある。だが、すべてを封じ込めるのは難しい。原則としては、加盟していない国の輸出は自由だからな。つまり、そこを経由すれば、日本からも輸出することは可能なんだ」

「そうか、三角貿易か」

「放射能牛肉の輸入と同じ手ね」

　意外なところに、共通項が存在していたものだ。

「ココムに加盟していない国にトンネル会社を作って、一旦そこに輸出する。そこから東側に輸出し直すわけだ。だが、第三国を経由すれば、その分経費はかさむしマージンも少なくなる。直接輸出できれば、それにこしたことはない。だから書類を偽ってでも、輸出を試みるわけだ。ところが、東芝機械の違反が発覚して以来、日本では輸出の審査と検査が政府の肝煎りで強化された。慎重になるあまり、パリの本部に送って指示を仰いでるくらいだから、たかが審査だけに一年近くもかかるようになっている。現状では、書類をごまかしてのココム違反は難しい。となれば――あとは当然、密輸、しかない」

息をついてビールを飲み干すと、橘は髭の泡を拭いながら、にやりと笑いかけた。

「相手はポーランドと言ったな」

思いがけなく、橘の声が低くなる。

「案外、裏でもっと大きなやつが手を引いていたりしてな」

思わず橘を凝視した。掌(てのひら)が汗ばんでくるのが分かる。

「脅かさないでほしいな」

「チェルノブイリ事故による放射能汚染を利用するなんて、できすぎじゃないか。KGBがからんでいても不思議じゃない。ま、可能性を言ってみただけだ。気にするな」

気にしないほうがどうかしている。私は動揺をごまかすためにわざと言った。

「で、そのKGBが何を送らせたか、意見を聞かせてくれないか」

橘は考えるでもなく、すぐに口を開いた。

「直径五センチの穴を出入りさせるとなれば、LSIに決まってるさ」

「LSI……」

私と真希江は顔を見合わせた。

「知らないんじゃないだろうな」

「耳にしたことはある」

「やれやれ、そんなことじゃ時代に乗り遅れるぞ」

大袈裟に額に手を当て、目を伏せる。

「君はＴＢＨＱという食品添加物について説明できるかね」

私がからかうように言うと、橘は苦笑しながら首をすくめてみせた。

「分かったよ。畑違いだって言いたいんだろ。――ＬＳＩは、日本語に直すと、大規模集積回路のことだ。ＩＣってあるだろ。シリコンチップの上に超小型化したトランジスタやらダイオード、コンデンサーなどを配線したものだ。それをさらに小型化して高密度化したものがＬＳＩ。さらにさらに集積化したものが超ＬＳＩ。こいつのお陰で、昔はばかでかかったコンピュータも小型軽量化され、広く市販されるようになったわけだ。分かるかね」

私たちは素直にうなずいた。

「で、そのＬＳＩの中で、東側が一番ほしがっているのは何だろうか」

「一言で言えば、何でも、だろうな……。しいて言うなら――ＣＰＵか」

今度は私たちは聞き返さなかった。だが、顔色から察したらしく、橘はすぐに講義に移った。

「中央演算処理装置といって、コンピュータのプログラムを実行し、データ処理を行うのがＣＰＵだ。言い換えれば、コンピュータの脳みそだな。そこに、メモリーやらコントローラーやらの各種ＬＳＩを寄せ合わせたのがコンピュータだ」

「大きさはどれくらいなんだ」

「パソコンのＣＰＵでこれくらいだ」

　そう言って橘は右手を突き出し、親指と人差し指で輪を作った。

「スーパーコンピュータの心臓部も、これとたいして変わらない大きさだ」

「ええっ？　でも、写真で見るスパコンって、軽くワンフロアくらいの大きさがあるように見えるわよ」

「その心臓部も、元を正せば、一個のＣＰＵなのさ。大型コンピュータとパソコンの違いはＣＰＵの性能差というよりも、その数と周辺機器の違いなんだ。一個のＣＰＵでも、同時に二つ以上のプログラムを進行させれば、膨大な量の演算が可能になる。大型コンピュータになればなるほど、プログラムを切り替えるチャネルという周辺機器を、それこそ蛸の足のように持っているんだ。だから、それだけでかくなるんだよ。それにな、今のパソコンのＣＰＵだって、大型コンピュータのそれと変わらないほどの高性能を誇っているんだ」

「パソコンがか」

橘は自分の息子でも自慢するように頷いた。

「パソコンの主流は16ビットから32ビットに変わりつつある。ビットとは二進法のことだ。コンピュータは二進法の組み合わせで命令が出されているのは知っているだろ。16とか32はその桁数だけの演算処理ができることを意味するんだ。つまり4ビットなら、二進法で四桁だから、二の四乗で、十六通りのことだ。数字が増えればそれだけ処理速度も増える。だが、16から32に数が倍になったからといって、処理速度も倍になるわけじゃない。桁が増えるんだから、二乗倍になる。32ビットなら二の三十二乗通りの情報を処理できることになる。この処理速度は、大型コンピュータのそれとたいして変わりがない。64ビットCPUともなれば、それこそスーパーコンピュータ並だ」

「東側では生産されていないの?」

「無論、造ってる。西側のをコピーしてな。だが、問題は量産がきかないことだよ。したとしても不良品の割合が高い。結果、コストは西側とは比較のしようがないほど高くつく」

「つまり、CPUなら密輸までして持ち込む価値もある、そういうことだな」

私が確認すると、橘はもどかしそうに顔を撫で回した。

「どうも俺の講義がうまく伝わらなかったようだな」

「ＣＰＵを密輸しても意味がないのか」

「そうじゃない」

慌てて橘は手を振った。

「最初にも言ったと思うが、コンピュータってのはＣＰＵを初めとする各種ＬＳＩを寄せ集めたものだ。部品一つ一つの大きさはたかがしれてる。直径五センチもあれば、中に全部入れられる、ってことだよ」

言わんとしている意味がようやく分かった。

橘は、反応をおもしろがるように私たちの顔を眺め回した。

「ＬＳＩを大量に送るってのも手だろうが、付加価値をつければもっと高く取引ができるだろうな。特に東側で手に入りにくい脳や心臓部の超ＬＳＩと、設計図を一緒に送って向こうで組み立て直せばいいんだよ。技術屋を他の名目で派遣すればアフターケアも万全。軍事利用のできるスーパーコンピュータだって送れるぜ」

「可能なんだな」

「コンテナの中身が脱脂粉乳ってのにも意味がある。ＬＳＩも、まるでおが屑の中のリンゴみたいに安全だったろうな」

「驚いたわね……そうなると金額も一億や二億の話じゃないわね」

「しかも、その代価は貿易取引の中で支払われるから、経理としては残らない。おそらく他に取引される商品に少しずつ上乗せされて支払われているんだ」

実に考え抜かれたココム違反である。あとは、そのすり替え方法だった。

「LSIの重さはどれくらいなんだ」

「種類にもよるが、小さいのが取り柄だからな、一つは十から二十グラムほどしかない。中のチップだけならもっと軽い。仮に一つを二十グラムと換算しても……百個で二キロだ」

「じゃあ、二十キロだけでも脱脂粉乳を取り出せれば、千個送れるわけね」

「しかも、積み戻しはコンテナ一個じゃない」

昨年の十二月には、十個が積み戻しされているのだ。仮に二十キロずつ取り出せたとしても、一万パーツのLSIが密輸できる計算になる。

「どれだけ中から取り出せたかしら」

早口で言う真希江に、私は首を振った。

「何も脱脂粉乳を取り出す必要はないさ。中にその分の重りを混ぜておけばいい」

「重り……」

「いや、脱脂粉乳の中に入れたのでは、探すのに時間がかかる。コンテナの上から吊り上げるのに道具もいる。となると、サンプル採取用のハッチの近くの壁か天井に、その分の重りを張りつけておいたのかもしれないな。ハッチに近ければ近いほど、中をのぞかれても死角になって見えないだろ」

「幅五センチ弱の帯状にした板だな、きっと」

橘が髭をさすりながら同意した。

「そのほうが脱脂粉乳を抜き取るより、はるかに簡単にすみそうだ」

「ちょっと待って」

真希江が手を上げ、間に入った。

「じゃあ、横流しはなかったってこと？　でも竹脇さんは、五香交易が横流しをしているという情報を手に入れたから、取材を始めたんでしょ」

「そうさ。その情報は間違いなかった。横流しはあったと思う」

私の言葉に、真希江は無言で眉を寄せた。

「いいかい。コンテナの故障で詰め替え作業が行われたのを思い出してくれないか。あれは、基準値を越える放射能が検出され、積み戻しされるコンテナだった。本来なら、ＬＳＩを混ぜて送り返すはずだったろう。しかし、コンテナがターミナルの外から出されず、ＬＳＩを混入させることができなくなった。予定していたＬＳＩをすべて送るためには、その分、他のコンテナから余計に脱脂粉乳を抜き取らなければならなかったんだ。だから、あの時にだけ、横流しの噂が流れてしまった」

真希江が確認するようにゆっくりうなずく。

「そうなると、詰め替え前に、重りだけは何とか抜き取ったのね」

「必死だったろうな。おそらく、夜のうちにでもターミナルに忍び込んだのだと思う。ＬＳＩを詰め替える必要がないから、比較的簡単に取り出せたはずだ。腐敗した脱脂粉乳の臭いさえ我慢すればね」

「肝心のＬＳＩの混入はいつやるんだ」

橘が急き込むように尋ねてきた。

「サンプルが採取されたあとは、コンテナはただ保税倉庫の中で眠っているだけだ。時間はいくらでもある」

「倉庫業者が共犯か」

「夜勤のアルバイトとして潜り込めばいいだけさ。ＬＳＩはあらかじめ倉庫の中に隠しておき、取り出した重りは積み戻しされないコンテナに放り入れておけば、それで終わりだ」

「何とか証明できないかな……」

真希江が口惜しそうに呟いた。橘も拳を握り締めながら言う。

「次の密輸の現場を押さえるのが一番だが……横流しの証拠からもみ消しにかかっていることをみても、当分は鳴りをひそめる気だな」

それだけではない。竹脇や小林の転落事故が自殺ではないという証拠もなかった。

そのためにはまず、どうやって車を急発進させたのか、という謎も解かなくてはならない。

「だが、これだけは言える」

橋が顔をこわばらせながら私を見据えた。

「こんなスクープを目の前にした記者が自殺するはずはない。俺だったら女房の命を差し出したって手を引かないな。もう間違いない。竹脇の件は絶対に自殺なんかじゃない」

私は真希江と目を見合わせてから、橋に笑ってみせた。

「今さら言わないでくれ。最初から分かってたことさ」

34

橋がチームに加わると宣言し、明日から早速、保税倉庫の夜勤について調査することを打ち合わせた。

気がつくと、いつのまにか七時を回っていた。仕事が残っているという橋を見送ったあと、今日の成果を報告するため、検査センターに電話を入れた。残念なことに、篠田は挨拶回りに出ていて不在だった。

「今日は遅くなるので直接帰宅すると言っておりましたが」

礼を言って電話を切ろうとすると、係の女性が慌てて言った。

「あ、それから、羽川さんに伝言がございます」

「伝言。先生からですか」

「いえ、検疫所の高木様からです」

そう言われて、昨日の午後から所に連絡を入れてなかったことを思い出す。

「こちらにお邪魔するようなことがあったら、伝えてくれとお電話がありました。伝言の内容は、直ちに電話を入れろ。以上です」

直ちに伝言の指示に従った。この時間では、もう帰宅していることも考えられた。そのほうが少しは怒りが治まっているかもしれない。

期待に反して、電話に出たのは高木だった。

「課長、まだ残業でしたか」

「連絡を忘れるほど懸命に外回りをしてるかわいい部下の分も仕事があるんでな」

「申し訳ありません。意外な成果があったもので、つい」

「その成果は明日にでもゆっくりと聞かせてもらおう。お前を探してたのは別件だ。それで、今日の五時ごろ、お前に電話があったらしい。机に連絡票と伝言が乗っていた。それで、立ち寄りそうなところに声をかけといたってわけだ。ありがたく思え」

「お手数かけます。で、誰からでしょう」

「並木っていうんだが、心当たりはあるか」

「並木……」

「伝言はな——コンテナのことで思い出したことがあります。確かめてみるので、今夜零時に大井のコンテナ置き場に来てください。何かつかめるかもしれません。それだけだ」

　コンテナを確かめる……。

　コンテナ置き場は、空コンテナのストックが置かれている場所だ。そこから使用目的にあったコンテナがピックアップされ、世界各地を飛び回り、使用後に返却される。城東商事がココアの輸出の際に使用したコンテナが、そこから借り出されたものだとすれば、積み戻しを受けたコンテナが、同じ場所に返却されている可能性がある……。

「深夜に調べ物とは物騒だな。横流しと関係あることか」

「課長にまでつき合えとは言いませんからご安心ください」

「言っても無駄だと思うが、無茶はするなよ」

　受話器を置くと同時に、真希江がすぐに尋ねてきた。

「並木さんがどうかしたの？」

「コンテナを確かめるという伝言があった」

「当然城東商事が使ったコンテナよね」

真希江が顔を輝かせた。

「それが分かれば、証拠がつかめるかもしれないわよ」

並木が何を思い出したのかは分からないが、コンテナを確かめる、というからには城東商事の積み戻しに関することに間違いない。我々の推理が的中していれば、コンテナの内側部分に重りを張りつけた痕跡が残っていることも考えられる。

私は手帳を取り出し、並木の自宅に確認の電話を入れてみた。

「どう？」

「出ないな。仕事先から直接大井に向かっているのかもしれない」

「そうと決まれば、本格的に腹ごしらえね」

真希江は笑って言うと、再び店の中に戻って行った。


空コンテナの常置場は、コンテナ埠頭から南に八百メートルほど下った辺りにある。近くには埠頭公園とは名ばかりの荒れ地とＪＲの貨物ターミナルがあるだけで、周囲は巨大な倉庫群に囲まれている。広大な敷地内には空コンテナが二、三段に積み上げられ、次の使用を待っている。

十一時四十分。コンテナ置き場から百メートルほど離れた路上に車を停めた。

辺りには街灯が少ない。コンテナ置き場の正面は一応見通せたが、暗がりの中、閉ざされた門が見えるだけだった。こんな時間に入港した船があるのか、埠頭方面がライトの明かりでうっすらと浮かび上がっていた。昼間はコンテナをけん引する大型トラックでにぎわう道路にも、通りかかる車はなかった。

とうとう篠田とは連絡がつかなかった。自宅に電話したが、夫人が出て、まだ帰らないという返事があっただけだった。大学への復帰を控え、人と会う機会が続いているのだという。私たちは篠田への報告をあきらめ、一旦真希江のマンションに立ち寄り、カメラの用意を整えてから大井に来ていた。

コンソールの時計が十一時五十分を示すと、真希江がじれたようにシフトレバーに手をかけた。

「おい、どうする気だ」

「正面から塀を乗り越える人はいないと思わない」

「なるほど……。よし、ここはベテラン調査員の意見にしたがいますか」

車を出し、裏手に回ると、貨物ターミナルの前で停車させた。付近に人影はなく、遠くに車が一台停めてあるだけだ。

時計のデジタル表示が十二時を告げても、通りに並木らしい人物は現れなかった。

コンテナ置き場は、待ち合わせをするには少々敷地が広すぎた。

「どうも、ほかから潜り込んだようね」

並木は過去にコンテナを運んで何度かここにも足を運んだ経験があるに違いない。我々の知らない入口のようなものを知っていることも考えられる。

思いを巡らしていると、真希江がたまりかねたようにドアを開けた。

「行きましょう」

返事も聞かずに、さっさとシートから路上へ降り立った。

苦笑しながら私も車を降りる。真希江に続いて小走りにコンテナ置き場の塀へと向かった。口から漏れる息が瞬時に白くなる。海からの風が肌を刺すように冷たい。

塀の高さは二メートルを少し越えたぐらいだ。コンクリート塀の上に、ご丁寧に鉄の柵まで張ってある。

「お先にどうぞ」

目配せしてから、屈み込んで掌を上にして組む。真希江が片足をかけ、地面を蹴るのと同時に持ち上げた。真希江の手が鉄柵をつかむ。そのまま足の裏を押し上げてやる。

差し出された手を遠慮して、私は自力でジャンプし、鉄柵にしがみついた。懸垂をするように体を持ち上げる。柵をまたぎ、真希江の隣に飛び下りた。

敷地内の明かりは消えていた。取り出しやすいように列を作って積み上げられたコンテナがうっすらと見えるが、辺りは暗がりの中に溶け込んでいる。耳をすましてみた。それらしい物音は聞こえない。

「どこにいるんだろ……」

真希江の声も自然と小さくなっていた。

塀に沿って、コンテナの回りを歩く。

「これだけあると、どれが城東商事が使ったやつだか、分かるかどうか心配ね」

「ナンバーさえ記憶していれば大丈夫さ」

列の間に入ってみた。二メートルほどの幅しかない。フォークリフトが通れるスペースだけ空けてあるのだろう。ビルの谷間を縫うようにして、格子状に並べられたコンテナの間を進んで行った。

「まだ来てないのか……」

真希江が不安そうに呟いた時だった。奥のコンテナの間で、砂利を踏むような靴音がした。

真希江と目で合図して、足を進める。

前方の暗がりにうっすらと人影が見えた。

声をかけようとした瞬間、コンテナの陰から人影が躍り出た。三人。思わず足を止めた私たちの背後に、二人。

「誰！」

真希江が呼びかけたが、並木が助っ人を頼んだのではないことははっきりしていた。前方左端の男の左手に、包帯らしきものがうっすらと白く見て取れた。私がつけた目印だった。

どの男もサングラスはしていなかった。もう私に顔を見られてもいいと思っているようだった。その理由は深く考えたくない。

「やはりお前だったか」

真ん中の馬面が、がに股で進み出た。声の記憶に間違いなければ、私にナイフを突きつけた男だ。

隣で真希江が、ショルダーバッグを抱える。真希江から渡されたダイバーナイフはコートの内ポケットの中だった。五対二。いや、三人の奥にもう一人。だが、今度は武器も持っている。うまく使える自信はまるでないが。

逡巡しているうちに、馬面がまた一歩、歩み寄った。

「忠告を破った度胸はほめてやるよ。だが、ちょいとばかり調子に乗りすぎたな」

馬面が合図するようにあごをしゃくり上げた。後ろの男が真希江の腕をつかもうと手を伸ばす。

その瞬間、真希江が素早くショルダーバッグから手を引き出した。暗がりの中に、青白いスパークが上がる。スタンガンだ。

男が呻いて、弾かれたようにのけ反った。同時に、私はもう一人の男に向かってダッシュした。不意を突かれた男に体当たりを食らわし、コンテナへと弾き飛ばす。

「走るんだ！」

叫ぶと同時に走った。が、真希江はもうすでに前を行っている。動きが早い。

「待ちやがれ！」

男たちの叫びが背後で上がり、足音が続いた。

このまま真っすぐに走っていては、いずれは追いつかれてしまう。瞬時に判断し、真希江の手を引き、コンテナの角を左に折れた。少しでも攪乱して、距離を稼げ。塀を乗り越えるだけの距離を。

隣で真希江が遅れかける。男たちの足音と息遣いがすぐ背後に迫っていた。ナイフを手にしたが、思い直して、真希江に叫ぶ。

「スタンガンを！」

真希江の手からスタンガンをつかみ取ると、急ブレーキをかけて立ち止まった。向かって来る男に突き出し、スイッチを押す。

男がのけ反り、後ろの男とぶつかった。

コンテナの間が狭いのが幸いした。転倒した仲間に道をふさがれ、男たちは一瞬たたらを踏んで立ち止まる。

距離が稼げた。塀へと全力でひたすら走る。

「早く！」

真希江を塀の上へとかつぎ上げる。手が柵をつかんだのを見届けると、私はダイバーナイフを構えて塀に背中を向けた。威嚇するにはナイフのほうが効果的だ。男たちはナイフを見て、慌てたように立ち止まった。

視界の端に、塀を乗り越える真希江の姿がちらりと映る。

「一一〇番だ、急げ！」

素早く体勢を立て直し、男たちと対峙する。

「じきに警察が来る。それでゲームセットだ」

そう叫びながらも、私は男たちの顔を見て背筋が凍った。塀を挟んだ道路の街灯を浴びて、男たちの顔が亡霊のように浮かび上がっていた。どの顔にも、せせら笑うような笑みが浮かんでいる。

坊主頭の男が笑いを嚙み殺しながら言った。

「俺たちが見張りも立てずに来たとでも思ってるのかい」

男たちの背後から、馬面が遅れてゆっくりと歩いて来た。手にした受話器のようなものが、かすかに雑音を上げていた。携帯無線だ。

馬面はにやりと笑って無線に話しかけた。

「よし、女をこっちに連れて来るんだ」

外に仲間がいた……。ターミナルから離れたところに停車していた車を思い出す。

罠だったのだ。並木の名前を使っておびき出されたのだ。つまりは尾行されていた
ということか。警戒したつもりだったが、どこかで目撃されていた……。

呆然として立ち尽くしていると、左手のほうで門が開く音がした。

振り返ると、人影がもつれるようにして入って来る。小さい影が地面へと崩れ落ちた。そのシルエットは間違いなく真希江のものだった。

馬面が得意そうに鼻をふくらませた。

「運動会は終了だ。次はスキューバダイビングといこうか。車ごとな」

私はのどを鳴らして、ようやく声にした。

「あいにく彼女の車はオートマチックじゃないんだ」

「誰も海にとは言ってないぜ。人知れぬ湖でひっそりと心中なんてのは、どうかな」

なけなしの武器を奪われ、私は真希江とともに敷地の奥へと引き立てられた。

あご髭の男によって四十フィートコンテナの扉が開けられ、私たちは中に放り込ま

れた。

扉口に手をかけて、馬面が立ちはだかった。

「さて、サンプルを出してもらおうかな」

サンプル……？　何のことだ。

真希江も目を細めて私を見る。

サンプルと聞いて思いつくのは、竹脇がミートハウスと茅崎製菓から盗み出したというサンプルしかない。だが、あれは、篠田の検査でシロになったはずだった。それがどうして……。

馬面の手の中で無線が鳴った。

「車の中にサンプルはありません。トランクの中にも、どこにも」

報告を受けた馬面の顔が醜く歪んだ。

「悪ふざけもほどほどにしろよ。どこに隠した」

坊主頭が進み出て、私の胸倉をつかみ上げた。万力のような力で締め上げられ、のどがつまる。締め上げられながらも、必死に思いをかけ巡らせた。なぜこいつらは、私たちがサンプルを持っていると信じるのか……。

坊主頭が腕に力を込めた。

「あんまり俺たちをなめるんじゃねえぞ、おい！」

私のマンションが荒らされたことが頭に浮かんだ。ひょっとするとあれは、サンプルを探し出すためだったのか……。それだけではない。枝里子に言わせると、竹脇のマンションも何者かにかき回された痕跡があったのだ。だが……こいつはなぜ、何も汚染の発見できなかったサンプルなどを探しているのだ。

分からないことばかりだ。いずれにせよ、彼らはサンプルのありかを聞き出すまでは、私たちをいたぶるつもりのようだった。最悪なのは、知らないと正直に言ったところで、彼らが信じてくれそうにないことだ。

「どきなよ」

坊主頭の背後で、冷ややかな声が上がった。

今まで男たちの背後にいた小柄な男が、扉口に進み出た。他の男たちとは雰囲気がまるで違っている。髪を七三に撫で分け、面長の顔にメタルフレームの眼鏡が光っていた。馬面たちと違って、ネクタイとスーツのほうが似合いそうだ。男は飄々(ひょうひょう)とした物腰で歩み寄ると、私の胸倉を締めつけている男の坊主頭をぺたぺたとたたいて言った。

「怒鳴るばかりが能じゃないだろ？」

坊主頭はむっとした表情を作ったが、ぼやくように言い返しただけだった。

「だけど、谷沢さん……」

谷沢！　こいつが谷沢か……。

隣で真希江も息を呑むのが分かる。

谷沢は肩から下げていたアイスボックスのような箱を地面に置いた。

「待ってくださいよ、それを使うのは。まだ、サンプルのありかを……」

馬面の言葉遣いまでが丁寧になった。大事な収入源の黒幕なのだから無理もない。

「口を割らせるのに使うだけさ」

谷沢が私たちを振り返った。コンテナの入り口から顔を突き出す。その手には、護身用具から拷問道具へと役割を変えたスタンガンが握られていた。

だが、意外なことに谷沢は言った。

「こんなものは、おもちゃだ」

コンテナ内の暗闇に青白いスパークが上がり、唇を歪ませる谷沢の横顔を浮かび上がらせた。

「僕はね、五香交易に勤めていた時、ソビエトに医療品を輸出してたんだ。その中に、緊急蘇生装置というものがあってね。事故などで心臓が停止した時、再び電気ショックで心臓を動かすための道具さ。簡単に言えば、バッテリーに二つの電極がついてるようなものだね」

心臓が止まりそうになった。

谷沢は地面に下ろした箱の蓋を開けて、中からコードがついた直径八センチほどの吸盤状のものを取り出して見せた。

「これさ」

「遠慮しておくよ。こっちの心臓はまだ動いているんでね」

どうにか言い返したが、その元気な心臓がのどから飛び出そうになる。

「動いていてもかまわないさ。鬱病や分裂病の患者にも使用するんだ、頭のほうにね。それで少しは頭がすっきりして、サンプルのありかを思い出してくれるかもしれないな」

谷沢が言うと同時に、あご髭と坊主頭が私の腕をつかみ、続いてえらの張った男とでぶが真希江を取り押さえた。

谷沢が電極を手に、笑みを浮かべてふらりと立ち上がった。コンテナの中に足を踏み入れ、私を通り越して行く。

真希江の顔がみるみるうちに恐怖に歪んだ。

「よせ！　やるなら俺をやれ」

「心配はいらないよ。一アンペアくらいだから火傷の跡は残らない」

谷沢の持つ電極が、激しく体を震わせる真希江の顔前に近づいた。

「やめろ！」

腕をつかまれているので上半身の自由が利かなかった。長くもない足を精一杯伸ばして、谷沢の手元目がけて振り回す。

「おっと」

実にあっけなく谷沢がよけた。同時に、馬面が私の腹に拳をたたき込む。一瞬息が詰まり、苦痛で体が折れる。髪をつかまれ、無理やり顔を上げさせられた。

「女を苦しませたくなかったら、サンプルのありかを話すんだな」

もつれる舌を何とか動かし、声にする。

「……おまえらは何か勘違いをしてる。サンプルのありかなど思い出しようがないんだ。そんなものは最初から持っていない」

「いまさら何をぬかす。お前があの記者のダチだということは調べがついてる。お前が持ってなきゃ、誰が持ってる」

「嘘じゃない。それにな、仮に俺が持っていたとしてもあれはシロだった。竹脇が盗んだサンプルは横流しとは関係がなかったんだ」

「何い」

馬面が私の髪を離して、宙を睨んだ。

「するとあの野郎、俺たちをペテンにかけて金をふんだくろうとしたのか」

誰がペテンにかけたというのだ。竹脇がサンプルをネタに、こいつらから金を……？

「まさか、罠じゃ」

谷沢の声が裏返った。

「だけど、辺りは確かめてある。仲間のようなやつは一人もいなかったはずだ」

呟きながらも、馬面は口元に無線を運んだ。

「戸上(とがみ)！　車だ。車の用意だ」

続いて、男たちに向かって指示を出す。

「念のため場所を変えるぞ。そいつらをおとなしくさせろ」

谷沢の隣に立っていた眉毛のない男が、ポケットから茶色のビンを取り出した。坊主頭が私のあごをつかみ、締めつける。痛さにこらえ切れず口を開けると、中にビンの口を押し込まれた。谷沢はソビエトに消毒用アルコールも輸出していたらしい。

「さあ、飲んで静かに寝るんだよ」

馬面が再び私の腹に拳をたたき込んだ。呻いた瞬間、アルコールがのどに流れ込んでくる。沸騰でも始まったようにのどが焼けつく。

こうやって竹脇も小林も、泥酔状態にさせられたのだ。いくら酒に強くても、これだけ純度の高いやつを一気呑みさせられたのではたまらない。

眉なしがビンをのどの奥に押しつける。もがけばもがくほど、熱いものが胃へと落ちていく。

その瞬間だった。かすかにサイレンのような音が聞こえてきた。

男たちの動きがいっせいに止まった。音は次第に大きくなり、はっきりそれと分かるようになる。

「パトカーだ！」

誰かが叫んだ。

馬面が無線機に向かって声を張り上げる。

「戸上！　何をしてる。早く車を持って来い。逃げるぞ！　おい戸上」

必死に呼びかけても、無線からは、ザー、という雑音しか返ってこなかった。

やがて、音が止まり、一同が固唾を呑む中、無線から声が流れ出てきた。

「車なら俺が手配したよ。警察行きの車をな」

耳慣れた声だった。毎日怒鳴られているので聞き間違えようがない。

声の主は、高木義久だった。

35

まもなく駆けつけて来た警察により、谷沢たちは、監禁と殺人未遂の現行犯で緊急逮捕され、私と真希江は救急車の乗客となった。

　救いの神は、高木と篠田の二人だった。

　きっかけは、篠田が高木の自宅に電話をしたことだったという。帰宅後、私から連絡があったことを聞いた篠田は、調査に進展があったのだろうと思い、すぐに私と連絡を取ろうとした。だが、私は自宅にも検疫所にも戻っていない。残るは真希江の車だろうとの予想はついたが、その電話番号を篠田は聞いていなかった。もしかしたらと高木の自宅に電話を入れたのが幸いした。並木からの伝言を聞き、篠田は自分もコンテナ置き場に行く決意を固めたが、次第にその伝言内容に胸騒ぎのようなものを感じたという。それで念のためにと、高木を誘って駆けつけたのだ。

　二人が到着したのは、十二時を二十分ほどすぎてからだった。中に潜入する方法を考えながらコンテナ置き場の周囲を車で回っていると、路上駐車した車の中を不審な男が探っている現場にぶつかった。薄汚れた車体から、その車が真希江のものだと気づいた篠田は、瞬時に何があったのかを察知した。男が無線とのやり取りに気を奪われている隙に、高木が背後から近寄り、腕力にものをいわせてねじ伏せたのだという。薄汚れた車体から車の主の判別がついたのだから、真希江の不精にも感謝しなければならないだろう。

　私たちは、東大井の救急病院に運び込まれた。真希江は急性アルコール中毒の一歩手前で、直ちに胃の洗浄が行われ、入院となった。

私のほうは、この一週間禁酒していたのだが、それまでの十年間がものを言い、酩酊しただけにとどまった。ただ、体中に散らばった痣（あざ）を見て腰を抜かした医師は、精密検査のために私をベッド送りにした。

私は病院のベッドの上で、一週間ぶりに熟睡することができたのだった。


午前中、精密検査で病院中を引き回された。

最初は無理やり車椅子に乗せられ、三人の看護婦のお供がついた。だが、検査をこなすにしたがって、車椅子を剝奪され、お供の数が減り、最後にはカルテを渡され、私は一人で病院の中を彷徨（さまよ）うこととなった。

検査後に、黙って病室を抜け出し、真希江の病室を探してみた。だが、途中で腕の太い看護婦に捕まり、私は病室へと収容された。ほとんど邪魔者扱いに近かった。

十一時、ベッドの上で暇を持て余していると、病室のドアがノックされた。

返事も待たずに扉が開き、橘俊晴の髭面がぬっと現れた。

「どうだい、看護婦は優しくしてくれるかい」

橘に続いて、救いの神二人も姿を現した。明け方近くまで事情聴取に協力していたはずだったが、疲れた様子はどこにも見えなかった。篠田の顔には、満足そうな笑みが浮かんでいる。

　私はあらためて二人に感謝の言葉を述べた。

　高木が、照れ臭いのか、ぶっきら棒に横を向いた。隣の空ベッドへと視線を移し、皮肉っぽく言う。

「個室とはいい身分だな」

「ここにいると、狭苦しい検疫所に戻りたくなくなって困ります」

「どうなんだね、体の具合は」

　篠田が心配そうに尋ねてきた。

「少し頭が痛むだけです」

「だから言ったでしょ、先生。こいつは、二日酔いくらい、いつものことなんです」

　言わんこっちゃない、というように高木が肩をすくめてみせた。

　橘がニヤつきながら、私を見下ろした。

「警察も一緒だぜ。俺の話だけじゃ信じられなかったのか、今、あんたから話を聞く了解を、医者から取りつけてるところだ」

　私は、目を覚ますと同時に橘の自宅に電話を入れて、密輸のことを警察に報告してもらうように頼んでいた。スクープを手放すことになるが、橘は快く引き受けてくれた。私の調査手記を独占掲載することを条件に。

それと、もう一つ、私は橘にある依頼をしていた。

「差し入れは持って来てくれたかな」

「おう、そうだった」

橘が、頼んでおいた本を差し出した。「電気工事ハンドブック」という書名を見て、高木が不思議そうに私を見た。

「そんなもん読んでどうする気だ。今度のことで食品Gメンに愛想がつきて、電気屋にでも転職するつもりか」

「愛想はとっくにつきてますよ。——これは、竹脇を自殺に見せかけて殺そうとした方法を確かめるためのものです」

十分後、板倉刑事が同業者と見える人相の悪い男たちと医師を引き連れ、見舞いに現れた。今までの横柄さはかけらもなく、私はいつの間にかVIP待遇になっていた。

板倉は気まずそうに視線を落として言った。

「えー、許可がでましたので、事情聴取にご協力願えますでしょうか」

私は彼らを無視して、医師に言った。

「警察の苛酷な取り調べを許可したんですから、もう退院してもいいんでしょうね」

初老の医師が険しい顔で私の前に進み出た。看護婦とともに、体の湿布を張り替えながら、痣の一つを指でつついた。私が呻き声を上げると、医師は満足そうに笑顔を作った。

「この体でやくざを向こうに立ち回りを演じたっていうじゃないか。あんたの体のタフさ加減には医者もサジを投げるよ」

「ありがとうございます」

「検査の結果は異常なしだ。だが、一つだけ忠告させてもらおう。長生きしたかったら、少しは酒を控えることだ。あれだけのアルコールを摂取して、少し頭が痛いだけとはどうかしてる。丈夫な肝臓に感謝するんだな」

医師は私の腹に指を突きつけると、どうぞ、と言って刑事たちに道を空けた。

板倉の隣に控えていた目付きの鋭い男が進み出た。

「警視庁捜査一課の鹿賀です。あなたのご活躍は板倉刑事から聞かせてもらいました」

私は、看護婦から手渡されたよれよれの服に着替えながら、刑事の話に耳を傾けた。

「赤崎組には以前から覚醒剤の密売に関する噂があったのですが、確証がつかめずに手を焼いていたところでした。早速、四課の者が、赤崎組の事務所の手入れを行っています。密輸に関しても、生活課と外事課の協力を得て、すでにコンテナの洗い出しと背後関係の調査に着手しました。あなた方を襲った連中は、ありもしない横流しをネタに現金を要求されたなどとうそぶいていますが、まあ、落ちるのは時間の問題でしょう」

「竹脇の件についても、考え直していただけたんでしょうね」

「月島署から調書を取り寄せ、検討に入りました。ですが、私も調書を見させてもらった限りでは、どうも自殺の線は崩せそうにありませんね」

隣で板倉が、当然だと言うようにうなずいた。

「気になる点は確かにあります。特に、倉庫の守衛室のガラスが割られた、というのは、現場を目撃させるための作為のように思えないこともありません。ですが、実際に竹脇さんがアクセルを踏み込むところまで目撃されているのですから、自殺はまず間違いないものと思われます。ただ……自殺にまで追い詰められた裏に、赤崎組が関係していたことは充分推察できます。自殺の強要があれば、強要罪が適用されますし、今後はその点からも、厳しく追及することにしています」

事務的な口調で説明を続ける鹿賀に、私は首を振った。

「あれは自殺ではありません」

「しかし……」

「昨年の十二月、谷沢の友人で、城東商事の社員だった小林伸明という人物が亡くなっています。竹脇とまったく同じような状況で車ごと海に転落して」

刑事たちが息を呑むのが分かった。高木と篠田も驚いたように顔を見合わせた。

橘が、髭をさすりながら私に目配せをした。

「どうやら俺の持ってきた見舞いが、役に立ったようだな」

私はうなずき、刑事たちに目を向けた。

「あれは間違いなく他殺です。彼らは人間を思うように操ったんですよ。リモートコントロールによってね」

「リモートコントロール……？」

まったく信じていないような口調で板倉が聞き返した。鹿賀が念を押すように言う。

「まさか催眠術だなんて言わないでしょうね」

「違います。それ以外に、確実に人を操れる方法があります」

「それが、電気と関係あるわけか」

高木が、ベッドサイドのテーブルから「電気工事ハンドブック」を取り上げた。

鹿賀が素早く書籍から私へと視線を移した。

「詳しくお聞かせいただけますでしょうか」

私は着替えを終え、ベッドに腰を落ち着けた。高木と橘も隣の空のベッドに腰を下ろす。鹿賀の後ろで、刑事の一人が手帳を取り出した。

私はゆっくりと一同を見回した。

「その方法に気づいたのは、一緒にここに入院している私の相棒が、護身用に持っていたスタンガンを使った時でした」

「スタンガン？」

首を傾ける篠田に、橘が説明する。

「ひところ話題になった、アメリカ製の高圧電流銃です。スイッチを押すと高圧電流がスパークして、相手を感電させます。あまりに威力が大きいので、暴力事件に使用され、警察が慌てて輸入を差し止めたいきさつがあります」

ねっ、と同意を求めるように刑事たちを見た。板倉が無愛想にうなずいた。

「赤崎組の連中に囲まれた時、彼女はそれを使って、窮地を逃れようとしました。スタンガンを突きつけられた男は、電気ショックを受けて、一瞬体をのけ反らせると、崩れるようにその場に倒れました」

「電気ショックか……」

篠田が声を震わせた。

「そうです。車が急発進する直前に竹脇が体を起こしたのは、電気ショックのせいだったんです。体に電気が流れることによって、全身の筋肉が硬直し、自分の意志で体を起こしたように見えたのです」

「その勢いを利用して、アクセルを踏ませたってわけか……。体に直接電気を流すなんて、ひどいことを考えやがる」

高木が言って、拳を固めた。

「だが、待ってくれないか」

異を唱えたのは鹿賀だった。

「海から引き上げられた後、車は徹底的に検証されている。バッテリーにも異常はなかったと記録が残っているが」

「ですから、バッテリーではありません。車の外から流したんです」

「外から……」

「理解してもらうには、二つの現場を見比べてもらうのが一番でしょう。竹脇の場合も小林さんの場合も、急発進した路上には、なぜか同じように引き込み線が横切っていました。目撃者の証言によれば、ちょうどその辺りから、車は急発進したそうです。線路と車。両者は一見何の関係もないように思えますが、二つの現場にそろって同じように横切っていたとなると、ただの偶然ではすまされないでしょう。私にはまるで、線路が車を急発進させるスイッチのようにさえ思えてきました。スイッチ――

それでまず連想されるのが、電気、です。二つの現場を見ていたので、スタンガンを使用した時の反応から、電気を流したことに気づいたんです」

「つまり、線路が電線の役目を果たしたというわけですか」

鹿賀が自問するようにゆっくりと言った。

「谷沢は五香交易時代、ソビエトに医療機器を輸出していました。その中に、緊急蘇生装置という、電気ショックで心臓を再び動かすための器具があったそうです。それを使って、線路から車の中へと電気を流したのです」

「問題は、線路からどうやって車の中へと、電気を流したか、ですね」

板倉が鹿賀の顔色をうかがった。後ろに控える刑事たちもうなずき、私を見る。

「静電気除去ベルトと言われるやつを利用したのではないでしょうか。竹脇の車の後部バンパーにも取りつけられていたはずです。冬の乾燥した時期などに、ドアの取っ手に触れたりすると、ピリッとくることがありますよね。それを防ぐために、車体に溜まった静電気を走行中、路上に放出するためのものです。見ただけではゴムかプラスチックでできているように見えますが、中には金属が入っていて、取り付け時にバンパーの金属部分と接触させ、そこから静電気を逃がすものです。ですから、そのベルトを利用すれば、本来の目的とは逆に、路面から車体へと電気を流すことが可能なのです」

「しかし、電極が一つでは電気は流れませんよ。他に地面と接触するのはタイヤしかないが、ゴムは当然ながら電気を通さない」

鹿賀が冷静に言った。

「それには、車体との絶縁を先に考えればいいんです。二つの電極があっても、それらが人体を通す前に接触していたのでは、電流はそっちに流れてしまいます。車内にあって、車体と絶縁されているものを利用したはずです」

「電気系統の配線だな」

橘が素早く反応した。

「バッテリーから出ている配線が車体とつながってたら、車に乗っているやつはいつも感電のしっぱなしだ」

「しかも、ライトやウインカーのスイッチなど、電気系統の配線は運転席に集中しています。運転者に電気を流すのには好都合です。海から引き上げられた竹脇の車を見せてもらいましたが、その何本かがコンソールの下で垂れ下がっていたのを覚えています。あれは、竹脇が暴れたために切れたのではなく、最初から切られてあったものだったのです」

転落の直前に目撃された車も、ライトが消えていたはずだった。あれは、すでに準備が整えてあったために、ライトを点けることができなかったからに違いない。

「確実にアクセルを踏ませるために、電気はアクセルを踏む右足を中心にして流されたのだと思います。まず、静電気除去ベルトを使って流された電気は車体を伝います。それを右足の大腿部と接触させます。そのために、おそらくズボンの一部が裂けていたのではないでしょうか」

板倉が、思い出したようにうなずいた。

「ああ、そういえば何ヵ所か破れていたと思うが……まさか、そんなことのために引き裂かれたものだとは……」

言い訳でもするように語尾が小さくなる。

私は説明を続けた。

「車体から運転者の体へと電気を伝えたのは、あとで車内に残っていても不審を持たれない金属でしょう。おそらくは、チェーンだったと思います。竹脇の車の床にも雪道用のチェーンが落ちていたと記憶しています。その一方を運転者の大腿部の下に挟ませ、もう一方の端を近くの金属部分と接触させます。車体とつながっているものならどこでもいいでしょう。サイドブレーキのシャフトにでも軽く巻きつけておけばいいはずです。そして、もう一つの電極であるコンソールの下の配線を、運転者の右足首につなげます。運転者は酔ってはいるが、死んでいるわけではありませんから、動けば配線が外れてしまう恐れもあります。といって、縛りつけたりテープで止めたりすれば、後で細工したことがばれてしまいます。そのために、あとに残らないものを利用して足首に取りつけたのではないでしょうか」

「何だね、それは」

　鹿賀が尋ねる。

「紙だったのではないでしょうか。それもごく薄い紙――トイレットペーパーか何かですよ。紙は水に弱いですからね。車はすぐ海中に沈むのだから、流れ込んでくる水と運転者の動きによってもろくなった紙は、簡単にちぎれてしまうはずです」

「なるほどね。それは分かった。しかし、配線の先はどうするんだ」

　板倉が疑わしそうな目で言った。

「ボンネット部分の下の車体には、底がついていませんからね。路面へとコードを垂らすことも可能です」

「そんなコードがあれば、いくら我々が間抜けでも、気づいたはずだがね」

「ですから、そこに、ちょっとした仕掛けを取りつけます。車内の配線部分と地面に垂らすコードをヒューズでつなぐのです」

　刑事の一人が、あっ、と声を上げた。

「そうか。ヒューズなら、決まった電流が流れれば、溶けて外れてしまう……」

「それを、この本で確かめました」

橘が持って来てくれた本を掲げて見せた。

「私たちを拷問しようとした時、谷沢は、一アンペアぐらいの電流では火傷の跡は残らない、と言ってました。ですから、その前後の電流を使ったのだと思います。しかし、普通の家庭にあるヒューズというのは、十とか二十アンペアくらいのものでしょう。それで、一アンペア前後の少ない電流で切れるヒューズがあるのかと心配だったのですが……それもこの本を見て解決しました。鉛(なまり)や錫(すず)の熔融電流は低く、一アンペア以下のヒューズも存在するのです。それを使って地面に垂らすコードと配線をつないでおけば、線路を伝って流された電流でヒューズが溶け、コードは地面へと残されます。それを、車が転落した時のどさくさに紛れて回収したんです。もう一度車を調べ直せば、ヒューズの溶けた一部が残っているのではないでしょうか」

「至急確認させます」

鹿賀が言うと同時に、刑事の一人が廊下に飛び出して行った。だが、彼を振り返って見る者は誰もいない。私は続けた。

「それから、アクセルペダルから足が外れないようにしておくことも必要です。クッションで周りを覆って、固定させたのではないでしょうか。ブレーキペダルとシート、それぞれの隙間をふさいでおけば、右足は自然とアクセルペダルの上に乗った形になります。そうして、すべての仕掛けを確認してから、車のギアを入れる。オートマチック車ですからギアさえ入れれば、車はゆっくりと動き出します。歩く程度のスピードですから、車から外に出るのは簡単なことです。後部ドアなら、ロックさえしておけば、普通に閉めただけで鍵がかかります。あとは外に出て、あらかじめ竹脇の指紋をつけておいたウイスキーのビンを倉庫の守衛室に投げ入れ、目撃者を作る。ガラスを割られて黙っている人はいませんからね。必ず外に出るか窓を開けるかして、犯人を探そうとするはずです。念のために、近くに停めておいた車のクラクションを乱打して、注意を呼び起こして万全を期します。あとは、車が引き込み線の上に差しかかった時を見計らい、線路を通して、車に電流を流すだけです。電気ショックによって全身が痙攣（けいれん）し、まるで覚悟を決めてアクセルを踏んだように運転者は反応してくれます。そして、目撃者の見つめる中、車は埠頭の車止めを越えて海へと転落していった……」

ふう、と篠田が深いため息をついた。

「私たちがもう少し遅れていたら、君も同じ目にあっていたのかもしれないな……」

「彼女の車はマニュアルでしたから、同じ方法は使えません。湖で心中だって言ってました」

「だろうね。いくらなんでもそう頻繁に同じ手は使えないでしょう」

鹿賀がにべもなく言って、うなずいた。

「しかしなあ……。赤崎組のやつらは、どうしてお前がサンプルを持っていると思ったんだろうな」

新たな疑問を投げかけたのは高木だった。

「連中が言っていたことを信じれば、竹脇さんは、サンプルをネタに赤崎組を脅迫していたらしいのです」

鹿賀の説明に、高木が目をむいた。

「脅迫？」

「証拠がなかったからですよ。竹脇さんは、横流しから密輸のことまで探り当てたが、証拠は何一つなかった。そこで、野上と名乗った自分のことを必死になって捜していた彼らを逆に捜し出し、サンプルをネタに脅迫したんです。彼らが脅迫に応じれば、それが証拠になると考えたんでしょうね。だが、裏目に出て、彼らに捕まり、海へと転落させられてしまった……」

「でも、どうやって赤崎組のことを？　警察だって、分からなかったはずですよね」

「それを言われると同業者として辛いものがありますが、戸塚署はまず、野上という人物を捜そうとしました。これは、犯人逮捕と野上の安全確保のためですが、竹脇さんの周到さもあって、成功はしませんでした。しかし、連中が野上を捜す唯一の手掛かりは、ミルズ電話サービスだけだったんです。郵便受けも借りていたことですし、野上がミルズ電話サービスに姿を現すことは充分に考えられました。当然、連中は見張りをつけて待ち構えていたでしょう。竹脇さんは、ミルズの周辺でそれらしい人物を見つけ、逆に自分を追っている連中を尾行したのではないでしょうか」

高木はそれでも首をひねっている。

「しかしですよ。サンプルは検査の結果シロだったんです。彼らは何も恐れることはなかったはずじゃないですか。なのに、どうして竹脇君のマンションや羽川のところまで調べたりしたんですかね」

鹿賀が、いいところに気づいたというように、うなずき返した。

「それはおそらく、赤崎組が、横流しと直接には関係してなかったからではないでしょうか。横流しに関係していたのは菊岡運送だけだった。だが、城東商事の積み戻しを運ぶためには、運送会社を利用しなければならない。谷沢は運の悪いことに、横流しに加担している菊岡運送を転職先に選んでしまったんです。そのため、竹脇さんに密輸のことを探り当てられてしまい、慌てて横流しからもみ消しにかかった。そういうことではないでしょうか」

「脅迫者が竹脇君ではないということも考えられますね」

篠田が鹿賀を振り返った。

「と言いますと」

「赤崎組につぶされた菊岡運送の関係者が、腹いせに脅迫したことは考えられないでしょうか」

「なるほど。仕返しというわけですか……。まあ、そのへんの詳しい状況も、この先締め上げていけば、はっきりするでしょう」

鹿賀がきっぱりと言って、姿勢を正した。

「大体のことは分かりました。いずれまたご協力を要請させていただくこともあると思いますが、その時はよろしくお願いします」

言葉は丁寧だったが、どこか高圧的な響きがあった。あまり何度も会いたい人物ではないな、と私は思った。もっとも、人懐こい刑事では信用もできないが。

帰りがけに、板倉がドアからばつの悪そうな顔で振り返った。言いにくそうに口を開く。

「あんたの執念の勝ちだったな」

「いや、俺は何もしちゃいない。竹脇の尻を必死に追いかけただけさ」

「かもしれないが……」

板倉の顔に、ふと、穏やかな笑みが浮かんだ。

「あんたも竹脇さんも、お互い命をかけても張り合う相手がいたってことだよ。うらやましい限りだな」

36

刑事たちが帰って行ったあと、私たちは真希江の病室を見舞った。

真希江は柔らかな日差しが差し込むベッドの上で、頭痛と戦っていた。

「何だ、元気そうじゃないか」

橘が明るく声をかけると、真希江は顔を歪めて、睨みをきかせた。

「お願い。静かに話してくれる。消毒用アルコールがまだ頭の中で暴れてる」

言いながらも口元には笑みがこぼれている。

橘はできる限りの優しい声を作って、先ほど私が刑事に聞かせた演説を、さも自分が考えたことのように伝えた。彼女には大砲の音にでも聞こえるのか、始終顔をしかめながら耐えるようにしていたが、それでも話を途中でやめろとは言わなかった。

「驚いたわね。頭痛が吹っ飛びそう」

「しかしなあ……」

ドアの近くに立っていた高木が呟くように言った。

「まだ、何か？」

篠田の問いかけに、高木はこめかみの辺りを掻きながら歩み寄って来た。

「いや何……どうしてもサンプルのことが気にかかりましてね。赤崎組のやつらが横流しに関係してなかったとすると、サンプルを盗まれたことはどこから聞いたんでしようかね」

高木はまだ先ほどの刑事たちとの会話にこだわっていた。彼のしつこさは昔からのことだ。私はいつもなので慣れっこになっている。

「当然横流しの関係者からでしょうね」

「だとすると、その時に、サンプルが汚染されてなかったことは聞き出していなかったんだろうか。ミートハウスや茅崎製菓であれば、サンプルが盗まれた場所から見て、それが横流しとは関係ないものだったことくらい予測できたはずなんだ。そのことを、連中が聞き出さなかったとは、どうも考えにくいんだがな……」

言われてみれば、確かにそうだった。事前に聞いていれば、谷沢たちはサンプルを恐れる必要などなかったのだ。墓穴を掘ることもなかったに違いない。

私は、ふと、実に唐突に、あることに思いあたった。同時に、再び頭が割れるように痛み出す。それは、昨夜のアルコールのせいだけではないようだ。

単なるあやふやな憶測にすぎなかった。自分でも、思いついたことに自信がなかった。だが……。

「どうかした?」

真希江の声で、我に返った。意を決して、篠田を振り返った。確かめてみるだけだ。

「先生が調べたのは、汚染に関することすべてでしたよね」

「そうだが」

「先生が検査した以外の何か知られてはならない事実がサンプルにあった、としたらどうでしょうか」

「知られてはならない事実……。例えば何かね？」

「麻薬です。突拍子もない考えかもしれませんが、それ以外には考えられません」

「ちょっと待ってくれないか」

橘が頭の中を整理するように間を取った。

「麻薬の密輸に使われた城東商事のココアは、原料ごと城東が輸入していたはずだろ。竹脇が盗み出した茅崎製菓のココア調整品とは関係はない。そのサンプルに麻薬が紛れ込むとは考えられないぜ」

コンテナから密輸分のココアを取り出し、横流しをしたとしても、フィリピン側でのことなのだ。わざわざ再び日本へ戻すことは、費用の面から考えても、まずないだろう。

「そのとおりさ。だから、関係しているのは、ミートハウスの牛肉のほうではないだろうか。河田産業から卸された肉は菊岡運送が輸送していた。クズ肉などの輸送で、谷沢も運んでいたことは充分考えられる」

私の何の証拠もない提案に、驚いたことに高木が身を乗り出した。

「そうだな。例えば、何かよんどころない事情があって、肉の中に密輸した麻薬を一時隠していたことも考えられる。まさか、そんなところに麻薬があると思うやつはいないだろうからな。何かの拍子に、肉に麻薬が降りかかってしまったとすれば、やつらが血眼になってサンプルを探していたことの理由はつく」

篠田がすまなそうに首を振った。

「しかし、サンプルは検査後に処分してしまいました。ミートハウスの肉も廃棄されてしまいましたから、もう一度あらためて検査することは、もう……」

「いえ、それができるかもしれないんです」

私の言葉に、全員が身じろぎした。

「どういうことだね」

私は、たった今思いついたことを口にした。

「竹脇の見舞いに行った時、やつの両親が妙なことを言っていたのを思い出したんです。事故に遭う直前に、竹脇から二人のところへ牛肉が送られてきたと言うんです。それも、食べるのはしばらく待ってくれ、という手紙がついて」

「それだ！」

高木が声を上げた。その大きさに真希江が顔をしかめる。

「竹脇さん、先生のところへ持ち込んだ以外にも、サンプルを確保していたのね」

「麻薬のことなら警察で調べてもらえば分かるかもしれません。先生、残留農薬や細菌など、詳しいデータを細かく比較していけば、それがミートハウスの倉庫のものだと断定することもできるんじゃないでしょうか」

私が言うと、篠田は慌てたように何度も大きくうなずいた。

「そうだな、できるだろうな。で、竹脇君の実家はどこなのかね」

「鎌倉です。江ノ電の和田塚駅のすぐ近くです。とにかく、肉を確保しておいたほうがいいでしょう」

話はすぐにまとまった。退院許可が出ず残念がる真希江を残し、私たちは病室をあとにした。

玄関を出て、病院前の駐車場に停めてあった高木の車に乗り込んだ。篠田が少し遅れて、最後に玄関から走り出て来た。

「すまない。センターにもう少し遅れると断っておきましたよ。こうなったら、腰を据えてかかるしかないですからね」

鎌倉に向かう前に、東京港湾病院に立ち寄った。竹脇の両親から実家の鍵を借りるためである。

玄関前で車を停め、私は一人で竹脇の病室に向かった。面倒をさけるために、看護婦に頼み込んで付き添っている枝里子だけを呼んでもらう。

事情を説明した。枝里子は驚き、戸惑ったが、私への協力を誓ってくれた。病室に戻り、両親から実家の鍵を借り出してくれた。

鎌倉までの道のりが長く感じられた。篠田は何かを考えたまま押し黙り、高木は運転に専念した。思わぬスクープの可能性に期待を込めた橘だけが、しきりに私に話しかけてきた。私はそれに答えながらも、この行動がどういう決着に結びつくであろうかに心を奪われていた。

第二京浜から横浜横須賀道路に入り、朝比奈インターで下りる。鎌倉霊園を横に見て、八幡宮前を通りすぎる。

「この辺りかな」

ＪＲ横須賀線の踏切りを渡ると、橘が地図を広げて言った。

私は窓の外に目を向けた。懐かしさが胸に込み上げてくる。

大通りはほとんど昔の面影を残していなかった。が、忘れ去られたようにかすかな痕跡がところどころに残っていた。酒屋の白い倉壁、土産物屋の間にぽつんと立つ石の地蔵。小学校の大銀杏は跡形もなく体育館に姿を変えていたが、校舎裏の柿の木はまだ健在だった。

私は感傷を胸に押し込んで、高木に言った。

「その角を右に入ってください。米屋の横を左に行くと、二軒目が竹脇の実家です」

「おや……これ以上は進めないな」

角を曲がったところで、高木はやむなく車を停めた。前方に、パトカーが二台停まっていたのだ。

「どうしてパトカーが……」

篠田が呆然としたように呟いた。

私たちは車を降りた。竹脇家の門の前に、若い警官が立っていた。

「何かあったんですか」

橘が勢い込んで訊く。警官は鷹揚に言った。

「何でもありません。空き巣ですよ。邪魔になるから、さあ、行ってください」

「私はこの家の関係者なのですが」

私が進み出ると、警官の表情が一変した。慌てて道をあけ、敬礼して言う。

「そうでしたか。それはどうも……。責任者が中におります」

私たちは、開け放たれたままの玄関から、中に入った。

家の中には、女性のすすり泣く声が小さく響いていた。玄関から、廊下の奥に台所が見通せる。その中央で、警官たちに囲まれて、一人の女性が手で顔を覆って泣いていた。

私は、玄関先で立ち尽くす篠田を振り返った。篠田の唇がわなわなと震えていた。

「どうしました先生。中で奥さんが寂しがってますよ」

37

橘と高木の動きが静止した。見開かれた目だけが、私と篠田を行き来した。

高木ののど仏が激しく上下した。

「今……何て、言った」

「そこにいる空き巣は、篠田先生の奥さんなんです」

「なぜだよ！　どうして、先生の奥さんが」

「竹脇が送ったサンプルを盗みに来たんですよ。先生に言われて、ね。そうですよね、先生？　ここに来る前、大井の病院からかけた電話は、センターではなく、奥さんにそのことを指示するためのものだったのではありませんか」

答えはなかった。答えられる状態に、篠田はなかった。見開かれた目は悪い夢でも見ているかのように虚ろで、唇から始まった震えが肩から腕へと広がっていく。その場に立っていられるのが不思議なほどだった。

　高木と橘を押しのけて、胡麻塩頭の警官が進み出た。

「鎌倉署の清水といいます。今、お話ししていたことは事実なのでしょうか。犯人をご存じだとか……」

「はい。警視庁捜査一課の鹿賀さんか、月島署の板倉さんに至急連絡してください。ミートハウスの倉庫に農薬をばら撒いた犯人を逮捕したと言ってもらえれば分かります」

「おい、待てよ。あれは、横流しの証拠を消すためじゃなかったのかよ。篠田先生の奥さんが何でそんなことを」

　橘が我に返ったように頭を振った。

「もちろん、奥さんが犯人ではありません。手伝いぐらいはやったかもしれませんがね。——犯人は、そこにいる篠田先生です」

「馬鹿な」

　高木の口から再び呻きがもれた。一同の視線を浴びて、篠田の肩ががくりと落ちる。

「それどころか、竹脇を殺そうとした真犯人も、篠田先生だったんですよ」

　沈黙が訪れた。篠田幸子の泣き声だけが、その場に静かに流れていた。遠くを江ノ電の車両の軋む音が通りすぎていった。

清水が胡麻塩頭をかきむしった。

「どうもよく分からないことばかりだな。おい、とにかく、警視庁に連絡だ」

若い警官がうなずき、小走りに篠田のすぐ脇を通り抜けて行った。それで、篠田は悪夢から覚めたようだ。二、三度首を振ると、戦(おのの)くような目で私を見た。

「どうやら私は罠にはめられたようだね」

「証拠がなかったものですから。こうするしか方法はありませんでした」

「じゃあサンプルの話はデタラメだったのか」

橘が心なしか青ざめた顔を私に向けた。

「枝里子に計画を打ち明けて、協力してもらったんです。隣の家に電話を入れて、誰かがこの家に侵入するようなことがあれば、すぐ警察に通報してくれ、とね」

篠田がふらふらと玄関を上がっていった。キッチンに入り、警官の間で泣き伏す妻の前で立ち止まった。篠田幸子の手の間から、こもった声がこぼれ出た。

「ごめんなさい……」

「謝るのは私のほうだ。最初から君が言ったとおりにしていればよかったんだ。今さら言っても遅すぎるがね。だが……これでもう終わりだ」

板張りのフロアにひざまずいて、妻の肩を抱き寄せた。

「どういうことなんだよ。なぜ先生が……」

　橘が信じられないというように、小さく言った。高木も振り返って、私を見る。

　やり切れない思いを、私は心の隅に押しのけた。

「……いくら横流しや密輸を暴露するためとはいえ、私には竹脇が、脅迫、などという手段を使ったとは、とても信じられませんでした。自分を血眼になって探している連中と取引しようなんて、あまりにも無茶な話です。危険も多い。しかも、そんなことをしたところで、脅迫をしたのでは証拠にすらならないはずなんです。相手がどんな行動を起こしたとしても、謂れのない脅迫で動揺したのだ、そう言われてしまえばそれまでです。もちろん、中央ジャーナルの誌上で訴えることもできないでしょう。そんなことを発表すれば、非難されるのは自分のほうです」

「それができれば、私らは何も靴の底を擦り減らすことはありませんからね」

　清水が自嘲ぎみに相槌を打った。

「その手法は、三角輸入の時、片っ端から証拠を並べていった竹脇のやり方とは、あまりにも掛け離れすぎています。――では、赤崎組の連中が、でまかせを言ったのでしょうか？　いや、私や竹脇の自宅を調べたことからみても、彼らがサンプルを探していたのは間違いありません。しかし、そうだとすると、少し理屈に合わないことが出てきます。――赤崎組の連中は、どうやって竹脇がサンプルを盗んだことを知ったのでしょうか」

橘が、何だそんなことか、と進み出た。

「あんたに、野上という人物のことを教えたのは、河田産業のやつだったろ。要するにあいつらは、野上の行動に不審な点があると最初から目をつけていたんだよ。ミートハウスと茅崎製菓からサンプルが盗まれたと聞き、真っ先に野上が怪しいと考えた」

「だが、実際に野上を探したのは赤崎組です。おかしいとは思いませんか？　彼らは、横流しグループとは何の関係もなかったはずなんです。そうでなければ、竹脇の盗んだサンプルを恐れる必要はなかったのです。なぜなら……最初から横流しグループと関係していれば、それが汚染されていないことも、彼らは知っていたはずですからね」

橘が腕を組んで、高木と顔を見合わせた。

「だが、関係なかったとすると、赤崎組はどうやってサンプルが盗まれたことを知ったのでしょうか。サンプルは汚染されていなかったのだから、横流しグループはそれを盗まれたところで、少しも慌てる必要はなかったはずです。警戒はしただろうが、今までのように慎重に行動すれば、誰にも気づかれる恐れはなかった。なのに、赤崎組の連中が気づいた。しかも、サンプルを盗んだ男を血眼になって捜し、あげくは横流しグループをつぶし、もみ消しを図るほどに、です。そんなことがあるでしょうか。赤崎組の連中がそこまで慌てなければならなかったのには、それなりの理由があったのではないでしょうか。つまり、それほどまでに横流しグループが動揺した。だから、赤崎組に気づかれてしまった……」

「サンプルが最初から汚染していたと……」

高木が割り切れないように、私を見た。

「そう考えれば、赤崎組がサンプルを恐れていた理由にも納得がいきます」

「ちょっと待ってくれよ」

橘が渋い表情を作って言った。

「先生が、どうしてサンプルの汚染を隠さなけりゃならないんだ」

「それが、あってはならない汚染だったからです」

「あってはならない汚染……」

「二人が、横流しの前に何を調査していたのか忘れたんですか」

高木と橘が顔を見合わせた。二人の口からほぼ同時に言葉がもれる。

「チェルノブイリの放射能汚染……」

「課長。ミートハウスの倉庫に行った時のことを覚えていませんか。農薬をばら撒いた犯人によって切り裂かれた段ボールには、『メイド・イン・ブラジル』と書いてありました」

「そうか……ミートハウスも放射能に汚染された肉を三角輸入していたのか」

ブラジルは放射能検査の対象国には入っていない。検疫所によって検査をされることなく輸入ができるのだ。松田屋がシンガポールを経由してヨーロッパの汚染された肉を輸入していたのと同じ方法である。

「いや……だとしても、篠田先生が隠す必要はないはずだ。三角輸入を告発すればいい」

高木が納得できないと言うように声を大きくした。それをさえぎるように、私は言った。

「逆ですよ、課長。告発ができなかったからこそ、先生は竹脇に言えなかったんです」

「てことは、以前にその肉を検査していた……」

「そうですよ」

橘が思い出したように声を上げた。

「前回の調査では、百種類にも及ぶサンプルの検査をやっていたはずです。その詳しいリストが、今度発売される調査報告の第二弾に掲載される予定になっていました。おそらく、その中にミートハウスも……」

「すると……ミートハウスの肉が実際は汚染していたのに、見逃してしまったわけか……」

高木の呟きを、私はすぐに否定した。

「いや、単に見逃しただけなら、何も隠す必要はないでしょう。新たに告発をし直せばすむだけです。実は汚染食品がまだあった、と」

「では、なぜミートハウスの汚染を隠そうと……」

橘と高木の視線が私に集まる。周りの警官たちも固唾(かたず)を呑むように見つめている。

「無論、先生がミートハウスの関係者と何か特別な関係があったとも思えません。そうなると、それでも隠さなければならない理由としては、私には一つしか考えられませんでした」

私は言って、一同を見回した。

「――サンプルの取り違えです」

橘が、あっと言うように口を開けた。高木が篠田を振り返った。幸子のすすり泣きが大きくなる。

「篠田先生は、検査の最中に、ミートハウスのサンプルと松田屋のサンプルを取り違えてしまったのではないでしょうか。どちらも同じ三角輸入された牛肉です。前回の調査をした時、同じ時期に検査をしたことは充分考えられます。そして、両者を取り違えて、検査結果を発表してしまった……。今回の横流しのための検査は、放射能だけではありませんでした。残留農薬や残留抗生物質、色素や細菌まで、あらゆる検査をしたはずです。それが、以前行った松田屋の肉のデータとことごとく一致した、とすればどうでしょう。輸入先の違う牛肉のデータが、あらゆる点ですべて一致するとは普通では考えられない。どう考えても、二つが同じ場所から一度に輸入されたものとしか思えなかった……」

「輸入先がたまたま同じ牧場だったとは考えられないんですかね。そうであれば、同じ飼料を食べて、同じ薬品を与えられていたはずです」

清水が遠慮がちに質問した。首を振ったのは橘だった。

「以前調査した時に、三角輸入の最初の出どころも調べていたはずです。それで、両者の取引先の牧場が違うことも知っていたのではないでしょうか。その点は、会社の資料を調べればすぐに分かります」

「つまり……」

高木が唾を飲み込むように言った。

「三角輸入で基準値を越える放射能牛肉を輸入していたのは、松田屋ではなく、ミートハウスのほうだったのか……」

「篠田先生は、その事実を竹脇に告げることができなかったんですよ。竹脇は、ただでさえ桑島さんの自殺を知ってショックを受けていた。その上に検査ミスの事実を知れば、ミスを訂正しようと言い出しかねない。だが、もう今さら、データを取り違えていたなんてことは、口が裂けても言えない状況になっていた。二人のスクープによって三角輸入と放射能汚染は社会問題にまで発展し、その影響で松田屋は倒産寸前、しかも、輸入を担当した桑島さんが責任を取って自殺までしている。自分は評論家として名を上げ、念願の大学復帰も決定した。本もベストセラーを続け、経済的にも潤った。それを今になって、検査が間違っていたなどとは、とうてい認めるわけにはいかなかった」

私はちらりと篠田の様子をうかがった。夫人を抱いたまま、彼は身動き一つしなかった。

「先生は以前にも、教授選のスキャンダルで研究員を自殺にまで追い込んでいます。なのに再び、自分のミスから自殺者を出したとなれば、大学復帰はおろか、今度は社会的にも抹殺されかねないところまで追い詰められるかもしれない。それを防ぐには、すべてを闇に葬り去るしかなかった。……一番恐ろしいのは、ミートハウスの牛肉の汚染が、どこかの研究者の手によって暴かれることだった。今もミートハウスのレストランでは放射能に汚染された牛肉が出回っている。いつ調査されても不思議はない。直ちにすべての肉を廃棄させなければ、安心はできなかった」

「それで、ミートハウスの倉庫に農薬を……」

高木が深くうなずいた。

橋が補足するように付け足した。

「今発売されている三角輸入の調査報告書には、松田屋の牛肉のあらゆるデータが載っていますからね。もし、ミートハウスの肉の汚染が発覚し、今度発売される第二弾の調査リストと見比べられれば、検査ミスのことに気づかれてしまう恐れがあった……」

そこまでは私も知らなかった。だが、そうであれば、篠田がかなり追い詰められていたことは、手に取るように分かる。

「冷凍倉庫の守衛を眠らせるために使った笑気ガスは、どこで手に入れたんですかね」

橘が誰にともなく質問した。

私は篠田を振り返った。

「さあ、それは先生に聞いてみなくては分かりませんが、助教授時代に動物実験とかで使用したことがあったのかもしれませんね」

清水が隣で素早くメモを走らせる。

「わざわざうちの検疫所に犯行声明を送りつけたのも、万一を考えて、自分が調査に同行するためだったんだな」

　高木の言葉はどこか湿っぽくなっていた。妻を抱く篠田から顔を背けて言った。

「実際に横流しされた肉があったとしたら、ミートハウス側が検査に同意しないことは想像がついていた。だが、横流し肉が中になかったことも考えて、自分が検査を担当できるようにと、俺と会う約束を取りつけておいてから、手紙が発見されるころに現れたんだ」

「おそらく、ポストに犯行声明を投函したあと、近くに隠れていたのではないでしょうか。それで警察の到着と同時に自分も顔を出し、自ら検査を買って出るつもりだった。だが、そのためには、竹脇がどうしても邪魔だった。ミートハウスが横流しと関係あると信じている竹脇が、もし倉庫の肉の廃棄を聞けば、必ず検査するようにと主張したはずです。警察が犯罪の可能性もありとして鑑識に回しでもすれば、放射能の汚染が発覚してしまう恐れがあった。だから、その前に竹脇を、赤崎組の前に差し出したんです」

　私は篠田の背中に言葉をぶつけた。

「あなたは、自分で竹脇の口を封じさせる自信も勇気も持ち合わせていなかった。そこで、野上を必死になって捜している連中の手を使うことを考えた。竹脇の名前を騙ってサンプルをネタに赤崎組を脅迫し、やつらを充分怒らせておいた上で、竹脇をおびき出し、やつらの前に差し出した。自分の手を汚さない、卑怯な方法でね」

篠田に初めて反応があった。こちらに背中を向けたまま、こめかみを押さえるようにうつむいた。震えるような声が聞こえてきた。

「信じてもらえないかもしれないが、まさか殺されそうになるとは思いもしなかったよ。私は竹脇君が密輸のことまで探り当てていたとは知らなかったからね。ただ、肉が廃棄されるまでの間、入院でもしてくれればいいと思っただけだ……」

「思ったとおりになったというわけですか。今も竹脇は意識が戻らないのですから」

篠田が肩越しに私を振り返った。目に怒気がこもっていた。いつもの冷静な篠田からは、想像もつかない表情だった。

「それくらいの責任は取ってもらってもいいんじゃないのかね」

「責任？」

「そうだよ。サンプルを取り違えたのは、竹脇君なんだからね。私は竹脇君からサンプルを渡されたら、その日のうちに仕分けをして、それぞれのボックスに保管していた。私がサンプルを取り違えるはずはないんだ」

「証拠はありませんね」

「そんなものがあったとして、何になる」

篠田が吐き捨てるように言った。

「実際にミスをしたのは共同研究者なのだから、自分だけは許してくれ。そう言ったところでマスコミが納得してくれると思うかね。成功者の転落は、いつも彼らの格好の標的だからね。私は以前も、教授選で同じ思いを味わっている」

「検疫所にファックスを送りつけたのもあなたですね」

私が言うと、篠田は鼻で笑うように横を向いた。

「ファックス……何のことかね」

私はかまわず言った。

「この期に及んでまだとぼける気ですか。あなたは倉庫の肉を処分させたが、不安を拭い去ることができなかった。いつまたミートハウスが汚染肉を輸入するかも分からない。元を断つためにはミートハウスと横流しの関係を暴き、廃業させる以外にはない。そう考えたあなたは、ミートハウスの肉が廃棄されるのを見届けてから、私に竹脇が横流しのことを調査していると打ち明けた。私に、竹脇の代わりとして横流しの追及をさせるためにね」

言葉を継ぐごとに怒りが増してくる。篠田は自分がはい上がるために、竹脇を、松田屋を、自殺した桑島哲を踏みつけにしていったのだ。そして、私も。

「私が選ばれたのに意味はない。竹脇のように優秀ではなくとも、調査に行き詰まれば、竹脇の時と同様、赤崎組の連中を脅迫しておびき出せばいいからだ。いいですか。赤崎組の連中をのぞけば、並木の名前で私たちをおびき出せたのは、あなた以外にはいなかった」

検疫所に、並木と名乗る人物から、私宛ての伝言が入ったのは昨日の午後の五時。その時点では、私と真希江が並木に会ったことを告げたのは、篠田だけだったのだ。

「あなたは、並木の名前を騙って検疫所に電話を入れ、私たちを奴らの前に差し出した。私たちが確認の電話を入れると困るので、並木さんのほうもどこかに呼び出しておいたんでしょうね。あとは、私たちが連中にいたぶられている現場を自分が助ければいい。だが、あなたは自分一人で助ける勇気がなかった。それで課長を誘ったんだ。そうして、わざと時間に遅れて、危ういところを助けてくれたというわけです」

篠田に向かって踏み出した私の腕を、高木がつかんで引き留めた。よせ、と言うように首を振る。高木は私を誤解しているようだ。私は、殴る価値のない男に手を振り上げるような無駄なことはしないつもりだ。

「私はつくづくついてない男だよ」

篠田の顔が醜く歪んだ。

「教授に引き上げるという恩師を信じて、うまうまと自分の研究をすべて奪われ、大学からも追い払われ……自力ではい上がろうとすれば、今度はこんなふうに足を引っ張られる」

篠田のかすれた声が、むなしく響いた。遠くでパトカーのサイレンの音が聞こえてくる。警視庁からのお出迎えかもしれない。

「私の唯一の誤算は、竹脇君の代わりに横流しを追及させる人物を、羽川君、君にしてしまったことだよ」

玄関の向こうに、パトカーが停車するのが見えた。妻を抱き起こし、玄関に向かおうとした篠田を、私は呼び止めた。

「とんだ見込み違いですよ。私は竹脇のあとを忠実にたどって行っただけなんです。あなたは竹脇によって暴かれたんです」

篠田は足を止めて、私を見た。寂しそうな笑みが浮かんでいた。

「君は、いい友人を持ったな」

38

それでも、いくつか解決されていないことが残っていた。導かれた答えは一つだった。

翌日、私は高木志織(しおり)に会い、すべてを知った。

39

最後の招待客が入って来た。

高木義久は部屋の中の顔触れを見て、一瞬、躊躇したように足を止めた。

東京港湾病院一階の第二検査待合室は、六畳ほどの殺風景な部屋である。定期検診を勧めるポスターと、赤いビニール張りの長椅子が二つ置かれているだけだ。私は枝里子とともに検査室のドアの前に置かれた長椅子に腰を下ろしていた。壁際の椅子には桑島啓子と真由子の親子が、手持ちぶさたげに座っている。

気配に気づいたらしく、桑島啓子がドアを振り返った。高木を見て、軽く頭を下げる。

衝撃を受けているはずだったが、高木は逃げ出さなかった。桑島親子に背を向けるようにして、長椅子の端に腰を下ろした。

「あら、お知り合いだったんですか」

枝里子の質問に、高木は答えなかった。よれた煙草を取り出すと、苦いものでもくわえるようにして口にした。代わりに私が言った。

「元同僚と名乗って、桑島さんの家を訪ねたのは、やはり課長でしたか」

高木は、どこかの景品と見えるライターで火を点けると、煙を私に吹きかけた。

「放射能に汚染された牛肉が輸入されていたとなれば、調査しないわけにはいかないさ」

「それならどうして、今回の横流し事件に限っては、私に調査をやらせたのでしょうか」

高木は私の質問を無視して言った。

「竹脇君の献血、というのは嘘だったのか」

脳の血腫を取り除くための手術が、明日行われる予定になっていた。手術用血液を確保するための献血と言って、私は高木をここに呼び出したのだ。

「嘘ではありません。たった今私も六百ccほど血を抜いてきたところです。課長にもぜひ協力をお願いします。話が終わったあとで、ですが」

高木は肩を揺すって、笑った。

「話ね。てっきり裁判かと思ったよ。お前がまるで、検事のように怖い顔をしているからな」

枝里子と桑島啓子が、驚いたように私と高木の顔を見比べた。真由子だけが、つまらなそうに窓の外を眺めている。

篠田が逮捕されてから三日が経っていた。幸子のほうは早々と起訴猶予が決まっていたが、篠田は今も、殺人教唆、脅迫、不法侵入と器物損壊の容疑で取り調べを受けている。連日、新聞の社会面とテレビのトップニュースは、今回の事件で飾られていた。警察の大掛かりな捜査によって、昨日までに五香交易と城東商事が使用したコンテナが調べ出され、天井部分に重りを張りつけたらしい痕跡が発見され、しらを切り通していた関係者も自供せざるを得ず、ココム違反と麻薬密輸が立証された。ベッドの竹脇は命を懸けた執念の記者として賛辞を受け、私と高木も事件を解決に導いた食品Gメンとして、見当違いとも思える派手なスポットを浴びせられた。

そんな三日間だったが、私は自分なりに悩み抜いて最善の道を選んだつもりだった。ここには関係者だけしか呼んでいない。警察にもマスコミにも嗅ぎつけられずに、このメンバーが集まれる場所はほかになかった。

「聞かせてもらおうか、話と言うのを」

高木は立ち上がると、窓を開けて、煙草を外へと放り投げた。そのまま、中庭の様子を眺めでもするように、悠然と窓枠にもたれかかる。

私は高木の背中に語りかけた。

「事件はすべて解決したように思われていますが、私にはまだ納得いかない点が二つ残っています。一つは、菊岡運送を中心とする横流しグループに、検疫所の情報を流していた者がいたらしい、ということです」

「初耳だな」

「横流しの調査で『日王』を訪ねた時、そこの社員から聞きました。検疫所から処分を受ける前に、ダメージ屋から商品を引き取らせてほしいという電話が入ったことがある、と。これは、明らかに検疫所の者が審査の結果を漏らしたとしか思えませんでした」

「なぜ報告しなかった」

「私のキャリアをご存じなら、察していただけるかと思いますが」

私は本省のGメン時代、同僚の一人を同じような事件で告発していた。その後味の悪さから、もう二度と仲間を探るようなことはしたくなかった。だが、その願いはかなえられなかったようだった。

「もう一つは、消費者団体の名前を騙って、汚染牛肉の横流しを密告するファックスを所と本省に送りつけてきたのは誰か、ということです」

高木は振り返り、壁に寄りかかると、私を見据えた。

「あれは篠田先生の仕業じゃなかったのか。お前もそんなことを言ってたと思うが」

「ですが、先生は否定しました。私には不思議でなりませんでした。どうしてファックスについてだけを否定したのでしょうか。それ以外は何一つとして反論していません。奥さんが捕まるという動かしがたい証拠をつかまれていたのですから、先生はもう嘘をつく必要などなかったはずではないでしょうか」

高木は答えなかった。無言を了解と受け取って、私は進めた。

「先生は嘘を言っていなかった……となると、ファックスを送りつけた人物が他にいた、ということになります。では、その人物の目的は何か」

「決まっている。横流しを調査させるためさ」

高木がにべもなく言い、横を向いた。

「最初は私もそう思っていました。しかし、じっくり考え直してみると不可解なことが出てきたんです。横流しを調査させるのが目的なら、ミートハウスの肉を検査しろ、と直接密告したほうがよかったはずなのです。なぜなら……ファックスが送られてきた時点では、まだ肉は焼却処分されていなかったのですからね」

高木は薄笑いを浮かべる余裕があった。

「おい、だがな、あやふやな情報だけで検査ができると思ってるのか。ミートハウス側に証拠を出せと言われたら、どうする?」

「課長らしくもない言葉ですね。昔の課長だったら違反の噂が少しでもあれば、食らいついて逃がさなかったはずでしょう?」

高木は鼻で笑い飛ばした。

「横流し以外にどんな目的があるって言う」

「以前私と課長は、ファックスを送りつけてきた人物は、農薬ばら撒きの理由が倉庫の肉を処分させるためだったと知っていたに違いない、そう推測を立てましたよね。でなければ、わざわざミートハウスの冷凍倉庫に農薬がばら撒かれたその夜のうちに、慌てて送りつけられてきた理由が分からないからです。その推測は、今でも当たっているのではないでしょうか。もちろん、今ではその時と状況が違ってきています。肉を処分させる本当の理由は、私たちが最初予想していたように、横流しを隠すためではありませんでした。篠田先生の検査ミスを隠すためだったのです。ファックスを送りつけてきた人物が、最初からその事実を知っていたとは考えられないでしょうか。言い換えれば、横流しを調査させておいて、肉が処分させられた本当の理由……つまり、篠田先生の検査ミスまでを暴かせるのが真の目的だった。そういう目的はどうでしょう」

「何なのよ」

唐突に、真由子が椅子から立ち上がった。

「二人で言い合いしてるだけなら、どうして私たちがここにいなくちゃならないの」

「真由子！」

ふて腐れてみせる真由子の腕を、桑島啓子がつかんで座らせた。母親のただならぬ気配を感じ取ったのか、真由子はひるんだように目をそらした。

「すまないね、真由子ちゃん。もう少し待っていてくれないかな」

私は真由子に微笑みかけてから、すぐに高木に視線を移した。

話を元に戻す。

「しかし、それでは少しおかしなことになってきます。篠田先生の検査ミスは、本来ミスを犯した先生以外に知っている者はいないはずだからです。では、どうすればその人物が先生の検査ミスを知ることができたのでしょうか。サンプルを提供した竹脇も検査の結果は聞かされていません。先生も検査結果を知られないよう、すぐに証拠を消したはずです。ですから、ファックスを送りつけてきた人物も、当然検査結果は知ることができなかった、と考えられます。それでもその人物は、ミスを知っていた。そうなると、その人物は篠田先生が検査する前からミスのことを知っていた、としか考えられなくなってきます。先生自身が自分のミスに気づく前からそれを知る——そんなことが可能でしょうか？　考えられることは一つです。篠田先生の検査ミスは、その人物によって誘発させられたものだった。検査ミスは最初から計画されたもので、先生はその罠にはめられた。あれはサンプルを取り違えたのではなく、事前にすり替えられていたのだった……」

高木は身動き一つしなかった。枝里子が弾かれたように私を見た。桑島啓子は成り行きにただ驚いたように、落ちつきなく私たちを見回した。

私は唇を引き締め、先を続けた。

「その計画を立てるには、ミートハウスが放射能汚染の牛肉を輸入していた事実を知っていなければなりません。そこで今度は、検疫所の情報を流していた人物がいた、ということが大きく関係してきます。その人物は、最初から横流しグループの存在を知っていて、検疫所の情報を提供する代わりに、篠田先生が飛びついて暴こうとするような違反の情報を手に入れていたのではないでしょうか。大学を追われた先生は、復帰のために、自分がはい上がれるチャンスを探していました。そのことも、その人物はよく知っていたに違いありません。いや、それだけではありません。計画を立てられても、いつそれが実行されたのかも、考えなくてはならないでしょう。サンプルの検査はすべて輸入食品検査センター内で行われていました。竹脇によって持ち込まれたサンプルは、篠田先生の手に渡されればセンターから出ることはありません。私は以前、佐多君が検査をしている最中に立ち会ったことがあります。検査中、サンプルは保管場所から出され、机の上に無防備に並んでいたのを覚えています。検査に気を取られている間なら、すり替えは充分可能に思えました」

いつの間にか手に汗がにじんでいた。高木は目を閉じ、私の話に耳を傾けている。その顔はまるで子守歌でも聞くように冷静そのものだった。

「ここまでを、整理してみましょう」

私はまとめに入った。

「その人物は、篠田先生が検査をしていた深夜に、検査センターを訪れても不審をいだかれず、しかも先生が気を許しても不思議ではない人物です。そして横流しグループの存在を知っていて、私という厚生省の食品Gメンを使って、横流し事件を調査させることのできる人物でなくてはなりません」

「まさかそんな……」

枝里子が私の腕をつかみ、非難するように揺すぶった。私はそれでも続けるしかない。

「課長は、検査センターの生みの親です。センターを訪れるのは当然ですし、副所長である篠田先生も課長にだけは一目置いていました。しかも佐多君の話では、先生の検査中に陣中見舞いと称してセンターを訪れています。そして課長は、一年前、検査センター設立後の仕事として、横流し事件を調査しています。私に今回の横流しを調査させたのも課長です。それだけではありません。厚生省が発表した積み戻しリストを私に見せて、三角輸入のことを匂わせたのも課長でした。私の友人が雑誌記者をしていると知ると、今度はその記者に篠田先生を紹介したのも課長です。――すべては課長を指しています」

桑島啓子も真由子も理解がついていってないようだった。ただ呆然と高木を見ていた。

「あなたは自分が探り当てた横流しグループを泳がせておき、連中に検疫所の情報を提供する代わりに、先生を陥れる罠の材料を探していたのです。横流しグループから、ミートハウスが放射能に汚染した牛肉を輸入しているらしいという情報をつかみ、今回の計画を考えた。検疫所には放射能検査のためにサーベイメーターが置かれています。ミートハウスの肉を手に入れれば、放射能を測定することは比較的簡単にできるのです」

何しろその測定方法は、しごく簡単なもので、様々なところから批判を受けているぐらいである。検疫所に勤める——特に高木のように食品Gメンの経験がある者には、たやすかったに違いない。

「最初あなたは、私に三角輸入のことを匂わせ、篠田先生を紹介しようとした。だが、私の友人が雑誌記者をしていると知り、彼のほうが三角輸入の調査と告発には打ってつけだと思い直した。派手にあおれば、先生のミスが発覚した時の反動も大きくなる。それで私から竹脇へと急遽矛先を変更した。あなたのねらいどおり、竹脇と篠田先生はスクープをものにし、中央ジャーナルの大キャンペーンが組まれ、ことは世間を揺るがす重大事件に発展した。あとは、いつミスを摘発させるか、タイミングを計るだけだった。ところが、そんな時、先生に大学復帰の話が持ち上がった。あなたは、一度大学へ復帰させてから暴露したほうが、先生の受けるショックも大きいだろうと、予定を少しだけ先延ばしにした。だが——それが悲劇につながった。ミートハウスの代わりに三角輸入の矢面に立たされた松田屋の輸入担当重役、桑島さんが責任を取って自殺してしまった」

父の名前に、真由子がはっとしたように背筋を伸ばした。虚ろな目で高木を見やる。

「あなたが桑島さんの家を訪ねたのは、調査なんかではありません。自分の計画の思わぬ影響に恐れをなして、慌てて手を合わせに行ったのです。そして、そのことに驚いているうちに、今度はミートハウスの倉庫に農薬が撒かれるという予想もしない事態が発生してしまった。倉庫の肉がなくなってしまえば、篠田先生が検査したデータと比較することができなくなる。ミスを暴こうにも、暴けなくなってしまう。しかも、事件にはすでに先生が介入していて、たとえ横流しの可能性があると告げて肉の検査をさせようと思っても、先生が検査を買って出るのは目に見えていた。そうなれば、先生の手によってもみ消されてしまうだけだ。だが、先生の関与を阻止したくても、あなたにはその理由を口にすることはできなかった。先生の検査を拒絶する表立った名目がない。あなたは、篠田先生が肉を処分させたに違いないと分かっていながら、手を出すことができなくなってしまったのです。それで、私を利用することを考えた。農薬ばら撒きと時を同じくして竹脇が自殺を試みたことが、あなたには偶然とは思えなかったのでしょうね。肉を処分するために、篠田先生によって口を封じられたのではないか。そこであなたは、竹脇の事故を調べることによって、その裏にいるに違いない篠田先生を暴き出そうとしたんです。その探偵役に選ばれたのが、竹脇の友人である私です。あのファックスは、横流しを探らせるのはもちろん、私に調査する自由な時間を与えて、竹脇のことを調べさせるのが目的だったのです」

高木の予想に反して、竹脇の口を封じようとしたのは、篠田ではなく赤崎組だった。だが、その裏に、篠田が関係しているのは間違いない。だからこそ高木は、赤崎組の連中がサンプルを恐れていたことに最後までこだわったのだ。サンプルが汚染していた事実から、篠田の検査ミスに気づかせようとしたのである。

「そこまでは想像ができました。だが、私には、動機が分からなかった。そうまでして、どうして篠田先生を陥れようとしたのか……。食品Gメン時代から課長を知っている私には、課長が私利私欲で動く人でないということは分かっていました。動機があるとすれば……家族にしかないのではないか。そう考えて、先日、娘さんに会いました」

高木が目を見開いた。握り締めた拳に、血管が浮き上がっていた。

「志織に会ったのか！」

「はい。課長に内緒でご自宅に電話を入れました。最初は頑なに拒んでいた志織さんも、篠田先生のことについて聞きたいと言うと、ようやく応じてくれました。それですべてが分かりました。——志織さんは、関東大学を卒業していたんですね」

「関東大学……。篠田先生がいた大学だわ」

枝里子が呟くように言った。私はうなずいた。

「しかも、篠田先生が大学を追われるきっかけとなった、教授選の最中に研究費を使い込んで自殺した助手というのは、志織さんの婚約者でした」

高木が血走った目で私を睨みつけた。

枝里子が腰を浮かせかけて高木を見た。

「じゃあ、その人の敵を討つため……」

「それもあったでしょう」

私はうつむいた。高木の顔を見ていられなかった。

「志織さんにしてみれば、自分の恋人を自殺に追い込んだ憎い男が、よりによって父親が設立させた検査センターに天下ってきてしまった。だが、父親は事情を知りながらも、唯々諾諾とそれを受け入れた」

「俺に何ができる！」

高木が吠えるように声を上げた。真由子がびくりとして首をすくめた。

「俺はただの役人にすぎないんだ。上の者があいつを椅子に据えてしまえば、首を切る権限なんか持ち合わせちゃいないんだ」

「だが、娘さんは父親を許すことができずに、家を出た。そして、一人暮らしを始めたアパートで、火災に巻き込まれてしまった」

「火災……」

桑島啓子が声を震わせた。痛ましそうな目で高木を見る。

先日、志織が指定したのは、照明が極度に暗い小さなパブだった。私が時間どおりに行くと、彼女はすでに来ていて、カウンターの左端に席を取っていた。私との話の最中、彼女は私を正面から見ようとは決してしなかった。私が見て取れたのは、彼女の右顔と、右手の甲にのぞいた火傷のただれた跡だけだった。

「篠田先生さえ、センターにやって来なかったら、娘さんは火傷にあうこともなかった。すべては、篠田のせいだ。あなたはそう思わずにはいられなかったんです。そうでしょう、課長？　すべては娘さんの復讐だった。あなたはこの一年間、篠田先生に復讐することだけを考えていたんです。一度食らいついたら離さない、いかにもあなたらしい執念深いやり方です。あなたは、娘さんの復讐のために、篠田先生の未来をもぎ取ったんです」

高木がのどを鳴らし、大きく息を吐き出した。ふらりと窓際を離れると、長椅子の端に体を放り出すようにして腰を下ろした。心なしか、その体が小さく見える。

「で、俺をどうしようと言うんだ。ここにいる陪審員に裁決を仰ぐわけか」

「あなたのことは、どうだっていいんです」

「何い」

顔を上げた高木が、気抜けしたように声を上げた。心底理解できないように私を見る。

「あなたを呼んだのは、ここで懺悔(ざんげ)をさせるためではありません。今さらそんなことをしたところで何にもなりませんからね。——ここでこうしてあなたのやったことを暴いたのは、真由子ちゃんのためなんです」

一同の視線を浴びて、真由子が表情を凍りつかせた。

私は語りかけるように言った。

「今のを聞いたね、真由子ちゃん。本当の真犯人は、ここにいる高木という人だった。その動機も今話した通りなんだ」

真由子は無理に表情を殺して壁を見つめた。

「その動機には、少しは理解できる部分もあると思う。人間は、誰しも過去の恨みを捨て切れるわけじゃないからね。愛する家族を傷つけ、殺した者を、許せるはずなかない。できるなら復讐をしてやりたい。そう思うのは、家族を愛していれば当然生まれてくる感情だと思う。でもね、それを、こんな形で復讐して、どうなったと思う？」

壁を睨む目がかすかに潤んでいた。

「この人の復讐は成功したが、事件に巻き込まれた竹脇は瀕死の重傷で明日手術の身だ。君のお父さんは、放射能牛肉の輸入が発覚して、死を選んでしまった。そして、お父さんの会社の人達は大勢職を失おうとしている。どれだけ多くの人が悲しい目にあったか、分かるかい。たった一人の恨みを晴らすことの代わりに、どれだけ悲しい出来事が生まれてしまったか」

私が桑島家を訪ねた時、真由子が手にしていた封書に「楠原憲吾」の名前があった。後日確認すると、楠原宅に剃刀入りの手紙が送られてきたそうだ。信じたくはなかったが、竹脇と篠田の元へ送られてきた剃刀入りの手紙も、真由子が出したものに違いないだろう。そして、竹脇の点滴が外れた事件もある。

真由子は父の復讐をしようとしているのだ。

「だけどね、誰もがそんなことをしたらどうなるんだ。恨みをはらすために新たな犯罪を犯せば、また別の悲しい出来事が新たに生まれて、それをまた恨みに思った者が、また復讐を……。悲しい悪循環が続いてしまうだけじゃないだろうか」

私にそんなことを言う資格がないのは分かりきっていた。そういう私も、竹脇への恨みから、枝里子を傷つけたのだから。だが、十五歳の少女が、人を恨み続けて生きていってほしくなかった。

どこかで誰かが涙を呑んで、歯を食いしばってでも、この救いようのない鎖を断ち切らなくてはならないのだ。

「分かるね、真由子ちゃん」

桑島啓子が娘の肩を抱き締めた。

真由子の顔が激しく歪んだ。込み上げてくる何かを、必死にこらえているようだった。

ふいに母親の手を振りほどき、真由子は立ち上がった。そのまま高木にむしゃぶりついていく。

「人殺し!」

小さな拳を何度も高木の胸にたたきつけた。

「あんたが殺したんだ……あんたが!」

高木はされるままに任せていた。その顔も真由子と同じように歪んでいた。

「真由子!」

桑島啓子が涙ながらに娘の肩に手をかけた。だが真由子は、母親の手を払いのけると、体ごと高木にぶつかっていった。

勢いに押され、高木が背中から後ろに倒れ込む。そのまま、どさりと床へ転がった。高木は、私たちから顔を背けるようにして、頬を床につけた。その肩が激しく震えていた。

その場に座り込んでしまった真由子を、私は抱き起こした。

「復讐しても何にもならないんだ」

私の腕の中で、真由子はいつまでも泣き続けた。

40

翌日、高木は検疫所に辞表を提出した。

退職金の全額を、桑島真由子名義の銀行口座として預金したという話だ。だが、桑島夫人の話では、真由子がそれに手をつけることはないだろうという。同じ日に、真由子は高校の制服に初めて袖を通したそうだ。

高木とは連絡がつかなかった。どこかで、自分が何をすべきかを考えているのかもしれない。高木のことだ。きっとそれを見つけ出すに決まっている。

私は田所に異動を願い出ている。できれば、元の職場に戻れれば、という条件付きで。今度の事件にかかわって、漠然とだが、なぜか自分がこの世界から逃げ出してはいけないような気がしたからだ。別に深い意味はない。

手術から二日後に、竹脇の意識が戻ったという連絡が枝里子から入った。

枝里子は涙声で私に言った。

「まったく頭にくる。意識が戻って最初に何て言ったと思う。羽川を呼べ、ですって。寝ないで看病した女房より、友達のほうが大切なのかしら。これだから男ってかなわないわよ」

そして、竹脇の両親も会いたがっていることも付け加えた。二人の顔を再び見られるのは、家族のいない私にとって、この上ない喜びだった。

病院に駆けつけると、ロビーに見慣れた顔が集まっていた。

真希江と橋は、口々に勝手なことを私に言った。

「転職する気があるなら、どう、私と探偵事務所でも開かない?」

「よせよせ。危ない橋を渡るより、雑誌記者のほうが仕事に打ち込めるぜ」

どうやら私は、一人ではないようだった。

私は友人たちと竹脇の病室に向かった。

病室の前に、一人の少女が立っていた。その手に小さな花束を抱えている。

近づくと、少女がゆっくりと振り返った。私を見て、はにかむようにうつむいた。

私は何も言わず、真由子の肩を抱くと、病室のドアをノックした。

《参考文献一覧》

「〝レッド・フォックス〟を追え」　日経産業新聞編　日本経済新聞社
「恐るべき輸入食品」　港湾労働組合・港湾関係物流実態調査研究会　合同出版
「よくわかる輸入食品読本」　全税関労働組合・税関行政研究会　合同出版
「チェルノブイリ食糧汚染」　七沢潔　講談社
「食卓にあがった死の灰」　高木仁三郎＋渡辺美紀子　講談社
「32ビット・パソコン入門」　林晴比古　講談社
「冷蔵実務マニュアル」　大冷会編　成山堂書店
「気をつけよう輸入食品」　小若順一　学陽書房
「肉の教科書」　山口勧　富民協会
「牛肉――自由化後の戦い」　横田哲治　富民協会
「農薬毒性の事典」　植村振作・河村宏・辻万千子・冨田重行・前田静夫　三省堂
「最新貿易実務」　浜谷源蔵　同文舘出版

解説

新保博久

「第一作にその作家のすべてがある」といった言説が誰に発祥し、いつ定着したのか私には調べきれなかったが、読書界ではほぼ普遍的な認識であるようだ。しかし臍（へそ）の緒切って最初に仕上げた作品で、そのまま商業デビューできる例のほうがむしろ稀（まれ）だろう。大なり小なり運筆の修練を経ずして新人賞を受賞したり、プロの編集者の眼鏡（めがね）に適う作品がいきなり書けるはずもない。最初に一定の評価を得て認められた作品こそ、出版界の需要と作者の初心とが噛（か）み合った始まりとして、とりあえず第一作と呼んでいいだろう。志茂田景樹は、小説現代新人賞受賞作を表題にした作品集のあとがきで、「ジャンルは異っても、（デビューしてから発表した）どの作品も輪廻（りんね）の輪のなかにあり、たまたま、最初に触れた輪の部分が」デビュー作になるのかも知れない（一九八〇年、講談社刊『やっとこ探偵』）と述べているが、表現は違っても多くの作家が似たような感慨を懐（いだ）いているのではないか。実際には何作目だか分らないものの、折よく新人賞を射止めるなどしてスタートラインに立ったのが、注文されて書くのでなく自発的に世に問い、それが受け容れられる機が熟していたという意味で、社会的な原点となり得るのだ。

本書『連鎖』が一九九一年、第三十七回目を受賞した江戸川乱歩賞は、一般から公募される長篇ミステリの新人賞だけに、真保裕一にとって最初に出版された小説単行本である。乱歩賞は既成作家でも応募資格があるので、西村京太郎、森村誠一ら受賞以前に著書をもつ作家が何人もいるが、真保氏においては小説の著作はそれまでなかった。しかし、「私はマンガの原作者として出版界に最初のデビューを果たし、演出者としてアニメ界にデビューした。つまり、江戸川乱歩賞は、私にとって三度目のデビュー」であり、書籍に限っても八八年に日本経済入門的なストーリー漫画の原作を別名で刊行し、八九年に出版された少女漫画短篇集でも表題作の原作者として著者名に併記されているという（エッセイ集『夢の工房』所収「三度目の正直」「誰にも言えなかった話」参照）。だが小説でも『連鎖』に一年先立つ九〇年、「代償」という作品で乱歩賞の最終候補に残っているのだ。この九〇年は鳥羽亮『剣の道殺人事件』と阿部陽一『フェニックスの弔鐘』の二作同時受賞だったが、選考委員のうち梶龍雄は『剣の道殺人事件』に次いで「代償」を買っている。

「『代償』は、まだまだ誘拐めいた事件についてはこういうテもあったのかと、感心させられるところがあったし、それを綴るいくつかの話のアイデアも悪くはなかったのだが、練りが足りない所が多く見られて、いろいろの不合理、無理が多く感じられた」（選評からの引用は講談社文庫版江戸川乱歩賞全集第十八巻による。同全集では、続いて『連鎖』が同時受賞の鳴海章『ナイト・ダンサー』と合本で配本されそうだったところ、二〇〇五年当時、十数年前の受賞作が大方まだ現役流通していたせいか、この第十八巻が最終回配本となった）

梶氏が言うように、誘拐ものの新手はすでに掘り尽されていた感があったが、言いだせば密室殺人からハイジャックものに至るまで、日の下に新しきものは既にない。しかしたとえば、真保氏の後続作『ホワイトアウト』（十九九五年、新潮社）のようにハイジャックの標的に巨大ダムを選ぶというような斬新さがあれば、成功は半ば約されるのである。

氏は誘拐ものに、「密かに取って置きのネタを暖めている」と言い、「……『代償』は、その一発ネタだけで（乱歩賞候補に）残ったようなものだった。ところが、現在はある事情があって、そのネタは使用できそうもない」（「ネタはあるが」、『野性時代』九四年八月号「誘拐」特集）と保留していたものの、「この根本のアイデアがバブル時代（八七〜九〇年頃）を背景にしないと成立しないいんじゃないかと思い込んでいたもので……。しかし、最近の米国テロ事件や、雪印などの不祥事に付随して起こったある出来事を見ていると、『代償』を成立させていた状況は何も変わっていないんじゃないかと考え直し」（点線は原文、『青春と読書』二〇〇二年十一月号所載のインタビュー）、徹底的に斧鉞を加えて二〇〇二年十一月、『誘拐の果実』（集英社）として刊行した。その年の『週刊文春』の「傑作ミステリー・ベスト10」で横山秀夫『半落ち』（講談社）に次いで国内部門第二位に選ばれたほどだが、原型の三倍ほどのボリュームとなってはもはや別作品というしかないから、これを『連鎖』に先立つ原点的第一作と見なすわけにはいかない。

やはり、読書界と契約を結んだ『連鎖』こそ小説家・真保裕一の原点に位置づけるべきだろう。さて、通説のごとく『連鎖』に作家のすべてが見出されるかどうか。結論を先にするなら、見出されると断言して憚らない。

この物語は一九八六年のチェルノブイリ原発事故が遠景となっており、輸入食糧品の放射能汚染問題が中心的モチーフとなっている。現在の読者には生れる以前、少なくとも物心ついていなかった大昔のように感じられるかも知れない。だが、同じころ起こった共産主義国へのハイテク物資の輸出を規制する西側国際協定を日本の大企業が破ったココム違反事件にこと寄せて、作中人物による食品汚染を警告するレポートが、「（日本）政府はアメリカ側の要請を受け、税関の係員を一挙に増員するという対策を講じておきながら、自国民の健康を守ることには何ら対処をしようとしない」と告発するような国家の姿勢は、近年の新型肺炎ウイルス対策における失政、東京五輪の開催強行などを通じて、ますます顕著になっている。決して遠い過去の問題ではない。

受賞当時、「社会派推理小説らしい骨子を備えた手厚い作品」（阿刀田高）、「社会派とハードボイルド派を融合させた作風」（逢坂剛）と選考委員から満場一致の支持を得たものだ（四選考委員の選評全文は、日本推理作家協会のホームページから「文学賞検索」→「作品名検索（連鎖）」で読める）。しかし、「自分では社会派とは思っていない。現代を舞台にした小説を書くのだから、社会のことが出てくるのは当然」（『週刊朝日』九二年十一月六日号）と、第二作『取引』刊行時のインタビューでも社会派のレッテルを峻拒（しゅんきょ）している。

むしろ、刊行された長篇の初期三作が『連鎖』『取引』『震源』、初短篇集も『盗聴』（すべて講談社）と漢字二字のタイトルに統一されていたのは、『本命』『度胸』『興奮』『大穴』……と続くディック・フランシスの冒険スリラー、〈競馬シリーズ〉にあやかろうとしたものだ。ギャンブルに趣味のない真保氏は、はじめ〈競馬シリーズ〉という名称に食わず嫌いで過していたが、二十歳過ぎて『利腕』（すべて早川書房）が英米のミステリ賞をダブル受賞したというので試しにと読んで、たちまち魅了されたという。

「それまで読んでいたアリステア・マクリーンとかの冒険小説は、知的ゲームの要素があって楽しいけれども、主人公はみな、スーパーヒーローに近い。ディック・フランシスにはスーパーヒーローは出てこない……。弱さを抱えた普通の人間が難しいハードルをクリアしていくのも冒険小説なのだ、ということを彼に教えてもらいましたね」（インタビュー集『児玉清の「あの作家に会いたい」』二〇〇九年、ＰＨＰ研究所）

その言葉通り、真保作品でスーパーヒーローに近いのは、『アマルフィ』『天使の報酬』『アンダルシア』（すべて現・講談社文庫）の〈外交官・黒田康作シリーズ〉（二〇〇九年～一一年）くらいだろう。最初期の『連鎖』では厚生省の食品衛生監視員を経て現在は東京検疫所の食品検査官、『取引』では公正取引委員会の審査官、『震源』では気象庁の火山研究官というふうに、ミステリはもとより小説であまり描かれてこず、一般にも実態を知られていない職種の公務員たちを主人公にしている。

「主人公が新聞記者とか刑事では面白くないなと思ったのは、それではありふれている、というのと同時に、非常にフリーなスタンスが持ててしまいそうだったからです。……新聞記者だといくら組織に属していても、わりと自由に動ける。刑事の場合は、警察手帳という魔法の小道具で（どこへでも捜査に行ける）一方通行の話になってしまう。……ふつうの人間は、みんな生きていくうえでいろいろと枷（かせ）があるわけだから、その枷があったうえで、そこから抜け出てくるキャラクターでないと、日本ではリアリティがないように思えたんです」（『夢の工房』所収「ロング・インタビュー」聞き手・吉野仁）

そのために、枷となる主人公の属する組織をしっかり描く必要がまずあり、そのために文献を漁り綿密に取材した緻密な作風でも定評を得た。誰が名づけたか、〈競馬シリーズ〉に対して〈小役人シリーズ〉と呼ばれたが、元が草競馬シリーズであるわけじゃなし、いささか自嘲的な響きもある名称は、『連鎖』にすでに看て取れる作者の自虐趣味にも適ったようだ。そもそも冒険小説やハードボイルドは、主人公が徹底的に傷めつけられて這い上がってゆくのに作者も同化しながら書いている自虐的小説なのである。また、先人の手垢のついた月並みな設定に追随しないという天邪鬼ぶりも、真保作品では主人公に投影されている。

そうして築いてきた初期の作品世界にみずから反発するがごとく弾けてみせた（自虐ぶりは健在だが）のが『ホワイトアウト』であり、アマチュア・グループが贋札づくりに挑むクライム・コメディ『奪取』（一九九六年、講談社）である。前者によって吉川英治文学新人賞、後者によって山本周五郎賞および日本推理作家協会賞を受賞した。手堅いが地味だ、と言われてきた最初期の作品で力を蓄えてきたからこその連覇で、はなから弾けていたとしたら、こうは行かなかっただろう。

以後、作家生活三十年を迎える現在まで、家族小説、時代小説など多彩な作風を展開させてきたのは記憶に新しい。時代小説でも、二〇二〇年のNHK大河ドラマ「麒麟がくる」に遥か先がけて『覇王の番人』（二〇〇八年、講談社）で明智光秀、『天魔ゆく空』（一一年、同）で細川政元（というよりその姉の安喜）といった歴史の脇役のほうにスポットを当てる天邪鬼ぶりは『連鎖』以来の精神である。男だけの世界でないのは、『連鎖』では真希江の存在にご注目を。安政の大地震を背景に若い町方同心が活躍する『猫背の虎　動乱始末』（一二年、集英社）も、大江戸版〈小役人シリーズ〉とも言えて、『連鎖』と地続きであるのを示している。

「ミステリは日常心理の拡大投影だ、と私はずっと考えてきた。予想外の出来事に遭遇した時、普段は隠そうと努めてきた人の心があらわになっていく。感情の振り幅が大きくなり、心理的な葛藤が広がっていく。そこに小説で描くべきシーンが生まれる」（長篇紀行『エーゲ海の頂に立つ』集英社文庫。〇四年刊『クレタ、神々の山へ』改題）

近年の真保作品では再生を共通テーマにした、『デパートへ行こう！』（〇九年）に始まる〈「行こう！」シリーズ〉（講談社）が目につく。ローカル線、遊園地など再生される対象が毎作かわるだけでなく、『オリンピックへ行こう！』（一八年）の大半を占める卓球篇では人間ドラマ部分を極限まで圧縮し、ほとんど卓球コート上のボールの往来だけで描ききることを試みつつ、これが読ませるのである。

それらの作品群に、ほとんど常に成長物語の側面があるのは見逃せない。高校生のころ、『赤毛のアン』にアニメ（一九七九年）で接して感じ入ったことからモンゴメリの原作にも親しみ、「……『アンの青春』『アンの愛情』と続編が書かれていき、彼女の人生を追う大河小説になっているのも魅力でしたね」（『週刊現代』二〇一六年三月五日号）と述べたのは、原作小説へのリスペクトを込めた『赤毛のアンナ』（同年、徳間書店）の刊行時インタビューにおいてである。『連鎖』も主人公の羽川が、親友の竹脇にクルマごと東京湾へ跳び込まれて、竹脇への対抗心からその妻を寝取ったことへの自責、おのが卑小さ、怯懦（きょうだ）を乗り越えてゆく成長物語とも読み得るが、竹脇枝里子が生来の赤毛だったというのもアンに由来するのではないか。

漫画とアニメに夢中だった小学生の真保少年に、活字にも親しませようと父君が買ってくれたのが『怪人二十面相』で、少年探偵団シリーズを手始めに探偵小説も並行して読むようになったが、三十歳のとき江戸川乱歩賞を受賞した際の「受賞のことば」によれば、「……あれほど熱中していた江戸川乱歩シリーズも、中学二年の夏、マンガの新刊ほしさに古本屋に売ってしまっている。今にして思えば何とももったいなく、また、ばちあたりなことをしたものだ」という。それほど「当時の僕にはどうしても読みたいマンガがあった」からだそうだが、賞に名を冠された乱歩に配慮して黙っていたものの、本当は少年探偵団員たちがシリーズを通じてぜんぜん成長しない点が物足りなかったのではないか。探偵団員たちは二十面相のまいど同じ手口にひっかかっては虜になるが、その学習能力の欠如ぶりは団長の小林少年ですら例外でなく、最終的にスーパーヒーロー明智小五郎に救われることになる。少年探偵団シリーズでは最初の数冊を除いて、逮捕されたり爆死したようで終ったはずの二十面相が、いつのまにか脱出して自由の身になっているように、巻ごとにリセットされている。学級文庫や図書室で引っ張り凧で貸出されて、たまたま返却されていた巻をランダムに読むしかなかった読者にも便利で、やがて彼らは探偵小説を読み続けるにしても普通の大人向き作品に移行するだろうから、乱歩は次代の読者には同じことの繰返しで構わないと割切っていたのかも知れない。

真保氏は、昔とった杵柄で『ドラえもん　のび太の新魔界大冒険～7人の魔法使い～』（〇七年）はじめ、ドラえもんシリーズなど劇場用アニメの脚本を数本、担当している。〈外交官・黒田康作シリーズ〉も、もともと映画化を前提に執筆したもので、そのように小説に限らないメディア展開に進出しながら、多くの同時代の推理作家も手がけているRPGのゲームソフト制作には関わっていない。あるいは、失敗して死んでもリセットして一からやり直せるというシステムが、肌に合わないのではあるまいか。

現時点での最新作『ダーク・ブルー』（二〇二〇年、講談社）は有人潜水調査船りゆうじん（龍神の平がな表記なのだろう）の支援母船ハイジャックを扱っていて、読者には『ホワイトアウト』の深海版というふうな受取られ方をしそうだ。『ホワイトアウト』は、特殊訓練を受けたわけでもない水力発電所の運転員が独りでダム乗っ取りグループと闘い勝利するという、ある意味で荒唐無稽な面があった。四半世紀を閲して、痛快さだけを希求して疾走する物語を書くわけにはいかなくなったのだろう。『ダーク・ブルー』でも外部からの救援は期待できない状況であるものの、ヒロイン大畑夏海だけでなく船内クルーたちの多視点に亙るため、人間ドラマの深みは増しても（深海だけに……いや何でもありません）手に汗握らせる感では『ホワイトアウト』に及ばない。それでも、同乗していた水中でのロボットアーム開発者の奈良橋教授の食えないキャラクターは、『奪取』で絶妙な味を出していた水田老人に匹敵するものだ。

文学性とエンタテインメント性の、さらなる高みでの融合は、この作者に対して望蜀ではないだろう。小説デビュー直前から乱歩賞選考委員たちによって、「この書き手は明らかにプロに成り得る素質を持っている」（生島治郎）、「この作者には職業作家として自立するに足るサムシングエルスがあると思う」（五木寛之）と正しく期待された予測は、依然として有効なのだから。

本書は一九九四年七月に講談社文庫より刊行された『連鎖』の文字を大きくした新装版です。

なお、本作品はフィクションであり、実在するいかなる場所、団体、個人等とも一切関係ありません。

|著者|真保裕一　1961年東京都生まれ。'91年に『連鎖』(本書)で江戸川乱歩賞を受賞。'96年に『ホワイトアウト』で吉川英治文学新人賞、'97年に『奪取』で山本周五郎賞と日本推理作家協会賞長編部門をダブル受賞、2006年『灰色の北壁』で新田次郎文学賞を受賞。他の著書に『アマルフィ』『天使の報酬』『アンダルシア』の「外交官シリーズ」や『デパートへ行こう!』『ローカル線で行こう!』『遊園地に行こう!』『オリンピックへ行こう!』の「行こう!シリーズ」、『ダーク・ブルー』などがある。

連鎖(れんさ)　新装版(しんそうばん)

真保裕一(しんぽゆういち)

2021年8月12日第1刷発行

発行者――鈴木章一

発行所――株式会社　講談社

東京都文京区音羽2-12-21　〒112-8001

電話　出版 (03) 5395-3510

販売 (03) 5395-5817

業務 (03) 5395-3615

Printed in Japan

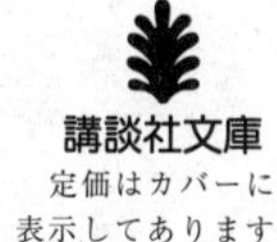

定価はカバーに
表示してあります

デザイン―菊地信義

本文データ制作―講談社デジタル製作

印刷―――豊国印刷株式会社

製本―――株式会社国宝社

ISBN978-4-06-524594-1

講談社文庫刊行の辞

二十一世紀の到来を目睫に望みながら、われわれはいま、人類史上かつて例を見ない巨大な転換期をむかえようとしている。

世界も、日本も、激動の予兆に対する期待とおののきを内に蔵して、未知の時代に歩み入ろうとしている。このときにあたり、創業の人野間清治の「ナショナル・エデュケイター」への志を現代に甦らせようと意図して、われわれはここに古今の文芸作品はいうまでもなく、ひろく人文・社会・自然の諸科学から東西の名著を網羅する、新しい綜合文庫の発刊を決意した。

激動の転換期はまた断絶の時代である。われわれは戦後二十五年間の出版文化のありかたへの深い反省をこめて、この断絶の時代にあえて人間的な持続を求めようとする。いたずらに浮薄な商業主義のあだ花を追い求めることなく、長期にわたって良書に生命をあたえようとつとめるところにしか、今後の出版文化の真の繁栄はあり得ないと信じるからである。

同時にわれわれはこの綜合文庫の刊行を通じて、人文・社会・自然の諸科学が、結局人間の学にほかならないことを立証しようと願っている。かつて知識とは、「汝自身を知る」ことにつきていた。現代社会の瑣末な情報の氾濫のなかから、力強い知識の源泉を掘り起し、技術文明のただなかに、生きた人間の姿を復活させること。それこそわれわれの切なる希求である。

われわれは権威に盲従せず、俗流に媚びることなく、渾然一体となって日本の「草の根」をかたちづくる若く新しい世代の人々に、心をこめてこの新しい綜合文庫をおくり届けたい。それは知識の泉であるとともに感受性のふるさとであり、もっとも有機的に組織され、社会に開かれた万人のための大学をめざしている。大方の支援と協力を衷心より切望してやまない。

一九七一年七月

野間省一

成瀬櫻桃子
久保田万太郎の俳句
解説=齋藤礎英　年譜=編集部

小説家・劇作家として大成した万太郎は生涯俳句を作り続けた。自ら主宰した俳誌「春燈」の継承者が哀惜を込めて綴る、万太郎俳句の魅力。俳人協会評論賞受賞作。

なV1
978-4-06-524300-8

水原秋櫻子
高濱虚子 並に周囲の作者達
解説=秋尾 敏　年譜=編集部

虚子を敬慕しながら、志の違いから「ホトトギス」を去り、独自の道を歩む決意をした秋櫻子の魂の遍歴。俳句に魅せられた若者達を生き生きと描く、自伝の名著。

みN1
978-4-06-514324-7

講談社文庫　目録

小路幸也　高く遠く空へ歌ううた
小路幸也　空へ向かう花
小路幸也　スターダストパレード
小路幸也 原案　山田洋次　平松恵美子　家族はつらいよ
小路幸也 原作・脚本　山田洋次　脚本　平松恵美子　家族はつらいよ2
小路幸也 原作・脚本　山田洋次　脚本　平松恵美子　妻よ薔薇のように〈家族はつらいよⅢ〉
島田律子　私はもう逃げない〈自閉症の弟から教えられたこと〉
辛酸なめ子　女　修　行
柴崎友香　ドリーマーズ
柴崎友香　パ　ノ　ラ　ラ
翔田寛　誘　拐　児
白石一文　この胸に深々と突き刺さる矢を抜け（上）（下）
小説現代編　石田衣良他著　10分間の官能小説集
小説現代編　勝目梓他著　10分間の官能小説集2
小説現代編　乾くるみ他著　10分間の官能小説集3
柴村仁　夜　宵
柴村仁　プシュケの涙
柴田哲孝　ク　ズ　リ〈ある殺し屋の伝説〉
塩田武士　盤上のアルファ

塩田武士　盤上に散る
塩田武士　女神のタクト
塩田武士　ともにがんばりましょう
塩田武士　罪　の　声
塩田武士　氷　の　仮　面
芝村凉也　孤闘の寂〈素浪人半四郎百鬼夜行（六）〉
芝村凉也　邂逅の紅蓮〈素浪人半四郎百鬼夜行（七）〉
芝村凉也　終焉の百鬼行〈素浪人半四郎百鬼夜行（八）〉
芝村凉也　追憶の輪〈素浪人半四郎百鬼夜行（拾遺）〉
真藤順丈　畦　と　銃
柴崎竜人　三軒茶屋星座館1〈冬のオリオン〉
柴崎竜人　三軒茶屋星座館2〈夏のキグナス〉
柴崎竜人　三軒茶屋星座館3〈春のカリスト〉
柴崎竜人　三軒茶屋星座館4〈秋のアンドロメダ〉
周木律　眼球堂の殺人〈〜The Book〜〉
周木律　双孔堂の殺人〈〜Double Torus〜〉
周木律　五覚堂の殺人〈〜Burning Ship〜〉
周木律　伽藍堂の殺人〈〜Banach-Tarski Paradox〜〉
周木律　教会堂の殺人〈〜Game Theory〜〉

周木律　鏡面堂の殺人〈〜Theory of Relativity〜〉
周木律　大聖堂の殺人〈〜The Books〜〉
下村敦史　闇に香る嘘
下村敦史　生　還　者
下村敦史　叛　　徒
下村敦史　失　踪　者
下村敦史　緑　の　窓　口〈樹木トラブル解決します〉
九把刀　阿井幸作／泉京鹿 訳　あの頃、君を追いかけた
杉本苑子　孤愁の岸（上）（下）
鈴木光司　神々のプロムナード
鈴木英治　大江戸監察医
杉本章子　お狂言師歌吉うきよ暦
杉本章子　大奥二人道成寺〈お狂言師歌吉うきよ暦〉
諏訪哲史　アサッテの人
菅野雪虫　天山の巫女ソニン（1）　黄金の燕
菅野雪虫　天山の巫女ソニン（2）　海の孔雀
菅野雪虫　天山の巫女ソニン（3）　朱鳥の星
菅野雪虫　天山の巫女ソニン（4）　夢の白鷺
菅野雪虫　天山の巫女ソニン（5）　大地の翼

鈴木大介 ギャングース・ファイル〈家のない少年たち〉
鈴木みき 日帰り登山のススメ〈あした、山へ行こう!〉
砂原浩太朗 いのちがけ〈加賀百万石の礎〉
瀬戸内寂聴 新寂庵説法 愛なくば
瀬戸内寂聴 人が好き［私の履歴書］
瀬戸内寂聴 白道
瀬戸内寂聴 寂聴相談室 人生道しるべ
瀬戸内寂聴 瀬戸内寂聴の源氏物語
瀬戸内寂聴 愛する能力
瀬戸内寂聴 藤壺
瀬戸内寂聴 生きることは愛すること
瀬戸内寂聴 寂聴と読む源氏物語
瀬戸内寂聴 月の輪草子
瀬戸内寂聴 新装版 寂庵説法
瀬戸内寂聴 死に支度
瀬戸内寂聴 新装版 蜜と毒
瀬戸内寂聴 新装版 花怨
瀬戸内寂聴 新装版 祇園女御(上)(下)
瀬戸内寂聴 新装版 かの子撩乱

瀬戸内寂聴 新装版 京まんだら(上)(下)
瀬戸内寂聴 いのち
瀬戸内寂聴 花のいのち
瀬戸内寂聴 ブルーダイヤモンド〈新装版〉
瀬戸内寂聴・訳 源氏物語 巻一
瀬戸内寂聴・訳 源氏物語 巻二
瀬戸内寂聴・訳 源氏物語 巻三
瀬戸内寂聴・訳 源氏物語 巻四
瀬戸内寂聴・訳 源氏物語 巻五
瀬戸内寂聴・訳 源氏物語 巻六
瀬戸内寂聴・訳 源氏物語 巻七
瀬戸内寂聴・訳 源氏物語 巻八
瀬戸内寂聴・訳 源氏物語 巻九
瀬戸内寂聴・訳 源氏物語 巻十
先崎 学 先崎学の実況!盤外戦
妹尾河童 少年H(上)(下)
瀬尾まいこ 幸福な食卓
関原健夫 がん六回 人生全快
瀬川晶司 泣き虫しょったんの奇跡 完全版〈サラリーマンから将棋のプロへ〉

仙川 環 幸福の劇薬〈医者探偵・宇賀神晃〉
仙川 環 偽装診療〈医者探偵・宇賀神晃〉
瀬木比呂志 黒い巨塔〈最高裁判所〉
瀬那和章 今日も君は、約束の旅に出る
曽野綾子 新装版 無名碑(上)(下)
曽野綾子・三浦朱門 夫婦のルール
蘇部健一 六枚のとんかつ
蘇部健一 六とん2
蘇部健一 届かぬ想い
曽根圭介 沈底魚
曽根圭介 藁にもすがる獣たち
曽根圭介 TATSUMAKI〈特命捜査対策室7係〉
田辺聖子 川柳でんでん太鼓
田辺聖子 ひねくれ一茶
田辺聖子 愛の幻滅(上)(下)
田辺聖子 うたかた
田辺聖子 春情蛸の足
田辺聖子 蝶花嬉遊図
田辺聖子 言い寄る

田辺聖子 私的生活
田辺聖子 苺をつぶしながら
田辺聖子 不機嫌な恋人
田辺聖子 女の日時計
谷川俊太郎訳 和田誠絵 マザー・グース 全四冊
立花隆 中核VS革マル(上)(下)
立花隆 日本共産党の研究 全三冊
立花隆 青春漂流
滝口康彦 粟田口の狂女〈レジェンド歴史時代小説〉
高杉良 労働貴族
高杉良 広報室沈黙す(上)(下)
高杉良 炎の経営者(上)(下)
高杉良 小説 日本興業銀行 全五冊
高杉良 社長の器
高杉良 その人事に異議あり〈女性広報主任のジレンマ〉
高杉良 人事権!
高杉良 小説消費者金融〈クレジット社会の罠〉
高杉良 小説 新巨大証券(上)(下)
高杉良 局長罷免—小説通産省
高杉良 首魁(しゅかい)の宴(うたげ)〈政官財腐敗の構図〉
高杉良 指名解雇
高杉良 燃ゆるとき
高杉良 挑戦つきることなし〈小説ヤマト運輸〉
高杉良 銀行大合併〈短編小説全集(上)〉
高杉良 エリートの反乱〈短編小説全集(中)〉
高杉良 金融腐蝕列島(上)(下)
高杉良 銀行大統合〈小説みずほFG〉
高杉良 勇気凜々
高杉良 混沌(こんとん) 新・金融腐蝕列島(上)(下)
高杉良 乱気流(上)(下)
高杉良 小説 会社再建
高杉良 小説 ザ・ゼネコン
高杉良 新装版 懲戒解雇
高杉良 新装版 大逆転!〈小説 三菱・第一銀行合併事件〉
高杉良 新装版 バンダルの塔
高杉良 第四権力〈巨大メディアの罪〉
高杉良 巨大外資銀行
高杉良 最強の経営者〈アサヒビールを再生させた男〉
高杉良 リベンジ〈巨大外資銀行〉
高杉良 新装版 会社蘇生
竹本健治 新装版 匣(はこ)の中の失楽
竹本健治 囲碁殺人事件
竹本健治 将棋殺人事件
竹本健治 トランプ殺人事件
竹本健治 狂い壁 狂い窓
竹本健治 涙香(るいこう)迷宮(めいきゅう)
竹本健治 新装版 ウロボロスの偽書(上)(下)
竹本健治 ウロボロスの基礎論(上)(下)
竹本健治 ウロボロスの純正音律(上)(下)
高橋源一郎 日本文学盛衰史
高橋克彦 写楽殺人事件
高橋克彦 総門谷
高橋克彦 炎立(ほむら)つ 壱 北の埋み火
高橋克彦 炎立つ 弐 燃える北天
高橋克彦 炎立つ 参 空への炎
高橋克彦 炎立つ 四 冥き稲妻
高橋克彦 炎立つ 伍 光彩楽土〈全五巻〉

講談社文庫　目録

高田崇史　QED〈竹取伝説〉
高田崇史　QED〈龍馬暗殺〉
高田崇史　QED ～ventus～〈鎌倉の闇〉
高田崇史　QED〈鬼の城伝説〉
高田崇史　QED ～ventus～〈熊野の残照〉
高田崇史　QED〈神器封殺〉
高田崇史　QED ～ventus～〈御霊将門〉
高田崇史　QED ～flumen～〈九段坂の春〉
高田崇史　QED〈諏訪の神霊〉
高田崇史　QED〈出雲神伝説〉
高田崇史　QED〈伊勢の曙光〉
高田崇史　QED ～flumen～〈ホームズの真実〉
高田崇史　毒草師〈QED Another Story〉
高田崇史　QED〈～flumen～月夜見〉
高田崇史　QED〈～ortus～白山の頻闇〉
高田崇史　試験に出るパズル〈千葉千波の事件日記〉
高田崇史　試験に敗けない密室〈千葉千波の事件日記〉
高田崇史　試験に出ないパズル〈千葉千波の事件日記〉
高田崇史　パズル自由自在〈千葉千波の事件日記〉
高田崇史　化けて出る〈千葉千波の怪奇日記〉
高田崇史　麿の酩酊事件簿〈花に舞〉
高田崇史　麿の酩酊事件簿〈月に酔〉
高田崇史　クリスマス緊急指令〈～きよしこの夜、事件は起こる！～〉
高田崇史　カンナ　飛鳥の光臨
高田崇史　カンナ　天草の神兵
高田崇史　カンナ　吉野の暗闘
高田崇史　カンナ　奥州の覇者
高田崇史　カンナ　戸隠の殺皆
高田崇史　カンナ　鎌倉の血陣
高田崇史　カンナ　天満の葬列
高田崇史　カンナ　出雲の顕在
高田崇史　カンナ　京都の霊前
高田崇史　軍神の血脈〈楠木正成秘伝〉
高田崇史　神の時空　鎌倉の地龍
高田崇史　神の時空　倭の水霊
高田崇史　神の時空　貴船の沢鬼
高田崇史　神の時空　三輪の山祇
高田崇史　神の時空　嚴島の烈風
高田崇史　神の時空　伏見稲荷の轟雷
高田崇史　神の時空　五色不動の猛火
高田崇史　神の時空　京の天命
高田崇史　神の時空　前紀〈女神の功罪〉
高田崇史　鬼棲む国、出雲〈古事記異聞〉
高田崇史　オロチの郷、奥出雲〈古事記異聞〉
団鬼六　悦楽王〈鬼プロ繁盛記〉
高野和明　13階段
高野和明　グレイヴディッガー
高野和明　K・Nの悲劇
高野和明　6時間後に君は死ぬ
大道珠貴　ショッキングピンク
高木徹　ドキュメント戦争広告代理店〈情報操作とボスニア紛争〉
田中啓文　件〈もの言う牛〉
高嶋哲夫　メルトダウン
高嶋哲夫　命の遺伝子
高嶋哲夫　首都感染
高野秀行　西南シルクロードは密林に消える
高野秀行　怪獣記

講談社文庫　目録

高野秀行　ベトナム・奄美・アフガニスタン アジア未知動物紀行
高野秀行　イスラム飲酒紀行
高野秀行　移民の宴〈日本に移り住んだ外国人の不思議な食生活〉
高野秀行 角幡唯介　地図のない場所で眠りたい
田牧大和　花合せ〈濱次お役者双六〉
田牧大和　質草破り〈濱次お役者双六 二ます目〉
田牧大和　翔ぶ梅〈濱次お役者双六 三ます目〉
田牧大和　半可心中〈濱次お役者双六〉
田牧大和　長屋狂言〈濱次お役者双六〉
田牧大和　錠前破り、銀太
田牧大和　錠前破り、銀太 紅蜆
田牧大和　錠前破り、銀太 首魁
田牧大和　大福三つ巴〈宝来堂うまいもん番付〉
高殿円　メサイア〈警備局特別公安五係〉
高野史緒　カラマーゾフの妹
高野史緒　翼竜館の宝石商人
瀧本哲史　僕は君たちに武器を配りたい〈エッセンシャル版〉
竹吉優輔　襲名犯
高田大介　図書館の魔女 第一巻 第二巻
高田大介　図書館の魔女 第三巻 第四巻
高田大介　図書館の魔女 烏の伝言(上)(下)
大門剛明　反撃のスイッチ
大門剛明　完全無罪
大門剛明　死刑評決〈「完全無罪」シリーズ〉
橘もも　OVER DRIVE
橘もも 沖田×華 原作 安達奈緒子 脚本　小説 透明なゆりかご(上)(下)
橘もも ヤマシタトモコ 原作 相沢友子 脚本　さんかく窓の外側は夜〈映画版ノベライズ〉
滝口悠生　愛と人生
高山文彦　ふたり〈皇后美智子と石牟礼道子〉
瀧羽麻子　サンティアゴの東 渋谷の西
高橋弘希　日曜日の人々
陳舜臣　中国五千年(上)(下)
陳舜臣　中国の歴史 全七冊
陳舜臣　小説十八史略 全六冊
千早茜　森の家
千野隆司　大店の暖簾〈下り酒一番〉
千野隆司　分家の始末〈下り酒一番(二)〉
千野隆司　献上の祝酒〈下り酒一番(三)〉
千野隆司　大酒の合戦〈下り酒一番(四)〉
千野隆司　銘酒の真贋〈下り酒一番(五)〉
千野隆司　追跡
知野みさき　江戸は浅草
知野みさき　江戸は浅草2〈盗人探し〉
知野みさき　江戸は浅草3〈桃と桜〉
崔実　ジニのパズル
筒井康隆　創作の極意と掟
筒井康隆　読書の極意と掟
筒井康隆 ほか12名　名探偵登場！
都筑道夫　夢幻地獄四十八景
土屋隆夫　影の告発
辻村深月　冷たい校舎の時は止まる(上)(下)
辻村深月　子どもたちは夜と遊ぶ(上)(下)
辻村深月　凍りのくじら
辻村深月　ぼくのメジャースプーン
辻村深月　スロウハイツの神様(上)(下)
辻村深月　名前探しの放課後(上)(下)
辻村深月　ロードムービー

辻村深月 ゼロ、ハチ、ゼロ、ナナ。
辻村深月 V.T.R.
辻村深月 光待つ場所へ
辻村深月 ネオカル日和
辻村深月 島はぼくらと
辻村深月 家族シアター
辻村深月 図書室で暮らしたい
新川直司 漫画 辻村深月 原作 コミック 冷たい校舎の時は止まる(上)(下)
津村記久子 ポトスライムの舟
津村記久子 カソウスキの行方
津村記久子 やりたいことは二度寝だけ
津村記久子 二度寝とは、遠くにありて想うもの
恒川光太郎 竜が最後に帰る場所
月村了衛 神子上典膳
フランソワ・デュボワ 太極拳が教えてくれた人生の宝物〈中国・武当山90日間修行の記〉
土居良一 海翁伝
ドウス昌代 イサム・ノグチ〈宿命の越境者〉(上)(下)
鳥羽亮 御隠居剣法〈駆込み宿 影始末(一)〉
鳥羽亮 ねむり鬼剣〈駆込み宿 影始末〉

鳥羽亮 霞隠れの女〈駆込み宿 影始末〉
鳥羽亮 のっとり奥坊主〈駆込み宿 影始末〉
鳥羽亮 かげろう妖剣〈駆込み宿 影始末〉
鳥羽亮 霞と飛燕〈駆込み宿 影始末〉
鳥羽亮 闇姫変化〈駆込み宿 影始末〉
鳥羽亮 鶴亀横丁の風来坊
鳥羽亮 金貸し権兵衛〈鶴亀横丁の風来坊〉
鳥羽亮 提灯斬り〈鶴亀横丁の風来坊〉
鳥羽亮 お京危うし〈鶴亀横丁の風来坊〉
鳥羽亮 狙われた横丁〈鶴亀横丁の風来坊〉
東郷隆 上田信 絵 【絵解き】雑兵足軽たちの戦い〈歴史・時代小説ファン必携〉
堂場瞬一 八月からの手紙
堂場瞬一 壊れる心〈警視庁犯罪被害者支援課〉
堂場瞬一 邪心〈警視庁犯罪被害者支援課2〉
堂場瞬一 二度泣いた少女〈警視庁犯罪被害者支援課3〉
堂場瞬一 身代わりの空〈警視庁犯罪被害者支援課4〉(上)(下)
堂場瞬一 影の守護者〈警視庁犯罪被害者支援課5〉
堂場瞬一 不信の鎖〈警視庁犯罪被害者支援課6〉
堂場瞬一 空白の家族〈警視庁犯罪被害者支援課7〉

堂場瞬一 傷
堂場瞬一 埋れた牙
堂場瞬一 Killers(上)(下)
堂場瞬一 虹のふもと
堂場瞬一 ネタ元
堂場瞬一 ピットフォール
土橋章宏 超高速! 参勤交代
土橋章宏 超高速!参勤交代 リターンズ
戸谷洋志 Jポップで考える哲学〈自分を問い直すための15曲〉
富樫倫太郎 信長の二十四時間
富樫倫太郎 風の如く 吉田松陰篇
富樫倫太郎 風の如く 久坂玄瑞篇
富樫倫太郎 風の如く 高杉晋作篇
富樫倫太郎 スカーフェイス〈警視庁特別捜査第三係・淵神律子〉
富樫倫太郎 スカーフェイスII デッドリミット〈警視庁特別捜査第三係・淵神律子〉
富樫倫太郎 スカーフェイスIII ブラッドライン〈警視庁特別捜査第三係・淵神律子〉
豊田巧 警視庁鉄道捜査班〈鉄血の警視〉
豊田巧 警視庁鉄道捜査班〈鉄路の牢獄〉
夏樹静子 新装版 二人の夫をもつ女

講談社文庫 目録

講談社文庫　目録

西村京太郎　寝台特急「日本海」殺人事件
西村京太郎　十津川警部　帰郷・会津若松
西村京太郎　特急「あずさ」殺人事件
西村京太郎　十津川警部の怒り
西村京太郎　宗谷本線殺人事件
西村京太郎　奥能登に吹く殺意の風
西村京太郎　特急「北斗1号」殺人事件
西村京太郎　十津川警部　湖北の幻想
西村京太郎　九州特急「ソニックにちりん」殺人事件
西村京太郎　東京・松島殺人ルート
西村京太郎　新装版　殺しの双曲線
西村京太郎　愛の伝説・釧路湿原
西村京太郎　山形新幹線「つばさ」殺人事件
西村京太郎　新装版　名探偵に乾杯
西村京太郎　十津川警部　君は、あのSLを見たか
西村京太郎　南伊豆殺人事件
西村京太郎　十津川警部　青い国から来た殺人者
西村京太郎　十津川警部　箱根バイパスの罠
西村京太郎　新装版　天使の傷痕

西村京太郎　新装版　D機関情報
西村京太郎　十津川警部　猫と死体はタンゴ鉄道に乗って
西村京太郎　韓国新幹線を追え
西村京太郎　北リアス線の天使
西村京太郎　十津川警部　長野新幹線の奇妙な犯罪
西村京太郎　上野駅殺人事件
西村京太郎　京都駅殺人事件
西村京太郎　沖縄から愛をこめて
西村京太郎　十津川警部「幻覚」
西村京太郎　函館駅殺人事件
西村京太郎　内房線の猫たち〈異説里見八犬伝〉
西村京太郎　東京駅殺人事件
西村京太郎　長崎駅殺人事件
西村京太郎　十津川警部　愛と絶望の台湾新幹線
西村京太郎　西鹿児島駅殺人事件
西村京太郎　札幌駅殺人事件
西村京太郎　十津川警部　山手線の恋人
西村京太郎　仙台駅殺人事件
西村京太郎　七人の証人〈新装版〉

仁木悦子　猫は知っていた
新田次郎　新装版　聖職の碑
日本文芸家協会編　愛染夢灯籠〈時代小説傑作選〉
日本推理作家協会編　犯人たちの部屋〈ミステリー傑作選〉
日本推理作家協会編　隠された鍵〈ミステリー傑作選〉
日本推理作家協会編　Play推理遊戯〈ミステリー傑作選〉
日本推理作家協会編　Doubtきりのない疑惑〈ミステリー傑作選〉
日本推理作家協会編　Bluff騙し合いの夜〈ミステリー傑作選〉
日本推理作家協会編　Propose告白は突然に〈ミステリー傑作選〉
日本推理作家協会編　Acrobatic物語の曲芸師たち〈ミステリー傑作選〉
日本推理作家協会編　ベスト8ミステリーズ2015
日本推理作家協会編　ベスト6ミステリーズ2016
日本推理作家協会編　ベスト8ミステリーズ2017
二階堂黎人　ラン迷宮〈二階堂蘭子探偵集〉
二階堂黎人　増加博士の事件簿
新美敬子　猫のハローワーク
新美敬子　猫のハローワーク2
西澤保彦　新装版　七回死んだ男
西澤保彦　人格転移の殺人